Guardianes de Sangre III

SOLEDAD

STEFANIA GIL
romance paranormal

Soledad
Serie Guardianes de Sangre III
Copyright © 2020 Stefania Gil
www.stefaniagil.com
**
All rights reserved.

En esta novela de romance paranormal los personajes, lugares y eventos descritos son ficticios. Cualquier similitud con lugares, situaciones y/o personas reales, vivas o muertas, es coincidencia.

Fotografía Portada: AdobeStock.com
Maquetación: Stefania Gil

Todos los derechos reservados. Esta publicación no puede ser reproducida, ni en todo ni en parte, ni registrada en, o transmitida por un sistema de recuperación de información, en ninguna forma y por ningún medio, mecánico, fotoquímico, electrónico, magnético, electroóptico, por fotocopia o cualquier otro, sin el permiso previo por escrito del autor.

*«El peor sentimiento no es estar solo,
es tener que olvidar a alguien, nunca se puede olvidar».*

—Fuente desconocida—

Capítulo 1

Miklos y Klaudia terminaron de trabajar temprano aquel día.

Klaudia le mencionó que no se sentía bien y prefirió no presionarla.

La vampira no se sentía bien desde que llegó de Irlanda, poco después de la última fiesta de las máscaras que casi termina en tragedia para los Farkas.

Le hervía la sangre cada vez que pensaba en el atrevimiento de Gabor al cruzar las puertas del palacio en Venecia para atacar a Felicity de nuevo.

Por supuesto que le molestaba que el mal nacido de su primo quisiera seguir haciendo daño, pero lo que enfurecía a Miklos, a decir verdad, era que Gabor consiguiera burlarse de todos ellos.

En especial de él, que es quien dirige el palacio en Venecia y todo lo que ocurre en el edificio es su absoluta responsabilidad aunque el inmueble sea patrimonio de los Farkas.

Y pensar en que alguien, así sea su primo, llegó a burlarse de él, le llevaba a despertar esa parte de la maldición que no le incomodaba en lo absoluto, como podía incomodarle a sus hermanos y a Pál.

No.

Miklos siempre estuvo en paz con esa parte oscura en su interior.

Le gustaba tenerla; y en ocasiones, lo agradecía porque llegó a librarle de muchas cosas a lo largo de su existencia.

Era un ser con muchas ventajas sobre los humanos corrientes, ¿por qué iba a querer cambiar algo así?

Caminó hasta el bar que tenía en su apartamento privado dentro del palacio y se sirvió un trago de vodka.

Después, caminó hacia la terraza que le regalaba una vista del Río de Santa Caterina

Como siempre, la ciudad estaba llena de turistas envueltos en un aura romántica que Miklos detestaba.

También había aprendido a vivir con esa aura, la gente y el estúpido romanticismo que vendía la ciudad.

Se bebió el trago de vodka al completo, ocupando sus pensamientos de nuevo en Klaudia; antes de que aquellos pensamientos a los que más temía en su vida, llegaran a su cabeza.

Siempre los evadía cuando sentía que iban a aparecer.

Era como una punzada que se hacía notar ligera y distante al principio; y que se intensificaba si los dejaba pasearse con libertad por su cabeza haciendo que todo su sistema fuese dominado por esa sensación de angustia, vacío y hasta dolor.

Cerró los ojos y respiró profundo para volver a concentrarse en Klaudia.

Era lo más importante.

Estaba muy preocupado por ella.

No era ni la sombra de la Klaudia que él conocía, aunque debía admitir que se esforzaba en dar la impresión de que era la misma de siempre.

Miklos la conocía tan bien que sabía que lo que ocurría en su interior tenía mucho que ver con el detective que dejó atrás en Irlanda; pero sospechaba que no era solo eso.

Había algo más, algo que ella se guardaba con recelo como si temiera que la familia pudiera pensar que algo malo ocurría con ella.

Intentó conversar con ella al respecto y la vampira siempre conseguía evadir las preguntas con tanta habilidad que hasta Miklos estaba sorprendido de caer en esas evasivas a las que fue inmune hasta el momento, porque Klaudia era un poco como él y se entendían tan bien que se conocían mutuamente más de lo que podían conocer a otros integrantes de la familia y de lo que otros, podían creer que conocían de ellos.

No era un simple mal de amor lo que la afligía y eso era lo que más le preocupaba porque estaba en las sombras, atado, sin saber cómo ayudarla a resolver su enorme problema.

Mencionó que pronto se iría de nuevo, emprendería un viaje por Europa porque necesitaba alejarse de todos y pensar.

«¿Pensar en qué?» se preguntaba Miklos con insistencia, intentando descifrar su mirada cuando estaba ante ella para poder entrar en sus pensamientos cerrados a cal y canto.

Su móvil sonó.

Un mensaje de Klaudia.

"Olvidé mencionarte que mañana llegará la experta que nos envían de Florencia para la subasta"

"¿Quieres tomar algo antes de dormir?" le respondió él.

No hubo respuesta.

Miklos dejó escapar el aire.

En otra ocasión, Klaudia no habría mencionado nada de trabajo fuera del horario y en cambio, habría sido ella la que lo hubiese incitado a hundirse en una botella —o varias—

de alcohol, mientras se divertían en una de esas fiestas que acababan siempre en un enredo de piernas y cuerpos desnudos.

Lo que le llevó a preguntarse cuándo fue la última vez que se alimentó.

No lo recordaba. Lo que quería decir que ya hacía un tiempo y eso no estaba bien.

Sabía que sin la correcta alimentación, era una bomba de tiempo.

Eso sí lo estaba haciendo bien Klaudia. El chico de la compañía que la asistía vivía en el palacio con ellos, en uno de los apartamentos que se encontraban vacíos cuando el resto de la familia no hacía uso de ellos.

Hubo un tiempo, antes de Carla, en el que intentó tener a su fuente de alimento allí en el palacio pero la chica empezó a tener un comportamiento que involucraba sentimientos hacia él así que decidió acabar con eso pronto, porque si de algo estaba seguro en la vida era que no quería enredarse con nadie porque...

Resopló obstinado y negando con la cabeza. Sintiendo que la punzada ya no era ni ligera ni distante.

Era imposible evadir los pensamientos sobre Úrsula.

Frunció el ceño con amargura.

No importaba qué tanto se esforzara, siempre acabaría pensando en ella al final de cada día de su vida.

***

Milena se sentó en el elegante sofá del palacio Farkas, el mismo que, a simple vista, dedujo era el siglo XVIII.

Estaba muy bien conservado.

No podía —ni quería— dejar de ver a su alrededor.

Cada vez que entraba en una estancia cargada de tantas

cosas para admirar y valorar, se sentía tan emocionada que podía casi jurar que era el equivalente a la emoción de una pequeña niña en DisneyWorld rodeada de sus princesas favoritas.

Milena Conti siempre sintió fascinación por los objetos antiguos, por la historia de esos objetos.

Incluso cuando apenas era un bebé, según las historias que le cuenta su madre, se quedaba embelesada ante las pinturas de los museos, tal como si estuviera absorbiendo los colores, comprendiendo las formas, entendiendo el significado que podía representar ese conjunto de figuras en la mente de su creador.

Milena siempre tuvo esa conexión especial y con el pasar de los años y el aprendizaje adquirido, tenía el ojo afilado para poder reconocer la originalidad de una obra con una facilidad que a muchos eruditos del arte dejaba asombrados.

Por ello se había convertido en una de las favoritas del museo Ufizzi en Florencia y su nombre sería difícil de olvidar para los que trabajaron junto a ella en el Museo Metropolitano de Londres.

Entrecerró los ojos al notar una pintura que, por la técnica aplicada, era probable que hubiese sido creada en el siglo XVII.

Se levantó y caminó hasta la obra que colgaba en lo alto de la alargada pared.

No tenía necesidad de tener la obra frente a ella, desde ahí podía apreciar sin problema que había sido restaurada y que la restauración no fue la apropiada para esas piezas.

—Un pecado —se lamentó en voz alta cruzando los brazos a la altura de su pecho.

—¿Qué le parece un pecado, señorita Conti? —Milena se sorprendió ante la voz de la mujer que le hablaba aunque la reconoció de inmediato por los intercambios telefónicos que tuvieron antes de llegar a donde estaban.

Sonrió, acercándose a la mujer que le pareció una obra de arte al igual que el resto de objetos que estaban en aquella casa.

Parpadeó un par de veces porque no se creía la perfección en el rostro de la mujer que le extendía la mano.

Era…

Sublime.

—La restauración de esa obra —señaló con la mirada y después respondió el saludo educado de su anfitriona—. No estuvo bien hecha.

—Supongo que podrá arreglarla —Milena asintió con la cabeza sin borrar la sonrisa del rostro—. Klaudia Sas —se presentó finalmente—. Por fin nos conocemos.

—Mucho gusto, Sra. Sas. Es un placer y un honor poder estar aquí.

Klaudia la vio con interés y al mismo tiempo, dejó ver hastío en su mirada.

—Ya te he dicho que no me llames «señora».

Milena entendió el hastío entonces; sí, recordaba que, en dos ocasiones, en sus comunicaciones telefónicas, Klaudia le pidió que se olvidara de llamarla «Señora».

—No quiero ni pensar en lo que diría mi madre si hago caso a su sugerencia —Klaudia la observó analítica.

—Tu madre no está aquí y no fue una sugerencia, tómalo como una orden.

Milena no pudo evitar sonreír con nerviosismo porque la ironía en su anfitriona y jefa, no le gustó en ese momento.

—Klaudia, deja a la chica en paz —Milena se dio la vuelta al escuchar las notas graves seductoras de esa voz que le erizó los vellos de la nuca—. Supongo que eres la chica que nos envía Salvatore.

Solo pudo asentir mientras el propietario de la voz grave se acercó a ella y le sonrió al mejor modo de modelo de portada de revista, haciendo que todos y cada uno de los sentidos de Milena fallaran por primera vez en su vida.

El hombre le extendió la mano, ahora con una sonrisa de sobrada seguridad, porque sabía lo que estaba ocasionando en su organismo y, de seguro, estaba acostumbrado a causar ese efecto en las mujeres.

—¿Me vas a dejar con la mano extendida? —entrecerró los ojos. Milena negó con la cabeza reprendiéndose por su estupidez.

Respondió al saludo de él.

Klaudia se cruzó de brazos resoplando.

—Por dios, ya termina de coquetear con ella y...

El hombre la vio con reprobación, Klaudia resopló de nuevo.

—Milena Conti —por fin fue capaz de responder—, pero supongo que eso ya lo sabe.

—No lo sabía, solo estaba enterado de que vendría alguien del Uffizi para ayudarnos con algunas cosas. Encantado de conocerte, Milena. Yo soy Miklos Farkas.

El famoso Miklos del que algunas mujeres hablaban en Florencia. Un hombre que amaba el arte y... las mujeres... y las fiestas.

—Hemos preparado un apartamento para ti, indicaré que te lleven...

—Oh, gracias Seño... —sacudió la cabeza; luego, rectificó—: Klaudia, gracias, pero creo que lo apropiado será quedarme en el hotel en el que el museo ya reservó mi alojamiento para el tiempo que ustedes necesiten de mis servicios.

Klaudia la observó de arriba a abajo.

—¿Lo apropiado? —Levantó una ceja al cielo—. ¿Qué crees que es esto? ¿Un prostíbulo?

Miklos soltó una carcajada por lo bajo y Milena solo bajó la cabeza juntando sus manos al frente en un acto que denotaba que estaba avergonzada por no haberse explicado bien.

—Lo siento —levantó la cabeza de nuevo—, no quise…

—No, no quiso decir eso y lo sabemos, señorita Conti —Miklos usó un tono severo al decir aquello, observando a Klaudia con cara de pocos amigos—. Disculpe a mi prima, no está teniendo un buen día —clavó su mirada en Klaudia que lo retaba de una forma que a Milena no le pareció apropiado en una mujer—. Ni un buen mes. Procederemos como usted prefiera.

Ya a esa altura, Milena se sentía tan avergonzada que de haber podido, habría echo *Reset* y habría empezado desde su llegada nuevamente.

—¿Café? —Miklos le enseñó una mesa.

—Por favor.

—¿Klaudia? —le preguntó a la mujer que seguía observándolo con resentimiento.

—¿Tengo más alternativas?

Miklos volvió los ojos al cielo.

—Siempre puedes subirte a un avión y largarte a patearle el trasero a quien lo necesite. Puedo ayudarte si me lo permites, pero, ahora, me gustaría tomarme un café en la calma matinal sin que salte tu sarcasmo por algún lado.

—Creo que… —Milena se empezaba a sentir algo incómoda con todo lo que estaba presenciando.

Klaudia la interrumpió levantando la mano para que hiciera silencio y ella lo hizo.

—Lo siento, he pasado mala noche y no soy la mejor

compañía ahora. Subiré a mi apartamento el resto del día, Miklos te dará las indicaciones y me disculpo por…

—Nada que disculpar —agregó con rapidez Milena intentando esconder los nervios que florecieron entre tantos comentarios directos—. Ya tendremos tiempo para conversar con calma.

Klaudia asintió e ignorando a Miklos por completo, se dio la vuelta y se fue.

Milena la vio salir del salón sintiendo una extraña sensación de celos por el cuerpo, la elegancia y el pelo de esa mujer. Que no era la mar de lo simpática, pero su belleza hacía que se le perdonara cualquier cosa.

Volvió la cabeza hacia Miklos, este estaba con el ceño fruncido viendo hacia la puerta que acababa de cruzar Klaudia Sas.

No estaba molesto.

—Le preocupa.

—Es usted muy perceptiva, señorita Conti —le sonrió a medias haciéndole luego un gesto con la mano para que se instalara con él en la mesa que tenía el servicio de café y algunas pastas para acompañarlo.

Le sirvió el café con la gentileza de un caballero.

Se sirvió una taza para él y tras beber un sorbo, le preguntó:

—¿Por qué no le parece apropiado quedarse en esta residencia? Puedo asegurarle que este palacio está perfectamente equipado para que usted se sienta segura y a gusto.

Ella le sonrió con vergüenza.

—Lo siento, es que siempre prefiero permanecer en un hotel. Eso me ayuda a separar mi lado profesional del personal.

Miklos asintió, observándola con gran intensidad.

—Entiendo, lo dejo a su consideración; sin embargo, sepa

usted que Salvatore no nos perdonaría no haberle dado el trato justo.

—Me encargaré de dejarle claro a Salvatore que yo fui la que impidió que ustedes me dieran ese trato especial.

Miklos sonrió divertido y ella tuvo que callar a su cerebro que parecía una fan enloquecida por el hombre que tenía frente a ella.

—Me gustaría enseñarle el palacio entero y luego, las piezas para la cual le contratamos.

—Estaré encantada de admirar cada rincón de este lugar.

Vio con fascinación a su alrededor y pudo jurar que un destello salió de la mirada del hombre que parecía que la observaba a ella con gran fascinación también.

Capítulo 2

Miklos vio a Milena alejarse, descendía las escaleras centrales de la entrada principal al palacio.

No podía evitar estudiar las curvas de esa mujer desde esa posición.

Tenía un buen trasero, eso seguro.

Solo le restaba ver si tenía buenas piernas, aunque ya había notado que tenía el pecho pequeño y eso no le hizo mucha gracia.

Milena Conti resultó ser una mujer agradable, educada y con un atractivo que para Miklos era irresistible: conocía mucho de arte y de historia.

Su conocimiento no solo venía dado por lo aprendido en la universidad, en los años que llevaba trabajando en el Uffizi o el tiempo que estuvo en Londres.

No. Se le notaba que sabía mucho más de lo que los estudios o la experiencia le pudieron dar.

Pasión por el arte y lo antiguo. Dedujo Miklos, en cuanto percibió la fascinación en su mirada observando objetos tan valiosos como antiguos que estaban exhibidos en el palacio de los Farkas.

Cuando viera el ático y todo lo que allí guardaban, alucinaría. Estaba seguro de ello.

Cuando ella cerró la puerta tras de sí, Miklos se dio la vuelta encontrándose de frente con Ferenc que lo observaba en su recta postura de mayordomo.

—¿Señor?

—Ferenc, casi me matas del susto —Miklos no se esperaba al hombre allí. En realidad, Ferenc siempre conseguía asustarle. Era como un fantasma que se movía silenciosamente entre las sombras por toda la casa.

Solo que no era un fantasma.

Era uno de ellos.

Ferenc apenas levantó la comisura derecha de la boca, con la intención de mostrar una sonrisa.

—No era mi intención, señor —comentó con sarcasmo. Miklos sonrió negando con la cabeza, claro que fue su intención, era parte de su día a día.

Ferenc era un buen hombre.

Era quien le acompañaba en casa cada día, eso le hacía sentirse menos miserable de vez en cuando.

A Miklos no le gustaba para nada la soledad, de hecho, la odiaba. Era como si ese maldito silencio que siempre acompañaba a la soledad hiciera tanto ruido sobre sus oídos que era casi insoportable.

Por ello siempre se mantenía lo más rodeado de gente que pudiese.

Fiestas, compañeras de cama, amigos, museos, conversaciones, música.

Cualquier sonido que pudiera callar el silencio que la soledad llevaba consigo y que lo hundía irremediablemente en lo más profundo de sus recuerdos, de su dolor.

Úrsula.

Negó con la cabeza, como cada vez que pensaba en ella.

¿Volvería a encontrarla alguna vez?

El corazón se le encogió como tantas otras veces en las que pensaba en lo mismo.

—¿Está bien, señor? —Miklos parpadeó de nuevo, Ferenc le observaba con gran preocupación. Le conocía y sabía en qué pensaba.

—Eso intento cada día de mi maldita existencia, Ferenc. Es difícil sin ella.

El mayordomo, esta vez levantó ambas comisuras de los labios con una sonrisa compasiva y triste. Entendía lo que Miklos quería decir.

Ferenc conocía bien la historia porque en los peores ataques de desdicha de Miklos, que fueron pocos pero muy intensos, era quien se mantenía a su lado para ayudarle a salir de la mierda en la que caía cada vez que perdía a Úrsula.

Pál siempre se ofrecía a quedarse y Miklos no quería cerca a nadie de la familia; ni siquiera a Klaudia, a quien sentía casi como a una hermana.

Frunció el ceño.

Ferenc lo vio con curiosidad.

—¿Te preocupa algo más?

—Es Klaudia, Ferenc, algo pasa con ella.

—Lo he notado, mas no es de las mujeres que quiera obtener ayuda cuando así lo necesita.

Miklos asintió y resopló.

No podía ser más cierto eso. Y la verdad era que a él poco le importaba lo que hacía o dejaba de hacer la vampira, no era de los que se metía en sus asuntos, tal como ella respetaba los de él.

Esa vez, era diferente.

Sentía que debía hacer algo al respecto para saber qué diablos pasaba con ella.

—¿Está en su apartamento?

El mayordomo asintió con seriedad.

—Subiré a hablar con ella, se comportó de una manera poco educada con la nueva chica que nos envía Salvatore.

—Una chica interesante por lo que pude hablar con ella mientras la guiaba al gran salón para que les esperara allí.

Miklos entrecerró los ojos y cruzó los brazos sobre el pecho.

—Pensaría que estás intentando que me fije en ella, Ferenc, aunque no tienes que hacerlo más porque no estoy ciego y no soy tonto. Esa mujer me deslumbró en cuanto habló de las tres piezas que más me gustan de todo el palacio —Piezas que eran poco conocidas—. Además, ya sé que me vas a decir que tú no te fijas en esas cosas pero no puedo evitar preguntarte si es que no te diste cuenta de que tiene un cuerpo bien formado.

—Un buen trasero, es lo que quieres decir —Miklos sonrió divertido—. Tal como siempre te respondo, no soy ciego, es solo que no me parece apropiado hablar de las mujeres de esa manera.

Miklos sonrió de nuevo dándole al mayordomo unas palmadas en la espalda con entusiasmo.

Después, siguió su camino hacia el ascensor para subir hasta la planta en la que se hallaba el apartamento de Klaudia.

Al llegar, tocó la puerta con sutileza.

Ella abrió vestida como nunca antes la había visto.

Un pijama polar, calcetines calientes, sin maquillaje y un moño desajustado en la cabeza.

Nunca-antes-la-había-visto-así.

Hacía unas horas estuvo abajo, recibiendo a Milena, embutida en sus pantalones de cuero negro con las botas de tacón alto, un suéter color del vino que le iba de maravilla con la blancura de su piel y maquillada y peinada como si tuviese que ir a la oficina.

Ella lo observó con hastío mientras le daba acceso al interior de su apartamento.

Finalmente se derrumbó en el sillón, frente a la chimenea y la TV que estaba encima de esta.

Dos botellas de vino vacías descansaban en la mesa de apoyo frente al sillón y Miklos se preguntó qué podía ser ese olor rancio que ahora le picaba en la nariz.

—¿Qué diablos pasa contigo?

—Nada que no vaya a superar pronto.

Miklos se sentó en la otra esquina del sofá analizando cada movimiento y expresión de la mujer.

—Te preguntaría si quieres hablar pero ya hemos llegado al punto en el que me da igual si quieres o no. Vas a hablar conmigo hoy y me vas a contar qué coño pasa contigo. ¿Te has visto en un espejo?

Ella sonrió a medias. Sabía que Miklos era amante de lo hermoso, de la estética, y ella en ese momento no estaba ni hermosa ni se veía estética.

—Lamento haberle hablado hoy a Milena de la forma en la que lo hice. La verdad es que no le di una buena impresión para ser su primer día conmigo como jefa.

—No, no lo hiciste.

Miklos se acomodó en el sofá porque le dio la impresión de que aquello iba a tomarle más tiempo del que tenía en mente.

Silencio.

—¿Qué te pareció? Y no me hables de su trasero.

Ambos rieron con gran picardía.

—Me pareció que su amor por el arte va más allá de los

años que tiene en el medio o de lo que haya aprendido en la universidad.

—Es buena. Salvatore no paró de mencionarlo, pensé que estaba deslumbrado con ella como le ha ocurrido con otras, pero no es del gusto de Salvatore —Miklos frunció el ceño—; como mujer, Miklos, no es el tipo de mujer que Salvatore se llevaría a la cama.

—¿Y es que todavía puede llegar a la cama con una mujer?

Ambos rompieron a reír.

Salvatore Ricci era un hombre de más de 60 años que no dejaba escapar la oportunidad de llevarse una mujer hermosa a su cama.

Con cinco divorcios encima, Salvatore era uno de los hombres más interesantes en Florencia porque provenía de una de las familias más adineradas y antiguas de la ciudad.

Era un Medici y aunque no hubiera heredado el apellido porque se perdió en alguna parte de la descendencia, heredó todo lo demás: dinero, amor al arte y a las mujeres.

Miklos se concentró en Klaudia de nuevo.

—¿Qué te ocurrió en Irlanda, Klaudia?

La vampira resopló cansada y triste.

Triste.

Muy triste.

Y eso preocupó aún más a Miklos.

Se acercó a ella, la tomó de la mano.

—Déjame ayudarte, Klaudia, por favor.

Lo vio a los ojos y sonrió con tanto pesar en la mirada que casi le parecía estar frente a una completa desconocida.

No eran emociones propias de Klaudia.

—Nadie puede ayudarme, Miklos. Nadie.

***

Cuando Klaudia vio a Miklos al otro lado de la puerta, maldijo con desgano en su interior.

No quería tener visitas ese día.

Pasó una de las peores noches desde que regresara de Irlanda e hizo todo lo posible por parecer una persona coherente y educada en la cita con la Milena Conti, pero últimamente las cosas no le salían tan bien como las planificaba y tampoco podía controlar sus emociones como estaba acostumbrada a hacerlo.

Estaba convertida en un ser inestable que cada día debía hacer mayores esfuerzos por intentar disimularlo.

Ese día, después de haber sido una mujer hostil y sarcástica con Milena, decidió no fingir nada más, tomando la decisión más sabia de refugiarse en la privacidad de su espacio sin nadie que la perturbara hasta el día siguiente.

No tuvo que darle ninguna indicación a Ferenc porque el hombre le conocía bastante bien y sabía que si ella quería algo, lo pediría.

Pensó que Miklos se mantendría ocupado con la chica nueva hasta caer la noche o quizá hasta el día siguiente cuando amanecerían enredados entre las sábanas del vampiro.

Al parecer, ese día estaba equivocada en todo.

Estaba llegando al punto en el que tanto evitó caer desde que llegara a Venecia hacía unos meses; semanas después de estar vagando por Europa tras huir de Irlanda, dejando ahí su corazón junto a Ronan.

Respiró profundo, se aferró a Miklos porque sentía que iba a quebrarse recordando los mejores momentos de su existencia junto a Ronan.

Empezó a contar su enamoramiento con el detective.

Las batallas en el claro, sus heridas, lo caballero que fue con ella al llevarle a casa para ayudarle a sanar.

Le contó cuando notó que el detective estaba celoso de su fuente de alimento.

Sonrió pensando en eso. Le gustó verle celoso. La hacía sentir importante en su vida.

—Y sabía que lo de nosotros iba a ser una idea terrible porque era imposible que tuviéramos un final feliz —Klaudia estaba sentada frente a Miklos con las piernas cruzadas; él la imitaba, escuchando en absoluto silencio sin dejar de verla a los ojos—. Él quería a Luk porque su aldea fue arrasada por Luk Farkas. Buscaba venganza y me usaba para eso sin darse cuenta de que nacieron sentimientos por mí que luego no pudo dejar de sentir.

Pudo notar la nostalgia invadir los atrevidos ojos color miel de Miklos.

Luk era un punto sensible para todos ellos.

—El caso es que no me atrevía a decirle la verdad porque quería recuperarme al completo y cuando estuve recuperada —resopló abatida—; simplemente no pude, Miklos. Sabía que eso me alejaría de él o me pondría en la difícil situación de decidirme por su vida o la mía.

Miklos parpadeó, la vio alarmado.

—¿Darías tu vida por la de él?

—¿Tu no lo harías por Úrsula?

Miklos bajó la mirada. Luego la fijó de nuevo en la de ella.

—¿Lo amas?

Ella soltó una carcajada nerviosa.

—Supongo que es amor —negó con la cabeza porque aún no sabía qué diablos sentía por ese hombre. En realidad, nunca sintió algo tan intenso y profundo por un hombre, así que no sabía si era amor—. No sé qué es el amor, Miklos. Nunca lo he sentido por un hombre. Si se le llama «amor» a la maldita asfixia que siento en el pecho cada vez que lo recuerdo; que los días son una agonía por no tenerlo; entonces sí, lo amo. Y no te imaginas cuánto.

—¿Te rechazó?

Ella negó con la cabeza, le contó el resto de la historia.

El ataque que estuvo a punto de hacerle a él en su casa y la pelea en el claro, la última vez que se vieron.

—Pensé que me iba a matar ahí —Miklos frunció el ceño apretando los puños de solo pensar en eso—. Yo tuve la culpa de todo, Miklos, le oculté la verdad y por encima, entré en su espacio sagrado después de haberlo atacado por sorpresa en su casa. Tenía las marcas en el cuello aun —negó con horror recordando cuando su dentadura se hundió en el cuello de Ronan—. Él solo respondió a su venganza y luego, dejó en claro lo honorable que es. Me alimentó para no desfallecer en el bosque hasta recuperarme por mí misma.

Hubo un silencio en el que el aroma de Miklos se hizo tan intenso que Klaudia entendió la rabia que se removía en su interior al pensar que ella estuvo en peligro. Sabía que Miklos la adoraba como si fuese una hermana.

Y ella le correspondía de la misma manera. Era él el único que siempre la entendió tan bien porque eran muy parecidos en todo.

—¿Qué ocurrió después?

Ella suspiró profundo recordando el momento en el que le absorbió psique a Ronan dejándolo dormir plácidamente en el claro mientras ella huía de ahí y se alejaba cuanto pudiese de él.

Ahora, Miklos parecía confundido.

—¿No era mejor esperar a conversar con él?

Ella negó con la cabeza.

—Lo ataqué en su casa, Miklos. No porque había tensión entre nosotros y no pude controlarla. No porque se haya cortado un dedo y yo no pudiera controlarme, no porque lo deseaba con locura y eso me haya llevado a desear su sangre —lo observó con sarcasmo—; no soy una novata en esta especie y llevo siglos practicando el autocontrol, nada de eso podría desestabilizarme.

—¿Entonces?

—No sé qué es, Miklos. No lo sé. Empezó un tiempo después de verme con Ronan por última vez en Nueva York. Empecé a escuchar cosas extrañas. Al principio, creí que era como una obsesión que estaba desarrollando por no haber finiquitado mis asuntos con él. Esa última vez, en Nueva York, cuando entendí su procedencia y cuando percibí la sed de venganza en sus ojos, entendí que íbamos a tener una batalla grande. Y una extraña ansiedad me invadió desde entonces, deseando cada vez más esa lucha y anhelando salir de ella victoriosa para que Ronan no pudiera representar un peligro para ustedes; porque sentía que, después de enterarse de que Luk estaba muerto, buscaría la forma de matarnos a todos. Yo quería acabar con él primero.

Miklos resopló con gran ironía

—Vaya forma de acabar con él.

—Sí —certificó sarcástica ella—. En fin. El caso es que empecé a escuchar susurros.

—¿Fantasmas?

—No, Miklos. Es otra cosa porque me aterran.

Le contó todo acerca de los susurros.

El día que se perdió de camino a casa de Fiona y la forma en la que el miedo la tomó al completo por primera vez en su vida.

—Al principio era como un cántico. Ahora puedo escuchar con claridad la voz aterradora y maldita de una mujer que me llama siempre desde las sombras. Me siento acechada —

no se dio cuenta pero empezó a hablar con rabia y pánico, entre dientes, mientras se abrazaba a sí misma para darse el valor que necesitaba para conversar de eso en voz alta y no sentirse demente—. ¡Yo, Miklos! ¡Yo! ¡Klaudia Sas! La que no se asusta con nada, ahora soy una estúpida cobarde que se mea del miedo ante la voz de esa mujer.

—¿Y si es una bruja?

Ella negó con la cabeza.

—Mis brujas me han dicho que no hay ninguna de ellas en medio de esto y ninguna de mis brujas ha querido indagar más a fondo porque aseguran que es una fuerza que no consiguen dominar y ver.

—Esto no tiene sentido, Klaudia. ¿Has hablado con las brujas de la Sociedad? Nunca he creído en tus brujas del sur. Son oscuras y no son fiar.

Klaudia no podía culpar a Miklos por sentirse así con respecto a las brujas del sur de los Estados Unidos. Una de ellas le juró a Miklos que podría ayudarle con Úrsula, llenándolo de ilusiones, quitándole gran cantidad de dinero para luego no conseguir ningún resultado positivo.

Klaudia tuvo que intervenir en aquel entonces porque Miklos estuvo a punto de matar a la bruja y a todo su Coven.

—No he hablado con nadie de esto y preferiría mantenerlo así un tiempo más.

—No lo encuentro lógico.

—En el pasado superé algo parecido, Miklos. No era tan fuerte o aterrador como ahora, pero lo superé sin ayuda. Y ahora pienso hacer lo mismo —lo vio con duda—; solo que ahora me cuesta más porque lo que siento por Ronan me debilita. Es evidente que es eso. Necesito arrancármelo de la cabeza y del corazón para poder controlar la oscuridad de la maldición —negó con la cabeza—. Me toma por sorpresa.

Hay noches que despierto lista para matar. Como si fuera un ser salvaje e incontratable que tienen cercado y quiere sangre y muerte. Es realmente aterrador.

—¿Has salido del palacio?

Ella asintió con vergüenza.

—He salido y he estado a punto de atacar a dos turistas, sin embargo, mi yo racional entra en escena y me impide atacar. Tal como me ocurrió con Ronan.

—Klaudia, esto es serio. No podemos dejarlo pasar ¿y si esto mismo es lo que le ocurrió a Luk? ¿Vamos a esperar a ver cómo enloqueces un día y acabas con todo un hotel lleno de humanos y luego, qué, llamo a Pál y le digo que venga a quitarte la cabeza?

Miklos hablaba con gran carga de angustia en su voz grave.

Nunca lo vio tan preocupado por ella.

—No va a pasar nada de eso. Estaré bien pronto. Lo que necesito es dejar fluir la tristeza y no fingir más. Por ello es que me atrevo a confesarte qué me pasa; porque no quiero fingir estar bien cuando en realidad no lo estoy. Y creo que necesitaré pasar mucho tiempo aquí, en soledad.

—Klaudia...

—Miklos, por favor, dame un tiempo; si no mejoro, tomaremos nuevas acciones.

Miklos se quedó en silencio unos segundos mientras la analizaba.

—Me aterra que podamos perderte.

—No va a ocurrir, te lo prometo.

Trató de mostrarse lo más segura que pudo pero en el fondo de su alma, ahí en donde se alojaba la maldición, algo se removió indicándole que esa promesa no iba a cumplirse porque algo muy grave estaba por pasar.

Capítulo 3

El macho Alfa de la manada de lobos de Loretta Brown observaba a Pál con cautela.

El vampiro, que sabía debía moverse con cuidado ante ellos, le saludó con la cabeza como solía hacer con cada macho Alfa que había encontrado a lo largo de su existencia.

Protegían a las brujas que, a su vez, protegían la cueva y que eran parte de la Sociedad; por lo que él les debía respeto.

El lobo estaba escondido entre los matorrales al fondo del jardín. El ojo de un humano común no lo habría notado. Los Alfa poco se dejaban ver y no era para menos, teniendo en cuenta que ya un lobo de la manada intimidaba.

No era normal encontrarse con un lobo salvaje que parecía estar domesticado.

Así que encontrarse con un Alfa, cara a cara, no era algo que pudiera ser soportado por un humano corriente.

Se detuvo ante la puerta y la tocó con delicadeza con sus nudillos.

Escuchó los pasos y finalmente, Loretta abrió la puerta.

Verla era como recordar el mar turquesa del Caribe

mezclado con la belleza salvaje del Amazonas. Así era Loretta Brown.

Le recordaba tanto a Veronika.

Aunque los ojos de Loretta eran algo que había visto en ella y en las aguas del mar Caribe.

Le sonrió.

Era dulce, inocente y de no haber sido criada en una casa de brujas descendientes de Veronika, habría sido muy soñadora.

Era lo que Pál percibía al estar ante ella.

Hizo una fuerte inspiración sintiendo sus aromas.

Loretta confiaba en ellos desde que Garret se acercara para pedirle que ayudara a Felicity con el asunto de su memoria, que por fortuna, ya estaba recuperada y feliz junto a Garret.

Pál le devolvió la sonrisa a Loretta, se acercó a ella.

La chica no se negó a abrazarle a pesar de no haberlo hecho antes.

Se preguntó qué tanto estaba cambiando en ella y qué promovía esos cambios porque de no confiar nada en ellos, pasó a ser casi parte de la familia Farkas.

—¿Cómo has estado?

—Muy bien —respondió ella sonriendo alegre e invitándole a pasar con un gesto de la mano.

Pál entró, caminó en el interior de aquella casa en la que estuvo unas pocas veces cuando la abuela de Loretta era muy joven.

—¿Te apetece un té?

—Me encantaría.

Pál siguió a Loretta hasta la cocina.

La casa se mantenía casi igual a como él la recordaba.

Era una casa anciana y robusta, aguantaría de pie varios siglos más si seguían manteniéndola con tanto cuidado como hasta el momento.

La magia ayudaba, claro.

Y el dinero que tenían reunido en la familia, también.

Las Brown siempre tuvieron buenas reservas que pasaban de generación en generación como todo lo demás.

«Bueno y malo», pensó.

Porque así como heredaban la magia, las riquezas, las bondades, también debían asumir las maldiciones.

Los lobos jugaban en el jardín.

No había nevado en algunos días; mas las temperaturas seguían muy bajas, tal como ocurría en esa temporada.

Los lobos estaban preparados para eso.

Loretta también.

La casa era confortable y cálida en su interior.

Sonrió complacido de ver que la chica vivía bien.

—¿Por qué sonríes?

—Me parece que vives bien, que eres feliz y eso me da satisfacción.

—Eres un buen hombre, Pál.

—Gracias.

Loretta sirvió el té que ella misma preparó gracias a sus hierbas y le extendió una taza.

Caminaron al salón, se sentaron en los sillones junto a la chimenea.

—No sé si soy completamente feliz —empezó a decir Loretta con la mirada clavada en el fuego crepitante. Pál percibió un cambio en su aroma. Un cambio que intensificaba todo lo que salía de ella. El vampiro sabía que eso solo lo ocasionaba el amor—. Antes de que Garret apareciera en mi vida, no creía que pudiera existir algo para mí fuera de esta casa, del territorio que siempre nos ha pertenecido; y vivía llena de miedo de que alguno de ustedes pudiera venir y hacerme daño.

Pál la escuchaba con atención.

Loretta tenía mucho por decir y él la escucharía.

Se lo debía. Sobre todo después de que le hablara de la razón por la que se encontraba allí ante ella, ya que no estaba allí por una simple visita social.

Loretta bajó la vista a su taza y luego atrapó la mirada de Pál.

—Gran parte de la historia supongo que te la sabes.

—No la tengo desde tu punto de vista y me gustaría escucharlo.

Ella le sonrió divertida.

—Cuando Garret llamó a mi puerta estuve a punto de decirle al Alfa —señaló a los lobos—, para que lo ahuyentara lo más lejos posible de la propiedad pero su tristeza me abrazó de tal manera que la sentí mía y creo que fue porque en parte, yo me sentía tan triste y desesperada como él solo que no tenía a nadie a quién pedirle ayuda. No confiaba en nadie, ni conocía a nadie.

Hubo un silencio en el que lo único que se escuchaba era el crepitar de las llamas en la madera que ardía dentro de la chimenea.

—No quería ayudarle porque le temía. Luego, apareció Diana y todo cambió, Pál. Todo —Loretta lo vio con seguridad—. Parece una locura… mi vida entera cambió gracias a ustedes.

—Gracias a ti, que te decidiste a dar el paso para ayudarnos y tomaste las riendas de tu vida para darte cuenta de que no somos tan malos como la gente suele creer.

Loretta formó una línea delgada con sus labios y asintió.

—Gané dos amigas —sonrió—, a las que adoro como hermanas.

—Y ellas te corresponden, que lo sepas. Además, Garret y

Lorcan harían cualquier cosa por ti.

Le sonrió con vergüenza a Pál.

—Lo sé. A Garret a veces lo siento como si fuera mi hermano mayor.

—Los cambios en tu vida no terminan con nosotros, ¿o sí?

Ella sonrió negando con la cabeza.

—No, pero es complicado porque mi vida no es normal para presentársela a un ser que es normal.

Pál asintió comprendiendo la situación. Para ellos nunca era fácil asumir relaciones con humanos. Siempre existían complicaciones, riesgos.

Con las brujas era igual o peor, porque tenían esa extraña creencia de que ellas nacieron para servir a la naturaleza; y las descendientes de Veronika, creían que solo existían para proteger a la humanidad del despertar de la Condesa.

A Pál le parecía muy injusto eso porque se negaban a experimentar una de las mejores emociones que existía como lo era el amor por otra persona.

La pasión, la devoción, las risas cómplices.

—No te desanimes a hablarle de tus sentimientos, nunca se sabe. Mi Katharina me aceptó tal como soy.

—Lo sé, y lo intentaré más adelante, quiero conocerlo bien primero y en estos meses que hemos pasado juntos he conseguido... —Loretta hizo silencio para recomponerse porque la voz le temblaba de la emoción. Pál quiso alentarla más, sin embargo, prefirió respetar sus pensamientos y decisiones—... he conseguido sentirme tan feliz estando junto a él que, si te soy sincera, se me hace muy difícil pensar en volver a mi solitaria vida de antes.

—¿Y él, cómo asume tu compañía?

—No para de decirme lo feliz que es a mi lado y lo mucho que yo debería darle la oportunidad de pasar al siguiente paso y ser una pareja de novios. Eso quiere. Y yo, me aterro.

Pál sonrió sintiendo pena por ella porque sabía que ella se aterraba debido su inocencia e inexperiencia con los hombres, con el amor en sí, la delataba.

—Sigue tu corazón, de seguro te dirá cuándo es el tiempo correcto y no dejes que la mente tome el control porque entonces podrías perderlo —Ella perdió la sonrisa al escuchar eso—. Así es el amor, cariño. Una vez que te entregas y lo vives, es la mejor experiencia que puedas tener en el mundo.

—¿Y si ocurre como ocurrió con mis padres?

Pál la vio con seriedad.

—Lo dudo, porque tu abuela ya no está y tú eres una Brown diferente. Tú naciste para cambiar las cosas en tu propia familia.

—No lo había visto así y creo que tienes razón.

Estuvieron en silencio un poco más, Pál disfrutando del momento y Loretta analizando cada una de las palabras que el vampiro acababa de decirle.

Después, ella fue quien rompió el silencio.

—¿Qué te trae por aquí, Pál? —lo observó con suspicacia ya que sabía que si el vampiro estaba allí era porque algo ocurría. Podía sentirlo en sus emociones. Estaba preocupado y su mirada, a pesar de que seguía apacible y segura como siempre, se perdía en ese pensamiento que era importante para él. Le sonrió con cordialidad porque la verdad era que le agradaba su compañía—: Eres bienvenido a visitarme cuando quieras y espero que lo hagas más seguido —él elevó las comisuras de los labios sin separarlos, dejando ver a Loretta la tranquilidad que le generaba su invitación, agradeciendo la honestidad con la que lo encaraba—: Siento que algo te perturba y quiero que me digas qué es.

—¿Acabaría eso con este grato encuentro? —era un

hombre tan sincero que Loretta se sintió complacida de esa pregunta.

—Me vendría bien compañía para la cena. ¿Te apetece? Tengo un poco de asado que podemos combinar con una ensalada; y en la bodega debe haber algún vino decente, tú serás el encargado de entrar allí.

—Es lo menos que podría hacer —respondió Pál encantado con el encargo que la chica le estaba dando porque se moría de ganas de conocer la bodega de las Brown.

La abuela de Loretta era una bruja en toda regla y una muy poderosa. Amante de los brebajes de la naturaleza a la que le gustaba el vino.

Si lo sabía él, que le enviaba algunas de las mejores botellas de su colección cuando necesitaba hablar con la bruja personalmente.

O cuando era indispensable la presencia de ella en alguna reunión de la Sociedad.

Loretta estaba cautivada con Pál. Le gustaba la sensación de seguridad que le transmitía.

El hombre clavó su vista al exterior, dejando salir un suspiró que nubló por completo el brillo que tenía en sus ojos.

—Es Klaudia, Loretta.

—¿Qué ocurre con ella?

El vampiro levantó los ojos, negó con la cabeza.

—No lo sé, solo sé que no es bueno y...

Se frotó el rostro con las manos. Loretta sintió el cambio intenso en su humor.

Aquello le preocupaba más de lo que ella pensaba.

Quizá...

Un pálpito súbito hizo que el corazón se le acelerara y el vampiro levantó la cabeza de golpe para verla a los ojos porque él sintió el cambio en el olor de ella.

Pál no necesitó decir nada más.

—Pál, eso es…

—Es posible, Loretta. Lo es. Está ocurriendo. Klaudia está despertando y debemos evitar, a cualquier costo, que llegue a la maldita cueva.

Loretta apoyó la taza en la mesa, notó como el Alfa se acercaba entre las sombras a la casa porque la sentía a ella y sabía que algo no iba bien.

Buscó los ojos del animal para indicarle que todo estaba en orden; que no debía preocuparse por nada, aun.

—Necesito que me cuentes todo lo que sabes de esto.

—No sé mucho porque Klaudia es el ser más autosuficiente y empecinado que he conocido en mi vida.

—Lleva una maldición en su interior, Pál, y si todo lo que dejó escrito mi abuela es cierto, comparte poderes con Veronika.

Pál asintió.

—Mira, lo único que sé es que todo esto empezó con Felicity y el detective que nos abordó en Nueva York —Loretta puso toda su atención, la misma que parecía fallarle últimamente. No era momento de tener fallas—: Algo nos olía extraño en ese hombre, sobre todo a mí y a ella. ¿Sabes a lo que me refiero?

—Olfato vampírico, supongo.

Ambos sonrieron cómplices por el comentario sarcástico de ella.

—Las veces que estuve ante él me recordaba a algo que tenía años, siglos, que no olía.

Loretta frunció el ceño pensando qué podría ser, se mantuvo en silencio porque quería que Pál no omitiera ningún detalle.

El vampiro abrió los ojos con sorpresa y la vio entusiasmado.

—¡Un hada!

—¡¿Qué?!

Pál asintió sonriente porque no dejaba de sentirse sorprendido por enterarse de que existía un sobreviviente de esa especie.

—Bueno —rectificó—, medio hada porque es hijo un hada con un humano.

—No sabía de ellos.

—Es que Luk acabó con todos.

Loretta le dejó ver su confusión. Intentaba atar cabos porque empezaba a sentir que las historias iban entrelazadas.

—Luk Farkas —Pál asintió de nuevo, haciéndole recordar que en uno de los diarios de sus antepasados se mencionaba a Luk Farkas. Murió a manos de Lorcan… entendió todo, abrió los ojos y preguntó con sorpresa—: ¿Fue la especie que Luk exterminó?

—Exacto —Pál le contó a Loretta todo lo ocurrido con Luk hacía tantísimo tiempo—. Pensábamos que todos estaban muertos. La noche en la que encontramos a Luk en la colina, esa última noche que lo vimos con vida, lo único que reinaba era el silencio, la muerte y la sangre. Nunca supimos qué diablos ocurrió con él —negó cerrando los ojos, recordando ese momento doloroso, una imagen terrorífica—: ni siquiera era capaz de reconocernos, Loretta. Ese día entendí lo que cuentan las leyendas de los humanos sobre nosotros en esa versión diabólica y retorcida.

Loretta sirvió más té y sacó algo para mantener la boca entretenida mientras escuchaba toda la historia.

Así que se puso de pie mientras dejaba a Pál reorganizar sus pensamientos; ella sirvió el té en las tazas, sacó un plato decorado con unas delicadas rosas en el fondo y lo llenó con pastas dulces que estuvo horneando en la mañana con excusa de la visita de Pál.

Sirvió todo en la mesa para luego ocupar de nuevo su sitio.

Pál probó una de las pastas e hizo sonidos de regusto por lo que comía.

Ella le sonrió.

—Una receta que encontré en Internet.

—Pensé que sería algo de tu abuela.

—Era bruja, no buena cocinera —ambos rieron.

—Bien, Loretta, déjame continuar para que lleguemos pronto al punto que me angustia —tomó un sorbo del té y continuó—: Después de darle a mi hermana el adiós digno que merecía a pesar de la estupidez que hizo secuestrando a Felicity, Klaudia volvió a encontrarse con el detective que confirmó quién era en realidad y lo que quería: Venganza. Es un cazador y busca acabar con Luk, para empezar; porque suponíamos que luego iría tras toda la familia. Klaudia no le dio más información. Él le indicó que se marchaba a Irlanda y que después de que ella conversara conmigo sobre lo que él quería obtener, lo buscara en su tierra para entregarle al asesino de su aldea.

—¿No podían arreglarlo en Nueva York?

—No, el buscaba venganza, y sellarla en su territorio, en donde todo comenzó. En cierto modo lo entiendo porque debe tener la necesidad de cerrar ese ciclo que le causó tanto dolor. ¿Te imaginas ver cómo asesinan a toda la gente que amas? Debe ser aterrador. El hecho de cerrar ese ciclo allí, también sería una forma de rendirles honor a los caídos por culpa de Luk. Klaudia aseguraba que parecía un hombre de palabra, yo no sé por qué nunca llegué a fiarme —hizo una pausa—; el caso es que la vida eterna nos ha enseñado a estudiar al enemigo y ganar tiempo para saber a qué nos enfrentamos, y Klaudia es la mejor investigando cosas. No estaba de acuerdo en que ella se encargara de esto. Un día, simplemente me llamó desde Venecia diciéndome que ya estaba en Europa, lista para pasar una buena temporada mientras investigaba a Ronan y lo ubicaba porque el hombre no puso nada fácil —tomó un sorbo de su té—. Es difícil persuadir a Klaudia. Aunque la adoro, a veces me desquicia con sus necedades.

Hubo un silencio en el que Loretta dominó su impaciencia porque Pál se tomaba su tiempo en narrar las cosas.

—He hablado poco con ella desde entonces. Nunca supe cuándo llegó a pisar Inglaterra y como si el maldito destino así lo quisiera, sé que Klaudia llegó a estar muy cerca de la cueva, Loretta.

La bruja lo vio con horror.

—Su poder y sus recuerdos, ¿siguen dormidos? ¿No?

—No lo sé, Loretta. Sospecho que están despertando por alguna extraña razón. Me enteré de todo esto porque Fiona, en Inglaterra, la recibió en casa para ayudarle a localizar a Ronan en Irlanda a través de un hechizo. Lo consiguió, sin embargo, Fiona también pudo ver y sentir cosas espantosas con respecto a Klaudia. Me dijo: «la persiguen los demonios. La vienen a buscar los demonios en la noche», te digo las palabras tal cual las usó la bruja conmigo.

Loretta empezaba a sentir la ansiedad de la angustia reclamando más dulces en su barriga.

—De inmediato la llamé, sin dejar en evidencia a la bruja, claro está; porque además sé que Klaudia no es un ser al que se le deba abordar de frente cuando es algo de lo que ella se niega a hablar o que quiere demostrar que es capaz de arreglarlo por sí sola —Pál también se comió una pasta y tomó un poco más del té—. El caso es que tan pronto como me saludó y empezamos a hablar, me di cuenta de que algo no iba bien con ella. Miedo, Loretta. Klaudia Sas estaba llena de miedo. Yo estaba a miles de kilómetros de distancia y a pesar de eso, la conozco tanto, que sé que estaba aterrada. Por supuesto, no me dijo nada; ni de las voces nocturnas ni nada más que no fuera en referencia a Ronan.

—¿Hiciste algo al respecto?

—A Klaudia no se le debe acorralar.

—¿Hay algo que se pueda hacer con ella? Porque hasta ahora no he parado de escucharte decir que si es de esta manera o de esta otra y lo que me parece es un poco insolente y creída.

Pál vio con diversión a la bruja.

—Me gustaría que un día se lo digas a ver cómo reacciona. No olvides que tú y yo sabemos algo que ella no sabe y se supone que en mi familia hemos visto tanto, que temerle a los fantasmas es un poco absurdo, ¿me entiendes?

Loretta le entendía, sin duda, eso no quería decir que lo aceptaba.

Pál decidió continuar:

—Klaudia llegó a Irlanda y cambió. Le contó a Lorcan de una batalla con Ronan en donde salió muy mal parada, sin embargo, él se comportó como un caballero con ella permitiéndole alimentarse y recuperarse en su propia casa…

—Ay, Pál, ¿se gustan?

—Creo que va más allá de un simple gusto pero sí, me temo eso y no termina allí —Pál se puso muy serio entonces—. Klaudia no consiguió llegar a la fiesta de las máscaras, no tengo nada claro el porqué, una excusa absurda que soltó sin más y como era de esperar, no le creí. Algo está muy mal con ella. La conozco.

—¿En dónde está ahora?

—Con Miklos. Subastas de antigüedades, fiestas y mucho

alcohol es lo que tienen en común esos dos, así que supongo que estará bien.

—No has hablado con Miklos —Loretta lo soltó como una afirmación más que como pregunta.

—Miklos es Klaudia pero con un pene, Loretta. Haría cualquier cosa por ella y estoy seguro de que la adora como a una hermana. Por lo que si ella llegara a pedirle que no diga nada de lo que le ocurre, él cumplirá con su deseo hasta que ella cambie de opinión o hasta que sea muy tarde, me temo.

—¿Y si te presentas de sorpresa?

—No sé si conseguiría algo. No sé ni siquiera qué es lo que pienso encontrar pero tengo un mal presentimiento con todo esto y me temo que cuando nos enteremos, va a ser muy tarde.

Loretta tuvo algunos flashbacks de días anteriores a ese encuentro en el que ocurrieron cosas a las que no prestó atención porque le parecía que todo marchaba tan bien que… ¿qué podría salir mal?

—Loretta, ¿en qué piensas?

—He recibido algunos presagios que quizá me estaban augurando algo de esto —recordó la planta muerta en el invernadero minutos después de que le diera el riego necesario. La planta se quemó por completo.

Lo comentó con Pál.

—Sé que es un mal augurio, muy malo; así como que los lobos no paren de traerme a casa animales en descomposición que se encuentran cerca. Nunca lo hacen a menos de que estén avisando algo…

Loretta se quedó en silencio porque entendió, por primera vez, por qué esos y otros presagios más no los tomó en cuenta; o quizá sí, pero no quería concentrarse en esos asuntos porque su atención estaba siendo acaparada al completo por las novedades que descubría en el mundo al cual poco accedió en el pasado y que en el presente le estaba dando tanto.

Como la compañía de nuevas amigas y… a Bradley.

Pál le sonrió con compasión, le tomó las manos.

—Loretta, estás en todo tu derecho de vivir tu vida como lo desees, ahora estás siendo feliz junto a ese chico y lo que no es justo es que yo venga a perturbar esa felicidad. No debes culparte por obviar algunas cosas negativas del mundo que conoces tan bien. No hay vergüenza en eso. Son deseos de que nada vaya mal porque estás siendo feliz y como te dije, no quieres que nada ni nadie perturbe esa felicidad.

—Es mi deber con la Sociedad no saltarme estas cosas.

—Encontrarás un balance, estoy seguro. Y mientras lo encuentras, estaría dispuesto a ayudarte con cada cosa que te avisen o que presencies. No cargues sola con el peso de la negatividad que te anuncian y que opaca tu alegría. No tienes por qué estar sola en esto, ¿entiendes? Yo estaré contigo compartiendo la carga. No podemos compartirlo con nadie más hasta no saber con exactitud qué es lo que pasa con Klaudia y la cueva. Tú y yo, nada más.

Ella sonrió con dulzura, entendiendo la importancia de esa petición por parte de Pál y se alegraba de que él no le reprochara el no haber hecho bien su trabajo porque por asuntos del corazón, estaba distraída.

Recordó entonces a su abuela y las peleas con su madre cuando le decía que olvidara al amor de su vida porque eso la llevaba por mal camino y le impedía cumplir con su deber.

¡Cuánta razón tenía! Lo comprendía ahora cuando ya era tarde.

Cuando aún no tenía nada más que una hermosa amistad con un chico que le removía todo en su interior y le llenaba de electricidad cada fibra del cuerpo.

Pál sonrió como ella. Podía deducir lo que sentía por sus olores y porque era un hombre sabio y recorrido que notaba todo pronto.

Tenía que encontrar la forma de concentrarse en el asunto de Klaudia.

Quizá sería buena idea alejarse un poco de Bradley. Sintió entonces como si le hubiesen quitado el oxígeno a su alrededor con solo pensar en eso.

Pál la vio con profundidad, apretó sus manos con cariño.

—No puedes sacarlo de tu vida, Loretta; y mi consejo es que cuanto antes hables con él, será más fácil para ti.

—Me cuesta mucho hablar de este tema aun —se avergonzaba de decir en voz alta de que se sentía enamorada de un chico—. ¿Crees que Klaudia pueda llegar a la cueva?

—No solo lo creo, estoy seguro de eso y estoy convencido de que será pronto.

—Entonces mi vida privada tendrá que parar una temporada, hasta que podamos resolver esto. Nací para ser una aliada, para ayudar a la sociedad. Soy descendiente de Veronika y debo asumir mi deber con lealtad y honor, Pál. De todas maneras, no tendré un futuro tranquilo si la Condesa es liberada.

—Es verdad —afirmó él con tristeza—. Ninguno lo tendrá.

—Entonces luchemos por la felicidad de todos, vamos a empezar ahora mismo. Tú vas a buscar el vino a la bodega y yo empezaré con la cena para que vayamos intercambiando ideas y escenarios de todo lo que puede, o no, ocurrir; porque esta guerra tenemos que ganarla, por el bien de nosotros y de la humanidad.

Capítulo 4

Milena se alisó la falda ante el espejo.
Estaba impecable.
El cabello muy bien alisado sujeto a una cola pegada a la nuca, maquillaje simple, camisa bien planchada e impoluta y el traje de lana en perfectas condiciones.

Su madre estaría orgullosa.

Además, traía puesto un conjunto de ropa íntima a juego, a pesar de que Gennaro no estaría para poder quitárselo.

Se sonrojó con aquel pensamiento. Siempre lo hacía, porque no podía evitar sentir un poco de culpa entre tanta lujuria prematrimonial.

Su madre no estaría muy orgullosa de eso.

De hecho, estaría muy molesta con saber que ella perdió su virginidad antes de Gennaro; y enterarse de que mantenía relaciones sexuales con él antes de comprometerse sería toda una vergüenza para la familia Conti.

Sonrió con picardía en la mirada. Se sentía como la niña traviesa que nunca fue.

Tenía varios días sin hablar bien con su prometido y la

verdad era que lo extrañaba. Tendrían que estar una temporada separados y él lo aceptaba porque entendía que era un trabajo importante para ella; si algo tenía ese hombre además que era dulce y encantador, era que la animaba a cumplir metas profesionales y eso para ella era muy importante.

Milena fue criada en el seno de una familia importante en Florencia, conservadores y fieles católicos.

Hija única, criada bajo las más estrictas costumbres. Educada en los internados en el extranjero al cuidado de monjas que solo parecían conocer el amor por dios y por las normas.

La vida de Milena estuvo llena de lujos y comodidades, no podía quejarse.

De lo único que se quejaba, en su interior, era de la devoción que tenía su madre por la iglesia católica.

Ella era creyente, respetaba y practicaba la religión pero evitaba caer en excesos. O lo que ella consideraba excesos; y claro, eso solo ocurría si no estaba su madre cerca.

Estando junto a esta nada se debía objetar y Milena se entregaba a sus deseos porque no estaría bien llevarle la contraria.

Era su madre, le debía respeto y consideración.

Podía vivir con ese otro secreto, sin ningún problema. Además, no tenía un argumento sólido para el cual rebatir los excesos religiosos de su madre que era una mujer llena de energía y con la capacidad de mandar a un regimiento de soldados en medio de una cruda guerra.

¿Qué iba a decirle? ¿Qué no iba a ir a misa cada domingo porque ella solo quería remolonear en la cama como una holgazana?

¿Tenía sentido pelear con su madre por eso?

No.

Así que, en silencio, se resignaba y seguía las indicaciones de la mujer para ser una buena hija.

Ahora, estando lejos de casa, quizá podía saltarse los domingos de misa. Aunque eso era mentir y ella...

En fin...

No tenía sentido pensar en eso tan temprano por la mañana.

El teléfono sonó y sonrió porque por el *ringtone*, sabía que era su madre. Parecía que le hubiese olido las intenciones a distancia.

—Madre —respondió con moderada alegría.

—¿Cómo es posible que no hayas llamado en todo este tiempo, Milena?

—Mamá, no exageres. Hablamos hace dos días ¿no lo recuerdas?

—Eso quiere decir que ¿mientras estés fuera de casa vas a comportarte como una mujer vulgar que no sigue las normas de una señorita en sociedad? —Milena suspiró abatida viendo cómo se alejaba su intención de no ir a la iglesia el domingo y dormir más. «Una señorita, no haría eso», pensó—. No he estado de acuerdo con este viaje desde el inicio. Eres una mujer comprometida y le debes respeto a tu futuro esposo.

«Luego seré una mujer casada», pensó. Y su madre también se lo recalcaría.

—Madre, Gennaro no tiene ningún inconveniente en que yo esté aquí algunas semanas. Esta familia tiene piezas increíbles y Salvatore...

—¡Ese hombre! —Milena cerró los ojos sentándose con desparpajo en la cama—. Es un pecador, libertino.

—Es mi jefe, madre.

—Y eso no lo hace menos impuro. Es un hombre con muy poco respeto a la iglesia a pesar de que sus ancestros están ligados directamente con tan importante institución. Es un Medici. ¡Cuatro Papas hubo en su familia! Debería tener un poco más de respeto y no vivir esa vida que vive.

Milena había decidido, hacía mucho tiempo, no llevarle la contraria a su madre en este tema.

Salvatore Ricci fue uno de sus profesores en la Academia de Bellas Artes de Florencia en donde estudió su carrera; y fue también, quien le aconsejó tomar la maestría en La Slade School of Fine Art de la University College London que es reconocida por tener uno de los mejores departamentos de arte en el mundo. Y fue quien le consiguió, después, un puesto que le dio gran experiencia en el Museo Británico.

Cuando decidió regresar a Florencia, Salvatore no se lo pensó dos veces para ofrecerle el puesto que ahora tenía y ella no podía sentirse más feliz y agradecida porque estaba en casa, trabajando en lo que amaba.

Londres fue una gran experiencia, pero no llegó a sentirse bien en esa ciudad.

El aire siempre húmedo, la lluvia constante, el cielo siempre triste le restaba energía y por ello decidió volver a su adorada Florencia en donde la campiña italiana siempre estaba verde y el sol era amable con todos los habitantes.

No podía culpar a su madre con respecto a sus impresiones de Salvatore. Era un hombre que se mantenía en muy buena forma física, era atractivo, encantador con las mujeres y experto en arte. Además de ser un Medici.

Mejor dicho, el único Medici que quedaba vivo.

Por lo que podía comportarse como un cretino con las mujeres y siempre tendría un buen puñado para escoger ya que muchas de ellas iban tras el estatus y la comodidad económica de la que gozaba este hombre.

—Te estoy hablando, Milena.

—Te escucho, madre, te escucho —respondió divertida porque, en realidad, se había perdido en sus pensamientos y su madre la conocía así que no dudó en repetir lo que quería saber.

—Te pregunté que cómo percibes a esos Farkas. Porque Maria Grazia me contó que son personas muy reservadas y que poco sabe de ellas. Imagínate, si Maria Grazia sabe poco de alguien es que ese alguien es un don nadie o…

—Está muerto —sentenció Milena divertida de nuevo porque esa mujer de la que hablaba su madre, ella le tenía gran cariño, era amiga de su madre de toda la vida y no por ello dejaba de ser un chismosa.

¡Y sí que lo era!

Mejor que un detective privado.

La madre de Gennaro no podía verla cerca y le dijo a Milena, en varias oportunidades, que podía soportar la presencia de esa mujer solo en las ocasiones en las que, por educación, no pudiesen obviar su presencia, como por ejemplo, la boda.

—Estoy esperando.

—Sí, madre, bueno, no lo sé. Son muy amables y educados.

—¿De dónde provienen?

—Sus ancestros se remontan a Hungría. Me parece que de algún aristócrata importante de Hungría, pero aún no lo sé bien y no sé si llegue a saberlo porque Klaudia la he visto muy poco y Miklos ha…

—¿Cómo es que los tratas de tú?

—Órdenes de ellos mismos.

—Lo veo poco apropiado, cariño. Deberías contradecirles hasta que entiendan que tú eres una niña con mucha educación y que por nada en el mundo te saltarías una norma tan importante.

Milena sonrió recordando a Klaudia cuando ella le dijo eso

mismo y le habló de su madre.

Era la tercera vez que se lo explicaba y Klaudia le dijo que por favor se relajara un poco y viviera una vida de rebeldía. Que a ella le caía muy bien la gente rebelde.

Fue el primer día que la vio sonreír un poco.

—¿Están casados?

—No, madre —se obligó a concentrarse porque quería acabar pronto con esa conversación—; son primos.

—¡Ah! Y…

Milena vio el reloj dándose cuenta que estaba justa de tiempo para llegar al palacio.

—Madre, lo siento; debo colgar, se me hace tarde.

—Está bien, cariño. Estás en un buen hotel, supongo.

—Sí, madre, no tienes que preocuparte por nada que sabes que no voy a darte un disgusto.

—Lo sé, cielo. Gennaro ha estado muy ocupado, hablé con el ayer y…

—Madre…

—Deberías renunciar y dejarme hablar con calma.

—Te llamaré luego, ¿está bien?

—Espero no lo olvides. Buen día, cielo.

—Besos, madre. Adiós.

Milena colgó negó con la cabeza y dibujó una sonrisa en los labios.

Se dio la vuelta y abrió la puerta para encontrarse con Miklos, listo para llamar con los nudillos.

—Me alegra saber que estabas a punto de salir. Necesito tu ayuda.

**

—Buenos días —saludó Milena sorprendida y un poco

molesta por la falta de educación de Miklos, que usó un tono de voz algo autoritario que no le gustó para nada.

Milena cerró la puerta de la habitación sin dejar de verle a los ojos.

Tenía unos ojos hermosos. Eran del color de la miel y el brillo en ellos variaba según las emociones que su dueño sentía.

En ese momento habrían podido parecer un par de luceros y Milena leyó mucha emoción en ellos.

—Parecía que tenías prisa hace unos segundos —recalcó al hombre que no dejaba de observarla.

Miklos parpadeó un par de veces y le sonrió de lado.

—Puedo darme cuenta de que algo te molesta.

Era un hombre muy perceptivo, Milena lo notó en días anteriores y, sin saber por qué, le gustaba.

No tenía consciencia de haber conocido antes a un hombre con la capacidad de leerla con tanta facilidad.

—Quizá se deba a que tus modales no son de lo más apropiados esta mañana.

—Buenos días, Milena —Miklos hizo una reverencia, divertido; sin dejar de verla a los ojos—. Me alegra saber que estás aquí aun porque necesito que me acompañes a una cita muy importante.

—Mejor —ella también sonrió, relajándose—. ¿De qué se trata?

Miklos se enderezó y extendió la mano para indicarle a ella que empezara a caminar a su lado.

Recorrieron el corredor del hotel hasta el ascensor, en silencio absoluto.

Milena no quiso preguntar de nuevo. Esperaría porque presentía que él le diría a dónde se dirigían con tanta prisa esa mañana.

«Y con tanta emoción», pensó ella de nuevo al verle a los ojos al hombre.

Se dio cuenta entonces de que si hubiese estado soltera hubiese tenido pensamientos pecaminosos con el hombre que la acompañaba y que marcaba ahora el botón dentro del ascensor que los llevaba a la azotea del edificio.

Milena frunció el ceño.

Él sonrió de lado de nuevo observándola de reojo.

—Nuestro vehículo esta mañana nos permitirá llegar antes y conseguir lo que quiero.

¡Oh! Ya lo entendía, irían en helicóptero a donde quiera que tenían que ir que…

—No puedo decirte nada hasta que lleguemos y lamento informarte que, todo lo que veas allí dentro, tendrás que guardarlo para ti. Tengo que hacer uso de los acuerdos de confidencialidad de Klaudia en esto. Lo siento.

Aquello despertó la curiosidad en Milena.

Miklos era un hombre reservado en cuanto a su vida personal, no a lo que tenía en casa; aunque era obvio que existían piezas en su colección que era necesario mantenerlas en confidencialidad absoluta porque tenían un valor que ni siquiera Milena podía tasar.

Piezas muy, muy antiguas.

No le extrañó que mencionara las reglas de confidencialidad. Lo que le extrañó, es que lo hiciera con tanto énfasis cuando antes no les había prestado tanta atención.

Salieron a la azotea y él le tomó la mano de manera instintiva para hacerla correr medio agachados y así protegerse un poco del viento que producían las aspas del aparato que estaba listo para despegar.

Le ayudó a subir, hizo lo propio y cerró la puerta dándole al piloto la señal de despegue.

Milena se sintió privilegiada de tan magnífica vista. Venecia y sus canales. Los barcos, los turistas; todo visto desde la altura en un solo plano, apreciando cada centímetro de esa ciudad tan romántica e idílica.

Miklos le tocó de nuevo la mano y se dio cuenta de que, al tacto, la de él se le hizo suave y precisa.

Lo vio y él le indicó con gestos que se colocara los auriculares con el micrófono para poder comunicarse mejor.

Lo agradeció, no porque el ruido producido por el aparato hubiese desaparecido, pero sí bajó su intensidad.

Vio de nuevo por la ventanilla. Dejaban Venecia atrás y se abrían paso en la campiña italiana. Esa que tanto le gustaba a ella.

A pesar de que en esa época del año no se pudieran apreciar bien.

Se pegó más a la ventanilla y sonrió imaginándose cómo se vería todo aquello en primavera; cuando el sol anima a la naturaleza a brillar en todo su esplendor y la tierra se baña de colores hermosos.

—Italia es uno de mis lugares favoritos en el mundo.

Notó que la imagen era aún más perfecta con la voz ronca de Miklos acariciando sus oídos. Se volvió hacia él.

—¿Cuántos años tienes viviendo en Italia?

Miklos sonrió y resopló, como si ni él mismo creyera todo el tiempo llevaba viviendo en Italia.

—Muchos años, Milena —volvió el rostro a la derecha, observando por la ventanilla y repitió en voz muy baja, pero aun perceptible para Milena—: muchos.

Todo él era un enigma y quizá eso era lo que le hacía muy atractivo.

Además de que estaba bien consciente de lo que tenía físicamente y sabía cómo usar cada uno de esos atributos.

—Al lugar al que vamos vas a necesitar esto —señaló un elegante anorak con guantes a juego frente a ella—. Y tus zapatos no van a ayudarnos mucho así que usa esas, creo que son de tu talla —señaló unas botas de nieve debajo del anorak.

Él iba vestido para la ocasión aunque no tan abrigado.

—Me gusta el frío de la montaña —la vio con interés mientras ella lo analizaba. Se sintió intimidada por primera vez con esa mirada que refulgía ante ella—. Vamos a Bolzano. Una vez lleguemos, te voy a pedir que no preguntes nada. Si Andrea, nuestro anfitrión, te hace preguntas, responde serena, sin mostrar emociones por lo que vas a ver allí, ¿entendido?

Milena empezó a angustiarse.

—¿Qué es lo que voy a ver? Empiezas a despertar mi curiosidad.

Miklos dejó ver ironía y levantó una ceja, un gesto que hizo ruborizar a Milena.

—Yo que pensaba que ya había alcanzado a despertarla —Ella se avergonzó, sonrojándose sobremanera y él sonrió divertido—. Bueno, para no provocarte más curiosidad, querida Milena, vamos a ir a un sitio que muy pocos tendrán el privilegio de ver en su vida; y como sé cuánto aprecias lo antiguo, aproveché la ocasión para traerte —Miklos clavó su mirada en la de ella—: Además, no es una visita de cortesía. Voy a hacer un negocio y necesito que te asegures de que lo que voy a comprar, es real.

—Bien. Gracias por aclararlo.

Milena no quiso hablar más porque, de pronto, se sintió nerviosa ante ese hombre que la observaba como si ella fuera un objeto extraño.

Miklos no la observó así en los días anteriores y se preguntaba por qué ahora sí.

—Lo más seguro es que hablemos en italiano, aunque

Andrea es amante del Alemán. Los va turnando según le parece, si no entiendes algo, solo pregúntale, con mucha cordialidad, que te explique qué quiso decir y ten paciencia con la explicación que te dé.

Milena asintió con la cabeza porque temía que iban a encontrarse con alguien de la mafia o de la realeza.

Quizá un personaje estrafalario de esos que tienen grandes colecciones que despertaban el interés de Miklos.

¿Qué podrían encontrar en Bolzano?

Ötzi, el Hombre de Similaun, ya había sido descubierto y lo mantenían allí en el museo de la región.

Pensó en esa momia encontrada en la década de los noventas por dos alpinistas alemanes. Estaba catalogada como la momia natural más antigua de Europa. Era un hombre fallecido en el 3225 a. C.

¡Vaya descubrimiento!

—¿Conoces la región a la que vamos?

—No, pero pensaba en Ötzi y su hallazgo.

—Quizá en otra oportunidad podríamos visitar la región, el museo, los viñedos. La primavera es una buena oportunidad para pasearse por aquí. El clima es delicioso y la naturaleza florece.

Además de guapo, era sensible.

Milena se sintió sonrojar otra vez y se recordó que era una chica comprometida, que amaba a Gennaro.

Que debía dejar de sentirse atraída por Miklos.

El hombre vio el reloj.

Las montañas se abrían paso ante ellos.

—Ve alistándote para que estés lista cuando lleguemos.

Milena obedeció en silencio sin dejar de apreciar lo que las vistas le obsequiaban.

—Me quedan perfectas —comentó cuando terminó de

calzarse las botas—. Gracias por este detalle.

Miklos asintió.

—Allí está Bolzano, vamos un poco más al noreste. A las montañas.

Se mantuvieron en silencio otros minutos y al cabo de un rato, el piloto anunció que se preparan para tocar tierra.

El paisaje era impresionante. Las montañas rociadas de blanco por las nevadas y pequeños poblados esparcidos aquí y allá en donde Milena imaginó a muchos ancianos viviendo desde el primer día de sus existencias. Personas que no conocían más que esas tierras y que las amaban tanto como a sus familiares.

No supo si sentir pena o fortuna por ellos porque debía ser de espanto no conocer todas las bondades del mundo moderno.

Conocer el mundo en general, curiosamente, el estudio de la historia le había enseñado que lo que no se conoce no se puede extrañar; y ese «no conocer» otorgaba cierta felicidad que los que conocían mucho, desconocían.

Sonrió negando con la cabeza tal como siempre hacía cuando pensaba en eso que parecía un trabalenguas poco comprensible.

Miklos la observó, ella pudo percibir las ganas de preguntarle qué era lo que le hacía tanta gracia, se abstuvo de hacerlo porque en ese momento tocaban tierra y debían salir con precaución del ave de hierro.

Un todo terreno les esperaba con dos hombres a cada lado.

Los hombres parecían ser de un cuerpo de seguridad privado, porque eran de esos que daban la impresión de medir dos metros de alto y ancho.

De los que intimidan.

Corrieron hacia el vehículo y antes de llegar, Miklos la

detuvo.

—A partir de aquí, necesito que te mantengas serena, tranquila; y que confíes en mí.

—Santo dios, Miklos, estás empezando a asustarme. ¿A quién diablos vamos a ver?

—Ese es el problema; que, a partir de aquí, no veremos nada hasta que estemos dentro; sin embargo, todo va a estar bien. ¿Entendido?

Milena vio el helicóptero despegando y se reprochó por ser tan idiota de subirse a eso con un hombre que no conocía de nada y con el que apenas había cruzado palabras.

¿Y si le hacían daño?

Miklos se detuvo de nuevo.

—Cierra los ojos —ella no entendió la petición y se asustó—. Cierra los ojos, Milena.

El miedo a lo desconocido le aflojó las rodillas un poco, pidió a Dios por que nada saliera mal.

—Piensa en algo que te guste mucho y cuando consigas la imagen, respira profundo.

Algo que le gustara mucho.

Mmm.

Se imaginó en el museo, trabajando como cualquier otro día.

Sonrió, experimentando una tranquilidad repentina.

—Eso, mejor así —afirmó él—; ahora, abre los ojos.

Ella parpadeó y apreció que, en ese escenario en donde el blanco predominaba en algunos puntos, los ojos de Miklos parecían resaltar más.

—Cuando no puedas ver nada, solo piensa en eso que tenías en mente.

Ella asintió y respiró profundo, ya estaba allí y la única salida que veía era hacer lo que Miklos decía para volver cuanto antes a Venecia y así sentir verdadera calma.

Caminaron los metros que le separaban del todoterreno y se subieron.

Los hombres se aseguraron de cerrar bien las puertas de ellos; luego, ocuparon los asientos delanteros.

—Bienvenidos, Sr. Farkas. El señor los espera. Ya conoce el procedimiento.

Miklos asintió.

—Gracias —se volvió hacia Milena mientras tomaba una tela negra que sobresalía del bolsillo trasero en el asiento del copiloto—. Confía en mí, ¿ok? Ahora, cierra los ojos —Milena hizo lo que se le pedía, pero no pudo evitar empezar a sentir miles de emociones desconcertantes que le angustiaron. La tela negra se deslizó en su cabeza guiada por las manos de Miklos que se movían con naturalidad a su alrededor. ¿Cuántas veces habría hecho esto?—. No tardaremos en llegar. Piensa en eso que tanto te gusta.

Milena no pudo hacer caso esta vez.

Algo en ella se precipitó y la angustió de más.

Abrió los ojos. Una capucha que le imposibilitaba ver hacia donde le llevaban.

Hizo el intento de quitársela, sentía que el aire le faltaba.

La mano de Miklos sujetó la suya con delicadeza.

La bajó al regazo de ella y allí mantuvo el apretón que Milena, nerviosa, agradeció.

Algo en ese gesto le estaba dando la tranquilidad que necesitaba.

«Te lo pido señor, que no nos lastimen»

**

Miklos sonreía travieso dentro de la capucha que le tapaba

la cabeza y la vista en general.

Era un poco tonto todo aquel asunto porque, con su olfato, podría reconocer la región entera pero si Andrea le exigía vestirse de payaso para acceder a su colección, pues él lo haría; porque si había algo que quería en la vida aparte de que apareciera de nuevo Úrsula, era esa colección invaluable que tenía el viejo Andrea y que no quería vender. Bueno, al menos no toda la colección.

Así que se sorprendió mucho cuando el viejo le llamó para decirle que le tenía una propuesta que no podía dejar pasar porque estaba necesitando liquidez.

El dinero de Andrea siempre provino de dudosa procedencia y Miklos prefería no saber más de lo que le contaban porque, por su condición, no quería que la policía desviara la mirada hacia él.

No era lo más conveniente para él o para la raza en general.

Agradeció la capucha que sirvió un poco de barrera entre su olfato y los aromas que desprendía Milena que iban a enloquecerlo.

Esa primera semana con la mujer metida de cabeza en el palacio fue un poco retador y Miklos no conseguía entender por qué Milena se le hacía tan apetecible.

La mezcla de aromas en ella, Dios…

Eran imposibles de obviar.

Milena se removió en el asiento junto a él.

—¿A dónde vamos, Miklos? Necesito sentirme segura.

La voz de la chica salía en un susurro. Tenía miedo, no comprendía nada a su alrededor y se sentía en peligro.

Aquella combinación le hizo despertar algo tan absurdo en él que se confundió por un momento.

Frunció el ceño.

Él era un depredador que dominaba muy bien sus

instintos. No podía permitirse sentir las tentaciones que le hacían olvidarse de todo el auto control adquirido a lo largo de su existencia.

Indiscutiblemente, algo pasaba en él porque las encías le empezaron a doler.

Esos aromas.

Sus oídos percibieron el recorrer de la sangre de ella en las venas.

¿Qué diablos ocurría?

Respiró profundo; para empeorar la situación, claro, porque sus fosas nasales se embriagaron de los excitantes aromas.

Ahhh sí, entonces sintió la tensión en su miembro y rio por lo bajo.

No podía ser que la mujer lo excitara de tal manera.

¿Ese era todo su problema?

Se relajó pensando en que, al final del día, podría ofrecerle unas copas y de ahí, llevarla a la cama.

Aquel pensamiento no le menguó el dolor de las encías, pero al menos detuvo la erección que empezaba a fortalecer su miembro.

—Miklos.

La exigencia de ella lo regresó al presente.

Exhaló.

—Es un hombre importante y una colección importante. Ya te lo dije —Recordó lo poco cortés que fue con ella en el encuentro en el hotel—. Te compensaré con una cena cuando acabe el día.

—Es mi trabajo. Klaudia me paga por esto, nada de cenas.

¡Ah! ¿Se negaba?

Su molestia representaba un reto para él y los retos eran como salir a cazar y él…

¡Ay maldita sea! El dolor en la boca empeoró.

¿Cuánto tiempo tenía sin sexo y comida?

Sí, era mejor saltarse la cena superflua y pasar directo a la acción con Carla, su fuente de alimento.

La llamaría en el viaje de regreso para pedirle que le espere en el palacio.

Sí, eso haría.

El coche se detuvo.

—Enseguida les abrimos las puertas y les guiaremos.

Los hombres se bajaron de la parte delantera y tomaron acción tal como lo mencionaron; guiándoles al interior de lo que Miklos sabía que era una especie de cueva por el olor a humedad y naturaleza, aunque nadie más percibiría eso porque también sabía que aquel recinto nada tenía de natural.

Ese pasadizo que atravesaban, era un lugar secreto que Andrea mandó a construir en el medio de una montaña, con la más cuidadosa tecnología y equipos de seguridad, para cuidar lo que reposaba en el interior de lo que sabía era una gran bóveda.

Sus oídos percibían los sonidos y sabía de dónde salían cada uno de ellos.

Si algo le había dado su experiencia a lo largo de todos esos siglos era el poder de la observación.

Podía escuchar sonidos y luego, analizando su entorno con mucho detalle, se daba cuenta de que tal o cual sonido, encajaba a la perfección con tal o cual cosa que veía en el espacio en el que se encontraba.

Los pasos de Milena sonaban temerosos, normal.

Iba sin poder ver. Cualquier ser humano normal que le privaban de la visión, se sentía lleno de temor.

Llegaron a la estancia que reconocía, una vez más, por los aromas.

—Vamos a quitarles las capuchas.

Milena intentó calmar su respiración.

Miklos quiso ayudarle mas no era el momento más apropiado.

No hizo falta que los ojos de ella o los propios, se adaptaran a la luz porque la estancia estaba tal cual como la recordaba; sumergida en una penumbra que dejaba observar lo que había sin que esas obras valiosas pudieran salir lastimadas.

La temperatura se mantenía igual que la última vez. Era algo importantísimo cuidar de lo antiguo de esa manera.

Por ello, algunas de las piezas más antiguas y valiosas para los Farkas, estaban debidamente conservadas en el ático de la propiedad en Venecia.

Para Miklos, sus piezas de arte eran importantes y cuidaba de ellas como si se tratara de una mujer a la que…

Ahhhhh el dolor de las encías de nuevo. Esta vez, acompañado de una imagen que siempre estaba en su mente a pesar de que no iba asociada al dolor de sus encías y sí al de su corazón: Úrsula.

—Andrea —saludó en cuanto este le rodeó en un fraternal abrazo.

—Miklos —palmeó luego en sus mejillas. Era un hombre cercano a los 70 años—, cuanto tiempo sin verte.

—No recibí invitación por tu parte a ver tus nuevas adquisiciones, hasta ayer.

Milena carraspeó la garganta y Andrea la vio de reojo para luego ignorarla.

Miklos observó la escena divertido porque sabía que Andrea no estaba de acuerdo con que él llevara a una tasadora a su cueva. Pero así era la vida y en los negocios se debía desconfiar de todos.

—Milena Conti —la chica insistió, extendiendo la mano

para solo obtener más frialdad por parte de Andrea.

Miklos se dio la vuelta para observarla con reprobación, parecía haber olvidado todo lo que le pidió en el coche; justamente, para que no le ocurriera eso.

Milena era la terquedad en carne y hueso, así que esperaba que aprendiera su lección tal como debía.

Lo compensaría en la cena.

«No va a haber ninguna maldita cena, Miklos Farkas», se dijo a sí mismo en tono amenazante y empleó todas las técnicas que se sabía de memoria para calmar esos instintos locos que tenía en el pecho y que le provocaban la sed y las ansias de…

¿Ella?

Andrea la vio de arriba a abajo, lo vio a él luego para darle la señal de que debía seguirlo.

Cosa que Miklos hizo seguido de Milena.

—Me temo que la visita de hoy no es para ponernos al día, querido Miklos.

—Lo noté en tu voz —respondió este colocando sus manos dentro de los bolsillos del pantalón.

—He estado teniendo algunos problemas —suspiró frotándose la frente. Miklos apreció verdadera preocupación en su aroma y su mirada—. Mi hijo y unos amigos, han estado haciendo algunas travesuras y ahora estamos todos en un aprieto.

Miklos se mantuvo inexpresivo y no le sorprendió en lo absoluto escuchar eso porque, desde hacía mucho tiempo, estaba enterado de que a Andrea II era aun problema andante.

Nunca se encontró con él frente a frente; sin embargo, sabía quién era y con quién se relacionaba; gente de muy mala reputación y bastante peligrosa.

Miklos evitaba relacionarse con nuevas generaciones de la

familia Gasser hasta que podía asegurar que era un «supuesto» descendiente de Miklos Farkas.

Si no lo hacía así, tendría que dar demasiadas explicaciones sobre su condición y exponer a toda la raza, la sociedad, la maldición; toda una complicación.

—¿Qué hizo? —debía preguntar; aunque le importaba muy poco.

Andrea volvió los ojos al cielo.

—Nada que no podamos arreglar con mucho dinero, pero como bien sabes, yo no tengo la liquidez que necesito. Todo está invertido en estas piezas o en mis propiedades, así que voy a darte el privilegio de ser el primero en ver lo que estoy poniendo a la venta.

Miklos dejó a un lado sus incomodidades físicas por la tensión sexual que Milena estaba provocando en él para permitirle el paso en su sistema a la emoción de lo que iba a ver con sus propios ojos y de lo que, quizá, podría ser dueño al salir de ahí.

—Esta es la colección que voy a vender ahora.

Milena dejó salir una exhalación de incredulidad.

—¿Esto es parte del tesoro Nazi?

Andrea la vio con interés.

—Parece que la señorita no es tan inculta como lo creía.

Milena lo observó con rabia.

—No lo soy, señor; ni tonta ni inculta.

«Un poco necia», pensó Miklos que levantó una de las comisuras de la boca divertido porque Andrea encontró a alguien a quién molestar.

—Eso lo decidiré yo cuando terminemos aquí —protestó Andrea, dándole la espalda a ella e invitando a Miklos a seguirle; al vampiro no le desagradaba lo que veía y, por supuesto, lo compraría todo a pesar de que no era eso lo que buscaba ese día.

Esperaba algo más grande.

Algo como…

Vio a su alrededor y…

¡Ah! ¡Sí! Ahí estaba.

—Miklos, este es el…

Él solo asintió una vez sin sacar la vista encima del *Salvator Mundi* de Da Vinci que tenía frente a él.

Milena se acercó un poco más y lo observó con detenimiento.

Miklos la observó a ella con fascinación.

Toda esa semana la observó haciendo lo mismo que ahora, pero ninguna de esas veces despertó su atención tanto como ese día.

—Veo que la señorita es motivo de tu atención —Andrea dijo en un perfecto alemán que sobresaltó a Miklos y le hizo reír.

Milena estaba tan absorta que no podía despegar los ojos de la pintura.

—Lo compro —Miklos vio a Andrea con determinación; no iba a hablar con él de sus gustos hacia Milena.

Este resopló negando con la cabeza.

—Es una de las cosas más preciadas y de las que me desharé cuando no tenga dinero para comer. Cosa que, como bien sabes…

—Podría pasar en cualquier momento —Miklos notó el pequeño cambio en el humor del viejo porque sabía que el comportamiento del hijo haría tambalear sus finanzas. Podía olerlo, si era preciso decir.

—No, Miklos.

—Entonces he venido para nada, Andrea.

El hombre frunció el ceño y Miklos, en su interior, sonrió

satisfecho porque su plan surtía efecto.

Siguieron caminando, Miklos no paraba de apreciar la fascinación de Milena observándolo todo con tanta emoción que lo conmovía y despertaba en él esas ridículas emociones que iban apareciendo espontáneamente desde que la pilló viendo, fascinada, una pieza del renacimiento que tenían en una de las estanterías del palacio; y a Ferenc dándole la explicación de dónde provenía la pieza.

Esa pieza insignificante que él mismo encontró en el sótano del castillo en Hungría hacía tantos años.

Una pieza que estaba astillada por un lado, no tenía gran valor monetario, pero sí sentimental para él porque fue un adorno de la habitación de su madre.

Una figurilla que la mujer siempre le gustaba observar.

Miklos la dio por perdida hasta que empezó con el asunto de las subastas y, hurgando entre las cosas del castillo en Hungría, encontró grandes pieza para él y sus hermanos que mantenía en una estantería especial.

Como el muñeco de madera que perteneció a Luk y que él guardaba con tanto celo.

Así como la espada con la que le enseñó a batallar a su hermano.

También conservaba las espadas de Lorcan y de Garret porque ya no las usaban más.

Los tiempos cambiaban y los vampiros eran cada vez más cuidadosos. A menos de que fuera el idiota de su primo Gabor al cual él mismo le arrancaría la cabeza con las manos si era necesario.

El lugar secreto en el que estaban ahora, estaba acondicionado para conservar cada una de las piezas que allí reposaban. Y Miklos no era amigo de los encierros.

Por ello se inquietaba después de un tiempo encerrado en

aquella cueva.

No sabía cuánto había pasado porque perdía la noción entre tantas piezas de arte maravillosas, pero su cuerpo siempre iba alertándole que pronto estaría desesperado por salir de ahí sin importar las piezas que llevara en las manos; por ello la urgencia de hacer negocios al inicio de la reunión para no comprar por impulso e irse corriendo del sitio.

Milena seguía delante de él, caminando con pausa, tranquila; y dejando esa estela dulzona que no hacía más que tentar a Miklos.

Respiró profundo, como si eso le ayudara en algo.

Andrea lo vio con preocupación.

—¿Qué es lo que quieres venderme exactamente?

Andrea lo puso frente a la valiosa colección.

—Milena, ¿te importaría revisar a consciencia las piezas que Andrea necesita vender?

La chica asintió y se puso manos a la obra.

—Soy un hombre muy observador, Andrea, y sé cuando alguien está en un gran apuro —lo olía. La angustia, ansiedad, prisa. Ante las urgencias siempre estaban las prisas y cada una de esas emociones tenía sus propios aromas. Andrea apestaba a ellas.

—No voy a venderte el *Salvator Mundi*.

—Te hacía un hombre más sensato, Andrea —lo vio a los ojos—. Te doy cuatrocientos millones ahora. Por el *Salvator Mundi*. Y por el resto de las piezas, te haré otra transferencia apenas llegue a Venecia.

Milena estaba de pie, inmóvil frente a ellos, impresionada con la propuesta de Miklos.

—Solo por esa pieza pagué casi quinientos.

—Te pago el monto exacto de tu inversión, será mi última oferta.

El hombre se removió nervioso.

Miklos sonrió de lado con gran malicia.

El simple hecho de que Andrea estuviera sopesando la idea, ya le daba la seguridad de que le vendería.

Averiguaría qué hizo el hijo y cuánto más tendría que vender Andrea para poder salvar a su único heredero. Que, a ese paso, heredaría deudas; su padre se fundiría todos los bienes y riquezas monetarias para no perder lo que más le importaba en la vida: su hijo.

«Tal como haría Pál por nosotros», pensó Miklos, entendiendo que se aprovechaba de una mala situación para otra persona y que, en cierto modo, no estaba bien; pero así era la vida y si alguien había aprendido a aprovechar las oportunidades, era él.

Además, estaba empeñado en ser el hombre más respetado en el mundo del arte y las subastas porque sería el dueño de la obra de arte más cara del mundo.

¡Vaya sí la había perseguido!

Y, en el pasado, no conseguía hacer coincidir a las oportunidades de compra con la cantidad de dinero necesaria en su cuenta bancaria.

Esa vez, sería la definitiva y llegaría a Venecia satisfecho listo para celebrar.

Se acercó a Milena, vio un par de piezas que reconocía.

Las tomó en las manos.

Eran las garras metálicas que Klaudia creo al principio de su incursión en los negocios para darles una forma decente de alimentarse a ellos.

Esas eran las de acero.

Una versión mejorada a las iniciales que se oxidaban, haciendo morir a las víctimas por la infección; aunque era cierto que la tasa de mortalidad a causa de la alimentación de la especie bajó considerablemente con ese invento de la mujer.

Probaron materiales y formas más prácticas para llevar encima el dispositivo, hasta que desarrolló ese anillo que ahora todos tenían con un sistema sofisticado que apenas hacía una herida y daba gran cantidad de líquido vital para ellos.

—¿Qué es?

Milena lo tomó por sorpresa estudiando la garra.

Intentó ponérsela en el dedo anular que era donde se suponía que iba, es el dedo que menos presión causa.

No le cupo allí.

«¿A quién habría pertenecido?», Se preguntó pensando en que, por las medidas de las mismas, parecían mujeres sus dueñas.

¿Un vampiro —o varios— en la Alemania Nazi?

Seguro. No le sorprendía.

A pesar de los esfuerzos de Pál por rastrear a los portadores de la maldición, era imposible rastrearlos a todos. Y siempre se descubrían nuevas familias.

Milena no dejaba de observarlo con curiosidad.

—Cuenta la leyenda, que estas cosas, pertenecían a monstruos de la noche.

—¿Vampiros? —Miklos asintió mientras Milena lo veía con diversión.

Mientras más estudiaba la curiosidad de la chica, más se despertaba la propia hacia ella.

Entendió entonces que no fue buena idea ir con esa mujer hasta allí porque estaba avanzando hacia un territorio que no era el más adecuado para ninguno de los dos.

—Se colocaba en el anular —continuó explicándole. Se lo puso a ella y el artilugio calzó perfecto en la mano de la chica haciendo que las encías de Miklos amenazaran con romperse del dolor al pensar en la sensualidad de ella usando ese aparato sobre él y bebiendo de su sangre. La sequedad de la boca lo iba a enloquecer—. Y luego, se suponía que lo pasaban en el cuello de la víctima, así —hizo el gesto con la mano de ella sobre su propio cuello—. Y ya, se alimentaban.

—Nunca escuché de esto.

—¿Y sí de vampiros?

—Claro, Miklos, es un gran personaje. Siempre me ha causado fascinación.

¡Ah! Interesante. Tendría que saber más de esa fascinación hacia su especie, se dijo.

Andrea se removió inquieto, llamaba la atención como un niño que quiere hacer una pataleta y Miklos no estaba dispuesto a darle más dinero.

La oferta ya estaba sobre la mesa y ahora solo debía esperar.

Milena se agachó a ver otra pieza que Miklos estudiaba con atención.

—Parecen joyas familiares.

—Sí, eso creo que eran. Podríamos estudiar los libros del palacio sobre el pasado Nazi. Tengo muchas notas y fotos que podrían servirnos para identificar varias de estas —señaló las joyas deseando susurrarle a ella que tenía dinero de sobra para pagarle a Andrea. Que se calmara, porque sabía que sus nervios se dispararon en cuanto le escuchó hacer la oferta.

Era normal.

No podía culparla por nada ese día.

Ella podía suponer que los Farkas tenían dinero, pero no cuánto; y bueno, tener varios siglos de existencia y una buena colección de antigüedades, más muchas propiedades al rededor del mundo, les daba la ventaja sobre cualquier ser humano que pudiera ser catalogado como el hombre más rico del mundo.

Andrea se aclaró la garganta y le dijo a su guardia:

—Trae una de las mejores botellas que celebraremos el cierre del trato.

Capítulo 5

Milena y Miklos entraron al palacio en silencio. Estaba a punto de caer el sol y Milena estaba exhausta. Demasiadas emociones para un solo día.

Tantas piezas valiosas en un mismo lugar, tanto dinero que salió del bolsillo de Miklos; tanto misterio de parte de Andrea, y todo el miedo que sintió mientras estuvo frente a ese hombre, le hicieron caer rendida en cuanto les llevaron de regreso al punto de salida con el helicóptero.

Le puso resistencia a su propio cansancio cuando tuvo la capucha en la cabeza, pero su cuerpo ganó, obligándole a ceder.

Por poco tiempo, sin duda, porque en cuanto le destaparon la cabeza de nuevo, su somnolencia se esfumó.

Miklos parecía haberlo notado ya que al subirse al helicóptero, le ofreció quedarse en silencio para que pudiera descansar.

Milena se lo agradeció, aunque había tanto que quería saber… también presentía que no llegaría a aclarar nada ni ese día ni ningún otro porque era muy imprudente por su parte preguntarle, a su propio jefe, sobre el dinero que posee.

Era un tema delicado y no era su problema cómo lo ganaba o cómo lo ahorraba para poder tener tanto.

—Veo que tuvieron un buen día, no te veía tan sonriente desde que… —Klaudia se cortó de inmediato al notar que iba a decir una imprudencia—. Desde hace tiempo no te veía así.

Milena observó a Miklos quien dejó de mostrarse feliz por la victoria obtenida ese día.

Le intrigaba tanto ese modo de hablarse entre ellos… en clave.

Más que en clave, a veces, solo era con miradas y parecía que se entendían de maravilla.

Ella sentía un poco de celos porque sí, era un extraña allí y entendía que nadie tenía que estarle contando nada de la familia y mucho menos de las cosas personales de Miklos o de Klaudia; sin embargo, su lado cotilla no podía quedarse en un rincón tomando solo lo que le daban.

—Lo tengo.

Klaudia soltó una carcajada de emoción.

—¿En serio? —vio a Milena que no tuvo más remedio que sonreír para no ser la nota discordante—. ¿Cómo lo consiguieron?

Miklos empezó a darle detalles a Klaudia que Milena ya conocía y que no quería revivir si no iba a aclararle los puntos esos que no tenía muy claros.

Su estómago rugió con fuerza. Recordó que no comió nada en todo el día. Por eso se sentía desfallecer.

Klaudia se dio la vuelta de inmediato y los observó a ambos un segundo, Milena se sintió incómoda porque sabía que la mujer la analizaba.

La había visto haciendo eso antes.

—¿Comieron algo?

Miklos negó con la cabeza abriendo los ojos con gran vergüenza y clavando su mirada en la de Milena que reaccionó al momento.

Ella no podía culparlo a él de no haberle dado alimento en todo el día, pudo pedirlo; pero todo pasó tan rápido y estuvieron entre tantas cosas valiosas, que no tuvieron tiempo para pensar en alimento. Lo entendía.

—No te preocupes, mi estómago no ha protestado en todo el día. De hecho, no fui consciente de todo el tiempo que pasamos ahí hasta que salimos de ese lugar.

—Pediré a Ferenc que adelante la cena.

—Klaudia, no te preocupes; yo debería marcharme.

Miklos frunció el ceño, Klaudia los observó divertida.

—Yo pensaba que podrías quedarte y después de la cena, te llevaría personalmente al hotel.

—Gracias, Miklos, prefiero irme. Estoy muy cansada y…

—¿Me llamaron? —Ferenc se detuvo en el umbral de la puerta. El mayordomo vio a su alrededor y notó la pieza que Miklos tenía a su lado muy bien resguardada—; ¿querrá el señor celebrar este día?

—Eso pretendía, y la señorita Conti me acaba de desbaratar los planes. Pretendía celebrar en la cena que fue ella misma quien me ayudara a cerrar el trato.

—Yo no hice nada.

Miklos sonrió divertido.

—Es una lástima —intervino el mayordomo—, porque el menú de hoy es uno de los platos favoritos de la señorita Conti.

Milena abrió los ojos con sorpresa.

El resto de los presentes vio con interés a Ferenc que sabía a dónde se había marchado Miklos ese día, con quién y lo que de seguro conseguiría.

Lo conocía tanto que sabía que regresaría con la chica a casa para celebrar con una cena y luego, la llevaría a la cama; el mayordomo notaba que no le quitaba los ojos de encima.

Por algo sería, ¿no?

Así que, a modo preventivo y porque era muy eficiente, Ferenc recordó la última conversación con la chica, cuando esta le decía que toda la comida que le servían cada mediodía en el palacio era una delicia y que, sin duda, el conejo asado con esa salsa medio dulzona, era lo mejor que había comido en su vida.

Una receta de la madre de Ferenc. Que él fue perfeccionando con el paso de los siglos, obviamente.

—¿Tienes un plato favorito de los de Ferenc? —Klaudia preguntó sarcástica, Milena levantó el hombro admitiendo su preferencia, sin darle gran importancia.

—El conejo —agregó Miklos, entrecerrando los ojos con las manos apoyadas en las caderas, en una pose que se le hizo irresistible a Milena.

Tan irresistible, que el conejo estaba quedando en desventaja.

¡Por dios! ¡No le faltes el respeto a Gennaro!

Su estómago rugió de nuevo.

Le haría caso solo por esa vez.

—Está bien, Ferenc; no voy a rechazar su oferta.

—Solo cubierto para dos, Fer, no estaré para la cena. Voy a salir.

—¿A dónde?

Milena se volvió para ver a Miklos porque usaba un tono de voz muy diferente al que solía usar para hablarle a Klaudia.

Lucía preocupado.

—Estaré bien, Miklos; voy solo a dar un paseo. Necesito pensar.

—¿Sola?

Klaudia lo vio a los ojos, parecía que ni Milena ni Ferenc existían.

Milena notó como ambos se tensaron y se mantuvieron las miradas como si estuvieran rentándose el uno al otro.

Ferenc se aclaró la garganta haciendo que Klaudia y Miklos volvieran al lugar en el que se encontraban.

—Señorita Conti, si quiere, puede pasar a uno de los apartamentos que tengo listo para usted.

Milena frunció el ceño.

—¿Para mí?

—Ferenc es un hombre muy eficiente, Milena —Klaudia habló acercándose al mayordomo para poder salir cuanto antes de ahí sin que Miklos volviera a intervenir en sus deseos de dar un paseo a solas ¿Por qué Miklos no quería que ella saliera sola?—. Además, sabemos que es cuestión de tiempo antes de que decidas usar uno de los apartamentos porque aún no entras al ático a ver lo que es de verdad especial para la subasta y cuando lo hagas, vas a querer pasar toda la noche aquí. Necesitarás un lugar decente para descansar.

Milena esbozó una sonrisa por compromiso.

No quería permanecer más tiempo del reglamentario allí.

No quería contradecir a su madre y...

Klaudia sonrió con malicia.

—Milena, tu madre no está aquí. Sube al apartamento que te tenemos reservado, date un baño, cámbiate, tienes ropa nueva y limpia en el armario. Es completamente tuya, te la puedes llevar si gustas. Bajas a comer y a celebrar porque es muy probable que no vuelvas a tener una experiencia como la de hoy, ya que colecciones como las de Andrea Gasser y las de nosotros, son muy raras de ver en el mundo. Nos vemos luego.

Klaudia salió.

Miklos se quedó en silencio sumergido en sus pensamientos.

Milena se preguntó de nuevo: ¿por qué?

Esa mujer era decisión pura y absoluta. Hermosa, poderosa, podía cuidarse sola sin ningún inconveniente y ella no veía que tuviera nada malo por lo cual no pudiera salir.

—¿Me acompaña? —Ferenc tendió la mano para concederle el paso, sacándola de sus pensamientos.

—Gracias, tomaré las ofertas de hoy porque lo necesito.

—Te lo mereces —Se dio la vuelta para ver a Miklos que la observaba con total concentración, tanta, que en otra ocasión se habría sentido como un ciervo que iba a ser devorado por un tigre.

Se sintió estremecer y, de inmediato, se obligó a sacar de su cabeza ese pensamiento porque no estaba nada bien.

Nada bien.

Asintió avergonzada, sonrojada y salió de ahí directo a donde Ferenc la guiaba.

***

Un rato más tarde, Miklos se sentó en el comedor familiar y Ferenc iba sirviendo el vino en su copa.

—Señor, elegí un Henri Jayer Richebourg Grand Cru para la ocasión.

Miklos sonrió de lado.

—Y según tú, Ferenc, ¿cuál es esta ocasión? —porque sabía que el tono usado por el hombre no hablaba de la celebración de la compra del *Salvator Mundi*.

El mayordomo lo vio con suspicacia, desviando su mirada hacia su lado derecho al tiempo que aguzaba el oído para sentir las pisadas de Milena bajando las escaleras.

Miklos también las percibió. Se colocó de pie y esperó a que la chica entrara.

Esta sonrió a ambos hombres al entrar.

Miklos le indicó su lugar en la mesa, y tal como le habían enseñado, se encargó de demostrar sus perfectos modales ante una dama.

Ferenc sirvió bebida en la copa de ella.

—¿Estaba todo bien en tu apartamento?

—Sí, perfecto. Gracias —Miklos la notó relajada por el baño. El pelo lo llevaba suelto y le caía en ondas desordenadas sobre los hombros. Mucho mejor que esa coleta seria y recatada que llevaba en la mañana—. Dejé todo en orden, Ferenc. Gracias por todo.

—Un placer servirle, señorita.

—Devolveré la ropa cuando el hotel la lave, si les parece bien.

—Milena —Miklos actuó movido por el impulso, sin pensar en que el contacto de su mano sobre la de ella los iba a perturbar a ambos. Lo vio en su mirada. Lo sintió en su interior, y no por ello quitó la mano de donde la tenía—. Si Klaudia dijo que esa ropa es tuya, es que lo es. ¿Está claro?

—La dejaré mañana allí —Milena insistió sin quitarle la mirada y eso le gustó. Sin embargo, no le gustó cuando deslizó la mano debajo de la de él para zafarse de su agarre. Luego se volvió hacia el mayordomo—: ¿tendré que usar una llave para entrar? No quisiera mencionárselo a Klaudia por razones obvias.

—No usamos llaves, excepto para el ático y la puerta principal.

—Ah, pensé que cada apartamento tendría…

—Las tienen, pero no las usamos. Ni siquiera en las épocas de las fiestas. Sabemos respetar muy bien los espacios.

Ferenc siguió sirviendo la cena y Miklos tomó su copa, alentando a Milena a que le copiara.

Chocaron los cristales.

—Por un día especial.

Ella apenas le sonrió. Miklos percibía la ansiedad que se generaba en ella debido a la curiosidad por saber todo lo que quería saber y que no le quedó claro de su reunión con Andrea. Él estaba dispuesto a aclarar algunas de esas dudas.

Ferenc le sonrió con picardía cuando pasó detrás de Milena y sirvió lo último sobre la mesa.

De ahí en adelante, él mismo repartiría la comida para ambos.

Sabía que el mayordomo solo entraría al área de nuevo si se lo solicitaba.

Si no, volvería cuando ya ellos no estuviesen.

Miklos vio alejarse a Ferenc; sirvió la ensalada para ambos en cada uno de los platos.

—Buen vino.

—Es mucho más que solo «un buen vino», es un Henri Jayer Richebourg Grand Cru que usamos en ocasiones especiales.

—Muy especiales, supongo.

—Veo que entiendes de vinos.

—No mucho, la verdad, pero sé que es la botella de vino que más cuesta en el mundo.

—Lo hacen en la región de Borgoña, Francia, criado en roble nuevo y embotellado a mano sin filtrado alguno. Es una delicia.

—No creo que pueda ser capaz de comerme todo esto —Miklos sonrió de lado porque dudaba que el estómago de ella pensara de la misma manera.

Desde que llegaron al palacio, el estómago de Milena no

paró de enviarles señales a todos de lo hambriento que estaba.

Pensó que Klaudia dejaría ver su asombro al escuchar la protesta mientras conversaban.

Por fortuna, no lo hizo.

Así que estaba seguro de que Milena, que ahora observaba con gula toda la comida en la mesa, comería hasta saciarse y sentirse feliz.

Ensalada, puré de calabaza, el conejo, las pappardelle que acompañarían al conejo, pan recién horneado, frutas de temporada y, por encima de eso, la deliciosa tarta húmeda de chocolate que hacía Ferenc.

Los vampiros no necesitaban comer comida humana para sobrevivir, pero eso no les impedía disfrutar de los sabores.

Era una actividad que Miklos disfrutaba hacer.

Los sabores que se repartían por el interior de su boca eran increíbles: aunque no pudiera hacerlo con frecuencia porque luego se sentía como si estuviera en cámara lenta.

—Comerás lo que te apetezca, nada más, nada menos.

Lástima que él no pudiera hacer lo mismo, porque podría quitarse el maldito e insoportable dolor de las encías con un poco de sangre de su invitada, pero aquello iba a traer muchos problemas.

Olvidó llamar a Carla para que se presentara esa noche en el palacio.

Lo necesitaba.

Y por esa única razón, Milena no podía llegar a su cama esa noche. No aseguraba un buen y comportamiento con ella ese día.

Milena empezó a comer y él la imitó.

La ensalada, fresca y deliciosa, la comieron en silencio. Ella observaba toda la estancia y él la observaba a ella preguntándose cuándo sería el momento en el que empezaría a disparar todas las preguntas que tenía en su interior.

El comedor familiar, una de las áreas comunes del palacio, estaba decorado con algunas pinturas que representaban varias de las fiestas de las máscaras más emblemáticas.

La primera, sin duda.

En la el duque Lochford se salió de control y acabó en una orgía que le costó el matrimonio. Esos detalles no estaban en las pinturas, por supuesto.

Sin embargo, Miklos bien los recordaba.

O esa en la que vio por última vez a Úrsula.

Suspiró.

Milena volvió al presente, sonriéndole con timidez mientras él servía un poco del humeante puré de calabaza en el plato hondo de ella.

La chimenea estaba encendida generando un clima estable y agradable a pesar de que la temperatura bajara en la noche.

—Mmmm —Milena se limpió las comisuras de la boca con una servilleta de tela impoluta—; está delicioso.

Lo estaba. En el punto perfecto de sal, la temperatura ideal. Perfecta.

—En esta casa sabemos comer —era un chiste interno que solo los Farkas entenderían en el doble sentido del que siempre salía de su boca. Milena sonrió a medias como solían hacer los humanos ante su chiste interno.

—¿Por qué ese hombre siempre va con una máscara blanca?

Empezaban las preguntas.

Miklos observó los cuadros; en ellos, siempre aparecía Garret en algún punto.

—Es Garret. Uno de mis hermanos.

—¿Cuántos hermanos tienes?

—Éramos cuatro. Ahora solo tres.

—Oh, lo siento.

—No hay problema. Es la vida y hay que asumirla tal como toca.

Ella entrecerró los ojos observando a Miklos con lástima. Una reacción normal.

—Lorcan es el mayor —señaló hacia el cuadro de la primera fiesta—. El de la capa de arabescos rojos. Garret, el de la máscara blanca. Luego vendría yo y el menor era Luk.

—¿De qué murió?

Miklos se quedó en silencio porque no supo qué responder a eso.

Milena se sintió incómoda, removiéndose avergonzada en su asiento. El vampiro sintió el cambio en su aroma.

La vio a los ojos. Lo último que deseaba es que ella se sintiera así.

—Digamos que murió de causas naturales.

No mentía. Lorcan le había arrancado la cabeza; era una muerte natural para ellos.

Muerte real.

Milena asintió con seguridad.

—¿Cuál eres tú en los cuadros?

—Ninguno. No soy de poses.

—Quien los pintó, porque parecen escenas sacadas del siglo XVII

—Un artista Húngaro.

No podía decirle que se trataban de obras reales. Tendría que explicar cómo es que todos tienen tantos siglos vivos.

—¿Y desde qué época se hacen estas fiestas aquí? Salvatore alguna vez me habló de ellas y dice que pueden llegar a salirse de control.

A Salvatore le encantaban las fiestas de las máscaras y todo lo que ocurría en ellas.

Miklos sonrió divertido.

—Se salen de control si estás dispuesto a salirte de control —recordó la última en la que casi ocurrió una tragedia cuando Gabor entró al palacio y trató de matar a Felicity—. Si no, es solo una fiesta en la que vas a pasarla muy bien.

Hicieron una pausa para degustar el conejo con las pappardelle.

Milena, emitía delicados ruiditos al probar la comida. Él lo percibía porque su afilado oído así lo quería.

La chica estaba disfrutando del banquete.

—La fiesta de las máscaras se celebran en septiembre, tiempo de cosecha y de dar gracias por los frutos que la tierra ha concedido. Se originaron cuando, un antepasado nuestro, llegó a estas tierras con su amada. Al parecer, por la misma fecha, otra persona de la familia fue liberada de una oscura temporada en los calabozos inquisitoriales; por conveniencia, o por lo que sea, tuvo suerte, en esa época no soltaban a nadie —Miklos pensó en esa época espantosa incluso para el amor de su vida—; y para celebrar, los recién llegados hicieron una gran fiesta que luego se estableció como una tradición que todavía hoy mantenemos. Todo va muy de la mano con la época de los carnavales aquí. Por ello las máscaras y lo demás.

Miklos recordó la verdadera historia de las fiestas.

Fue la época en la que Lorcan consiguiera liberarse de la Santa Sede y llegar a pactar de nuevo con ellos para que le dejaran en libertad.

Úrsula estaba en ese tiempo con Miklos. Sonrió, al recordarla por los pasillos del palacio; tan delicada y hermosa.

Tan suya.

La chica se puso feliz de saber la noticia proponiendo una gran fiesta en la que estuvieran todos. Como si fuera un gran acto de paz.

Pál no estuvo muy de acuerdo con aquella locura, pero luego de pensarlo mejor, accedió; sin embargo, parecía que Pál no iba a ser el único en estar en desacuerdo con dicha celebración porque la idea de tener a las brujas aliadas de la sociedad, a la Santa Sede y a la especie, dentro del mismo espacio, cara a cara, hacía muy compleja la operación de celebración.

Las brujas, de inmediato, protestaron con puntos que eran muy válidos.

Era la época de la brutal inquisición y millones de personas estaban siendo llevadas a la hoguera por brujería.

Ellas no querían revelar sus identidades ante los monstruos que cometían actos atroces.

Por ello el uso de las máscaras.

No todas accedieron. Con el tiempo, al ver que todo se llevaba de una manera civilizada y en total anonimato, cada vez fueron más y más personas en sumarse.

Al principio era solo una simple fiesta, pero quizá el anonimato que concedía la máscara, sumado a la gran cantidad de alcohol que algunos ingerían, fue degenerando las fiestas con el pasar de los años, sobre todo en esas horas de la noche en la que ya no se tenía conciencia.

Miklos había visto de todo en esas reuniones; y secretos, se sabía unos cuantos que le sirvieron para hacer buenos negocios.

Los vampiros eran los únicos capaces de reconocer a esas personas que se ocultaban tras las máscaras.

Si no olía a nada, probablemente era una bruja, de las más poderosas. De las descendientes de Veronika.

Si era un humano, solo bastaba con grabar los aromas y ponerlos en los sitios indicados sin máscaras, porque cada humano tenía su propia identidad en aromas que lo hacía identificable para ellos.

Unos más fáciles de identificar que otros.

E incluso ellos mismos, tenían su marca.

—Bonaparte prohibió las fiestas de los carnavales.

—Los Farkas siempre conocen a mucha gente importante —acotó Miklos recordando algunos hechos—; incluso en esa época, las fiestas se siguieron llevando. Bonaparte prohibió los festejos con disfraces, máscaras y demás, por miedo a conspiraciones; pero las nuestras las siguió permitiendo porque sabía que no debía temer a nada. Era solo con motivo de celebración.

Sonrió resoplando, pensando en la verdad.

Las fiestas de Miklos no fueron suspendidas porque la Santa Sede intervino ante Bonaparte y este, además, era un asistente asiduo a las celebraciones de las que salía borracho.

—¿Y por qué las máscaras blancas?

—Símbolo de pureza. Virginidad. Castidad —y lo eran. Era un señuelo para indicar que esa persona no estaba disponible para coquetear con alguien o pasar a cosas como sexo en orgías—. También las llevaban las mujeres que ya estaban comprometidas.

—¿Por qué Garret llevaba una?

—Hizo un voto de castidad —Miklos vio la curiosidad creciente en ella. La noche iba a ser larga—. Su prometida murió y juró no estar con ninguna otra mujer.

«Durante siglos», pensó para sí mismo.

—Pobre, debe ser terrible perder a la persona que amas. No me imagino mi vida sin mí prometido, Gennaro.

«¿Prometido?» se preguntó el vampiro.

Eso sorprendió a Miklos… y de muy mala manera. No se lo esperaba.

Bajo ningún concepto.

Es decir, para ser una joven tan recatada como hacía ver que era, no entendía cómo era que no llevaba con ella su anillo de compromiso que la marcara como mujer comprometida.

«Estás hablando como un maldito troglodita. ¿Qué coño te pasa?», se reprendió por ese extraño pensamiento. Frunció el ceño, muy molesto consigo mismo por no haberse dado cuenta antes.

—No te lo esperabas, ¿no? —Milena además, se burlaba de él—. Te veo las intenciones de querer algo más que una relación de trabajo conmigo, Miklos, y no va a ser.

—Pues te equivocas, porque no pensaba tener nada más que una agradable cena contigo y luego, llevarte a descansar para que mañana vengas a cumplir con el trabajo para el cual te estamos pagando.

Milena sonrió de lado divertida y él se sintió muy confundido por todo.

La chica también había notado sus intenciones.

¿Tan obvio era que todos se daban cuenta menos él?

Necesitaba sangre.

«Contrólate», se ordenó.

—No llevas anillo —sentenció.

—No lo necesito. Con que yo sepa que estoy comprometida, es suficiente —y tenía toda la razón—. Sin embargo, Gennaro me dio uno espectacular, solo que me quedaba un poco grande y lo mandó a ajustar.

¿Qué clase de idiota no conocía a la medida a la mujer con la que se iba a casar?

Se bebió lo que le quedaba en la copa.

—Hablando de dinero. ¿De dónde sale el dinero con el que están pagando mi salario?

—De la casa de subastas —la vio con interés porque esa era la primera puerta que tocaba para poder enterarse de dónde salían los millones que le dio a Andrea. Mucho tardó en preguntar, la verdad—. Lo de Andrea salió de mi bolsillo. No tengo por qué ser tan franco contigo, pero tengo un buen colchón económico.

—¿Con la casa de subasta?

—Y otros negocios al rededor del mundo. Propiedades y otras cosas.

No la convenció, lo sabía, al menos le dio una respuesta medianamente lógica.

Hubo una pausa en la que ambos siguieron comiendo. Cada uno sumergido en sus pensamientos.

Miklos seguía inquieto, debía controlarse.

Ella continuó estudiando los cuadros a su alrededor. Al vampiro le gustaba su fascinación con los trazos en las pinturas, las técnicas usadas, inspeccionar todo con sumo cuidado, incluso desde la posición en la que se encontraba.

—¿Cómo llegaron Los Farkas a Italia?

Miklos respiró profundo provocando que los aromas de ella se hicieran más intensos en sus fosas nasales.

Cosquilleándole en la garganta. Resecando la boca…

Sintiendo sed.

Se bebió lo que le quedaba del vino y a ese paso, estaba por echar la mesa abajo y subirla a ella para servirla de postre.

Bufó sonriente, haciendo que ella levantara una ceja y lo viera con una chispa que lo trajo al ahora de inmediato.

El bufido, se debía a que su imaginación le dio la visión de Ferenc ofendido y muy disgustado con él si llegaba a comportarse de esa manera salvaje. No por la chica, sino por la pena de haber perdido los modales en la mesa.

Cosa que un caballero jamás podía permitirse perder.

—Nuestra familia está llena de historias misteriosas y digamos que, durante mucho tiempo, quizá siglos, los descendientes de la Condesa Sangrienta, no eran bien recibidos en Hungría. Le temían a la Condesa, por todos los actos macabros que cometió.

—Estas historias me encantan, así que no te saltes nada.

Ella dejó de prestar atención a su comida para escuchar —con mucha atención— todo lo que Miklos iba a contarle en ese momento.

Leyendas Húngaras que aun hoy se le contaban a los niños para atemorizarles, sin llegar a saber que, en el fondo, tenían algo de cierto.

Así empezó a narrar la historia de la chica que creció en la aristocracia Húngara y fue prometida a Pál Sólyom a muy temprana edad como era costumbre en esos tiempos.

—Se decía que era una chica caprichosa e impulsiva y que tenía una gran carga de maldad en ella —Miklos sirvió más vino en las copas y preparó el postre para cuando ella quisiera disponer del dulce. Él iba a atacarlo de inmediato porque necesitaba centrar su atención en algo que no fuese ella y su exquisita sangre corriendo por todo el torrente sanguíneo—. Brujería, pactos con el demonio, quién sabe cuántas cosas más; hasta que, una vez quedó viuda, parece que enloqueció del todo.

Miklos recordó la historia que Pál le contó alguna vez, porque era cierto que poco mencionaban el tema dentro y fuera de la sociedad a menos que fuera necesario.

—Empezó a matar doncellas, niñas, vírgenes…

—¡Por dios! —Milena se llevó una mano al pecho con horror y Miklos asintió un par de veces con esa expresión que indicaba: Sí, algo horrible—. Imagino que fue detenida y puesta en prisión.

—Correcto, pero cuando eso ocurrió, el castillo, en el interior, era un completo desastre. Una escena morbosa y asquerosa llena de sangre, cadáveres apilados y quién sabe qué más —Miklos siguió comiendo mientras la observaba divertido—. Que eso no te detenga a probar esta delicia de Ferenc porque no te lo va a perdonar.

Milena le hizo caso y él quiso sentirse complacido. Maldijo por lo bajo cuando le pareció increíblemente seductor ese gemido que se le escapó a ella mientras degustaba la torta.

Para ironías, sería el mismo si él estuviese entre sus piernas y…

«Al ahora, YA».

—¿Pena de muerte?

—No, cuando la guardia de Tolvaj tomó el castillo de Csejthe y descubrieron todo lo que la mujer hizo; la dejaron con vida, encerrada en sus aposentos hasta la muerte. Se dice que solo dejaron una pequeña abertura del tamaño de un ladrillo por donde pasaban algunos trozos de pan de vez en cuando y nunca más salió de allí con vida.

—Dios mío, en la antigüedad hacían unas cosas horrendas.

«Si tú supieras…» pensó él.

—Sí, pero bueno, nadie sabe con exactitud si esto es cierto o no porque la descendencia de la condesa escapó a otro lugar que les ofreciera un nuevo comienzo para que no pudieran tacharles de ser malignos como esa mujer. Por lo que no existe documentación o algo que avale lo que se cuentan en las leyendas. Que son muchas. Una leyenda cuenta que ella mataba a las jóvenes porque decía que la sangre de estas la mantenía joven y bella.

—¿Un vampiro? —y ahí estaba ese brillo juvenil de nuevo. Ese encanto por los seres sobrenaturales que había visto antes en algunas personas. Muy pocas, la verdad; porque en la realidad de un vampiro, nadie los quería y todos les temían aunque los creyeran seres de leyendas.

—Nunca lo sabremos —respondió Miklos con seriedad sirviéndose otro trozo de tarta, estaba deliciosa. Ella le hizo señas de que sirviera un poco más en su plato también—. Es posible que algunos parientes hayan partido a Austria; algunas décadas más tarde regresaran por alguna razón a Hungría y luego fueron a otros lugares de Europa. Inglaterra, Italia y también viajaron al Nuevo Mundo.

—Es una lástima que no tengas más datos de esa historia de tu familia —hizo una pausa y luego lanzó la siguiente pregunta—: ¿Objetos? Los objetos muchas veces suelen contar cosas increíbles.

—Tenemos algunos, puedo enseñártelos en algún momento. Me temo que sus historias no serán tan increíbles como lo esperas. ¿De dónde sale tu fascinación por los chupasangre?

Odiaba llamarse a sí mismo así, pero debía comportarse como un humano normal y corriente.

—Desde pequeña —ella sonrió recordando alguna travesura que se atrevió a confesarle a él tan pronto como la recordó al completo—; mi madre es ferviente y practicante y creo que no encontrarás a alguien más católico que ella. Yo nunca me he sentido conectada con la iglesia de esa manera. Creo en dios, creo en los ángeles, en los demonios y les tengo miedo a los curas.

Él le escuchaba con atención más no dejó de agradecer que les tuviera miedo porque había que temerles, sin duda.

—Y, por supuesto, soy la única hija de la familia Conti. Sabrás que mi familia también tiene su historia entre Papas y mucho dinero. No tanto como el que podría generar tu casa de subasta —le hizo un guiño a Miklos que revolucionó aún más su sistema—: en fin, arte, personajes respetados en la sociedad de Florencia y dinero. Mi madre, criada por una mujer que le dejó un claro patrón de devoción, me crio de la misma manera.

—No eres devota.

—Ni quiero serlo. Me parece que es algo opresor ser devoto de una religión en donde te enseñan a un dios con tantas ansias de castigo. Y sé que he cometido varios pecados por los cuales no llegaré al cielo pero —hizo una mueca para restar importancia—, la vida es una y sé que mi lugar estará en ese punto medio que llaman purgatorio.

Miklos entrecerró los ojos para verla mejor porque si antes la encontró tentadora, ahora la encontraba admirable.

Y tentadora, por supuesto.

—El punto es —prosiguió ella—, que nunca he sido buena llevándole la contraria a mi madre. Nadie lo es. Mi padre le tiene terror; aunque es un hombre decidido, estando ante ella pierde todas las capacidades que lo hacen el hombre que es y se convierte en un blandengue sin poder de decisión. Lo entiendo, porque me pasa igual —tomó un sorbo de su copa de vino—; pero, desde niña, amaba las historias de hadas, los bosques encantados, las brujas, los hombres lobo y como no, Drácula. ¿Quién no se sentiría atraído por un ser como Drácula?

«¿En serio?», pensó Miklos con asco.

—Ese viejo decrépito de la película —tuvo que recalcarlo en voz alta porque no se lo podía creer.

Ella soltó una carcajada que irradió luz en el lugar. Las obras en torno a Miklos parecían haber cobrado vida.

—No el viejo decrépito. Es obvio que ese ser es espantoso —negó con la cabeza aun sonriendo—. Me refiero al personaje como tal. Atormentado, malvado, que ama profundamente. El amor es lo que mueve al mundo y esas historias se hacen especiales cuando vemos a los seres malos, doblegados ante un sentimiento tan puro, ¿no crees?

—Podría ser.

—Fíjate en *Entrevista con el vampiro* —ella hablaba con tal emoción que Miklos se negaba a interrumpirla—. Louis es un personaje complejo, muy complejo; y también, adorable.

—Eso es porque lo interpretó Brad Pitt. Si lo hubiese hecho otro, no habrían existido las complejidades.

Ella entonces se puso muy seria y lo vio con reprobación total.

—No soy una mujer banal, Miklos. Reconozco que Brad le pone su sello a todo y lo lleva directo al éxito, pero te hablo del libro. Deberías leer más porque es evidente que no tienes idea de qué te hablo.

—No leo de vampiros —odiaba hacerlo—. Leo cosas que alimenten mi cerebro.

Ella rio de nuevo con tal naturalidad que la sala cobró nueva intensidad.

—¿Si no alimentas la imaginación con esas historias, qué te queda? ¿Solo el intelecto? Aprender más. Adquirir nuevos conocimientos. Aprender a imaginar y soñar, también es parte de ser humano —lo vio divertida—. Tengo una colección entera, bien escondida en casa, que estaría dispuesta a prestarte alguna vez que vayas a Florencia.

—Te acusaré con tu madre.

Ambos rieron divertidos.

Miklos, a pesar de todas las tensiones que tenía en el cuerpo, de la sequedad de la boca, del dolor intenso en las encías, estaba disfrutando esa noche como tenía mucho, muchísimo tiempo, que no disfrutaba de algo.

—¿Qué opina tu prometido de estos gustos?

—No lo sabe. Es la primera vez que se lo cuento a alguien porque es primera vez que alguien se da cuenta de que es un tema que me gusta.

—Parece que tendré que guardarte el secreto.

—Eso parece.

—¿Cuándo planean casarse?

—Todavía no hemos puesto fecha. Supongo que lo haremos cuando termine el trabajo aquí y vuelva a casa.

Miklos asintió, decepcionado, porque no se sentía capaz de meterse en una pareja comprometida.

La chica le gustaba, quería llevarla a la cama, pero ella le guardaba lealtad a su novio. Lo dejó en claro y eso era una condición muy honorable que ni él mismo se atrevía a derribar.

Ella vio el reloj.

—Estuvo todo delicioso, Miklos. Gracias por todas las atenciones, ahora debo regresar al hotel.

Miklos asintió, se puso de pie ayudándole a ella a correr la silla para que lo imitara.

Salieron de la estancia en silencio.

Ferenc les esperaba en la puerta principal del palacio para dejarles salir.

—Gracias por todo, Ferenc. La cena estuvo increíble; y la tarta, insuperable.

—Me alegra servir de la manera correcta, señorita —le sonrió y luego, vio a Miklos—. ¿El señor le acompañará hasta el hotel?

—Sí, no me esperes despierto —el mayordomo asintió—. Solo dejame el té en la mesilla de noche, por favor. Estuvo todo muy bien, tal como Milena lo dijo, gracias Ferenc.

—Para servirle señor. Buenas noches.

Ellos salieron y el mayordomo, cerró la puerta.

El hotel estaba a pocas cuadras y la noche estaba fría y agradable.

Caminar, les haría bien.

—Puedes tomarte la mañana si necesitas descansar más.

—De ninguna manera. Tengo buen dormir y mañana estaré fresca y descansada. No necesito ninguna infusión para poder dormir como tú.

Miklos sonrió de lado, con pesar.

Si ella supiera...

La infusión que le esperaba era una linda rubia de un metro sesenta y nueve, con mucho pecho, un sexy conjunto y, al menos, un litro de sangre listo para extraer.

Capítulo 6

Unos días más tarde, Milena entraba en el palacio a la misma hora de siempre.

Miklos sonrió de lado al verla desde el balcón de las escaleras. Una posición privilegiada que lo hacía invisible para la chica y para Ferenc; aunque, este último, de seguro notó su presencia.

La chica caminaba con la seguridad que le caracterizaba.

Su móvil sonó y ella dudó en responder, lo que despertó la curiosidad de Miklos.

Después de unos segundos, se aclaró la garganta y respondió.

—Madre.

Ahhh… Miklos entendió que no quería responder al llamado materno porque la madre de esa dulce joven parecía ser un terrible dictador devoto de Dios.

Resopló, divertido, pensando en lo que diría la mujer de saber en dónde estaba metida su hija cada día.

Respiró profundo para regodearse de los aromas sutiles de ella que llegaban hasta el lugar en él que se encontraba.

Esa mañana, notó que ella estaba diferente.

Un algo… agrió, en su aroma, lo invitó a fruncir el ceño y preguntarse qué diablos le pasaba a ella.

Afinó su oído.

—Milena, por favor, tienes que regresar pronto. Una boda no se planifica en dos días y Gennaro está muy solo. Cuando uno deja solo a un hombre por mucho tiempo…

Miklos se desconectó al momento porque si no lo hacía sabía que la baranda de madera a la cual se aferraba, se rompería; y no quería darle un disgusto a Ferenc.

Se escondió aún más, justo al tiempo que ella levantaba la cabeza y se fijaba hacia la dirección en la que él se encontraba.

Se apartó del lugar resoplando y regresando a su apartamento de nuevo en donde parecía que hubiera pasado un huracán dejando destrozos serios.

Ferenc le iba a tirar de las orejas, pero no podía hacer nada para cambiar la poca sensatez que tuvo de poner los ojos en Milena Conti; haciéndola irresistible para sus deseos.

Una obsesión, en otras palabras, y eso era un problema; porque cuando él se obsesionaba con algo, las cosas no acababan bien.

Negó con la cabeza, cerró los ojos derrumbándose en el sofá del salón.

Recordó entonces todo lo que hizo la vez en la que dejó fluir sus emociones negativas y convirtió aquel pueblo del sur de España en un motivo de su obsesión para bien y para mal.

Llevaba días en los que no paraba de pensar en Úrsula.

Día y noche.

No conseguía bloquear sus recuerdos ni siquiera al beber sangre. Lo cual le preocupaba porque ese acto en ellos era un bloqueo absoluto que les permitía estar en cada instante del presente, percibiendo todo lo que ocurría con la succión.

El bombeo y recorrido de la sangre. El sabor de la misma.

El jadeo de la fuente de alimento, las emociones derivadas también de la fuente.

La lujuria que crecía entre ambos. El agotamiento derivado de la absorción de psique para su fuente y la dosis de energía con la que él quedaba cargado.

Hizo una inspiración profunda.

Todavía quedaban rastros del aroma de Carla, su fuente de alimento, que le servía cada noche desde que cenó junto a Milena en el palacio luego de volver de la compra del *Salvator Mundi*.

La sed era insaciable y Miklos no quería convertirse en un peligro para nadie.

Por ello el desastre, porque estando allí, en su lugar privado, con a la rubia que sabía cómo ponerse a su merced, Miklos no era el hombre galante y de buenas intenciones que le enseñaba al mundo.

No por esos días.

En semanas anteriores, sin haber puesto a Milena en la mira, solo se alimentaba, tenía sexo y luego despachaba a la chica como si nada.

Pero ahora, necesitaba más acción.

Necesitaba cazar.

Una sensación que solo le acompañó en el pasado las veces que perdió a Úrsula.

La primera vez, fue la peor de todas, sin duda.

Luego se convirtió en un patrón. Hasta ese momento en el que las emociones negativas lo dominaban sin saber por qué.

Vio el reloj que llevaba en su muñeca.

Milena ya se habría tomado el café de la mañana que Ferenc le servía nada más llegar y del cual aprendió a disfrutar junto a ella.

Llevaba varios días en la misma rutina.

Sintiéndose tentado de invitarla a salir.

Entonces recordaba que ella estaba comprometida y...

Cerró los puños de nuevo, notando que las uñas le hacían daño en las palmas de las manos.

Ahí aparecía la rabia que la hacía a ella tan apetecible.

¿Por qué el capricho?

Ferenc llamó con delicadeza a la puerta.

—Pasa.

—Señor —el mayordomo vio a su alrededor y a pesar de que se mantuvo inexpresivo en su barrido visual, una vez posó su mirada encima de la de Miklos, este entendió lo enfadado que estaba por lo que veía.

—Lo siento —Miklos se sentía como un niño pequeño—. Estoy atravesando por un mal momento, Fer.

El mayordomo asintió sin alegría.

—Puedo entenderlo. Sin embargo, podrías ser un poco más cuidadoso —posó su mirada en la ropa desgarrada, el jarrón que se rompió cuando él perseguía a la chica que fingía estar asustada; tropezó con el jarrón haciéndose añicos al caer al suelo.

Notó entonces las pisadas de sangre.

Ah, sí; él mismo se lastimó la planta del pie izquierdo cuando dominó a la chica.

Le dolieron las encías con solo recordarlo.

Ferenc se aclaró la garganta.

—Como decía, siempre se puede ser espontáneo si se necesita —lo vio con preocupación, lo conocía bien y sabía que esas prácticas no eran una buena señal—, siendo cuidadoso con el entorno. ¿Has visto a Klaudia?

Miklos frunció el ceño y negó con la cabeza.

—Tengo dos días sin verla. Quiero darle un poco de

espacio.

—Pues sería bueno que veas qué ocurre con ella porque su fuente de alimento huyó en la madrugada aterrado, lleno de sangre —Miklos abrió los ojos con sorpresa y se puso de pie de inmediato dirigiéndose a la puerta, cuando el mayordomo le llamó de nuevo—: ¿Miklos?

Se detuvo al abrir la puerta y lo vio a los ojos.

—No estoy solo para servirte. También puedo escucharte, no lo olvides.

Miklos frunció aún más el ceño sintiéndose descubierto y sin saber cómo reaccionar. Sabiendo que su fiel sirviente tenía mucha razón.

Lo que pasaba con él tenía que hablarlo con alguien que lo entendiera y nadie mejor que Fer para eso.

Primero estaba Klaudia, ella era quien más le preocupaba.

***

—¿Te diste cuenta de este pequeño detalle?

Klaudia señalaba hacia un lugar del gran oleo que Milena estudiaba.

—Es impresionante —comentó esta, acercándose aún más con la lupa y notando los detalles en la piel de las personas que aparecían dentro de un óleo del siglo XVII

No se sorprendió cuando Miklos ingresó en la sala sin anunciarse antes, como solía hacerlo tocando en la puerta.

Klaudia escuchó los pasos de Miklos desde que salió de su apartamento y por la fuerza con la que pisaba y lo que sentía en su aroma, sabía que algo le preocupaba.

El aroma de Milena cambió drásticamente al verlo allí ante ellas de manera sorpresiva; a Klaudia se le hizo interesante ese detalle; observando con un interés especial a la chica y despertando angustia en Miklos que la observaba con algo en la mirada que no reconocía.

¿Miedo, ira?

Él frunció el ceño, clavando su mirada en ella.

Milena se aclaró la garganta.

—Buenos días —saludó con inquietud a Miklos, este ni se movió.

Klaudia le mantuvo la mirada. Lo que fuera que le ocurría a Miklos, ella tenía que ver y él estaba tratando de descifrar qué era.

—¿Necesitas algo?

—Hablar contigo.

A Klaudia no le gustó la seriedad de Miklos. Y sintió la culpa aparecer porque sospechaba que iba a reclamarle lo de su fuente de alimento.

Sabía que Ferenc lo vio salir.

El mayordomo era eficiente y fiel, aunque un maldito metiche en esa ocasión.

Klaudia se levantó de su asiento, se dirigió a la puerta.

—Enseguida vuelvo, Milena.

—Estaré bien —le escuchó responder con ansiedad y curiosidad porque la chica, en segundos, dejó en claro con sus aromas la fascinación que sentía por Miklos.

Él parecía no haberlo notado, ignorándola de nuevo.

Parecía, de hecho, que lo que tenía que decirle a ella era mucho más importante que una nueva conquista.

Resopló y se cruzó de brazos al entrar en otra de las áreas comunes del palacio.

Miklos batió la puerta sin importarle nada y ella se sobresaltó porque no se esperaba esa actitud de él.

Fue cuando percibió que sí, estaba muy preocupado y cabreado con ella.

No podía culparle.

Decidió esperar hasta que él hablara para evitar incriminarse sin necesidad. Tal vez estaba cabreado por otros asuntos y...

—Se puede saber... ¿qué coño pensabas hacerle a tu fuente de alimento?

No, Miklos no tenía intenciones de hablar de otra cosa que no fuera ese asqueroso episodio que odió y deseó a partes iguales.

Se pinchó el puente de la nariz y respiró profundo.

—¿Querías hacerle daño?

Miklos la conocía tan bien que podía descifrarla nada más que oliendo lo que salía de ella.

Lo vio aterrada, con esa parte de ella que tampoco le gustó nada su actitud con su fuente. Todavía tenía en la mente el recuerdo vivo del chico, entrenado para alimentarla según sus gustos, que le suplicaba aterrado que parara y que no lo matara.

Se abrazó a sí misma para no dejarse en evidencia porque las manos le temblaban como un flan.

Otra vez, era inútil estando frente a Miklos.

En dos zancadas se acercó a ella y la vio a los ojos con profunda angustia.

—Klaudia, voy a tener que decirle a Pál...

—No —le sujetó las manos, Miklos la vio aterrado porque ella estaba helada y temblorosa. No pudo evitar sentir escozor en los ojos al suplicarle y sentir rabia por el monstruo en el que se estaba convirtiendo—. Miklos, no. Por favor.

—Klaudia, es cuestión de tiempo antes de que hagas algo que todos vamos a lamentar.

La abrazó y se lo agradeció.

Ella, la que se creía de hierro, ahora parecía una maldita rama seca a punto de quebrarse.

Respondió a su abrazo y retuvo las ganas de llorar porque no era el momento de una escena de esas a la que estaba acostumbrada a montar en la soledad de su habitación, después de despertar aterrada por los susurros o lista para matar a alguien, cómo ocurrió con su fuente de alimento.

Miklos la separó un poco de sí mismo y levantó su rostro para darle un beso suave y cariñoso en la frente.

Un acto que Miklos nunca antes tuvo con ella y se sentía tan bien.

Sus labios esbozaron una ligera sonrisa que estaba fuera de tono, lo sabía, y es que tenía tanto tiempo sin sentir algo tan agradable que no quería que acabara.

Miklos lo comprendió, como siempre llegaba a comprenderla y la abrazó fuerte otra vez.

—No quería hacerlo. Fue como la noche en la que ataqué a Ronan. No soy yo, Miklos, es como si…

—¿La maldición?

—No —negó con la cabeza, separándose de él porque necesitaba hablar—, no es la maldición; es decir, sí, pero hay algo más. Algo que me ciega completamente, algo que me hace salvaje, aterradora —lo vio con espanto—. Mi fuente empezó a rezar cuando se daba cuenta de que moría, Miklos, y eso fue lo que me hizo reaccionar. Escuchaba su rezo en la lejanía y suplicaba por no morir. Cuando volví en mí, y me aparté, la herida que le provoqué me dio náuseas y corrí al baño. Todavía no sé cómo escapó de mí, porque estoy segura que estaba a una succión de morir.

Miklos se frotó la cara con ambas manos y con la desesperación a flor de piel.

Klaudia, además de odiarse por convertirse en un monstruo peor de lo que ya era por la maldición, se odiaba por hacerle eso a Miklos.

Obligarle a guardar el secreto lo ponía en riesgo a él también y sabía que él no se iba a perdonar si ella acababa muerta por cometer un delito.

Le preocupaba que él no dijera nada.

Se sentó a su lado con cuidado.

Miklos solo tenía la mirada clavada en el suelo, los codos apoyados en las rodillas y las manos entrelazadas.

El que no lo conocía, podía pensar que estaba rezando.

«Tal vez lo esté, pidiendo un milagro», pensó Klaudia.

Miklos negó con la cabeza un par de veces en silencio antes de decir algo.

—¿Cómo vamos a manejarlo si te sales de control, Klaudia? ¿Qué pasa si un día atacas a alguien en la calle o a Milena, mientras está aquí en el palacio?

—No va a ocurrir.

Miklos volvió la cabeza para observarla con ironía.

—Creo que no estás en condiciones de decir lo que no serías capaz de hacer cuando no puedes controlar lo que pasa en ti.

—Tienes que confiar en mí, Miklos; voy a superar esto.

—¡¿Cómo?! —Miklos se levantó alterado y ella se sobresaltó por primera vez en su vida al verlo así. La veía con furia—. ¡Dime! ¿Cómo vas a superarlo? Cuando Pál le ponga fin a todo porque tu propia superación, ¿se te escapó de las manos?

Klaudia se sintió intimidada y no le gustó aquella sensación activándose en ella el mecanismo de defensa de la maldición.

Se puso de pie observándole de forma retadora.

—¿Vas a delatarme entonces?

—¿Tienes otra opción? —Miklos seguía hablando en voz muy alta, abriendo y cerrando los brazos como si no pudiera controlar la rabia que sentía. Lo observó cerrar los puños y ella misma se puso en posición de combate porque no le iba a permitir que le tomara desprevenida.

Las encías le dolieron y el aroma de Milena acercándose no ayudó en el asunto, haciendo que Klaudia siseara como una serpiente sin darse cuenta; y Miklos, aun con los puños cerrados frente a ella, le mantuvo la mirada.

Quería dominarla y ella no iba a permitirlo.

Los pasos de Milena sonaban más cerca y la presión en la boca de ella creció.

—No te atrevas.

Miklos habló entre dientes, Klaudia parpadeó un par de veces para darse cuenta de que Milena fue interceptada por Ferenc.

Le sonrió de lado a Miklos.

Con malicia.

—¿No quieres que me atreva porque es una humana y temes de lo que me pase o es que ella te importa?

No fue tan rápida para esquivar los movimientos del vampiro que, en un instante, la sujetó del cuello levantándola unos centímetros del suelo para luego bajarla y dejar el oído de la vampira al nivel de su boca.

—Le tocas un pelo y seré yo mismo quien te saque la cabeza aunque te ame con el alma. ¿Está claro? —ella soltó una risa malvada para disimular los nervios a la amenaza de Miklos. Nunca antes, ni siquiera en las malas épocas después de lo de Úrsula, le habló de esa manera.

Esa mujer le importaba más de lo que incluso él mismo creía.

Al no responderle, apretó más el agarre del cuello y la acercó aún más a sus labios haciendo que Klaudia llegara a estremecerse por el picor en su aliento.

¿De dónde salió ese Miklos que ella no conocía?

—¿Esta claro? —Ella asintió, él la soltó sin contemplaciones; pero ella fue rápida y plantó los pies con firmeza en el suelo para no caer de bruces.

Miklos se arregló el traje.

—No te quiero cerca de ella hasta que me demuestres que no eres un maldito chupasangre salvaje de esos que tanto odiamos. Y como no te acomodes pronto, tendré que reportarle todo a Pál. No voy a perderte, ¿entendiste?

Ella asintió con rabia e impotencia porque Miklos, a pesar de todo lo furioso que estuviera por la situación y lo mucho que le importara esta nueva chica, siempre cuidaría de ella.

Siempre buscaría la forma de ayudarla; y en este caso, de mantenerla con vida.

***

Milena observó todo a su al rededor con gran satisfacción. Se sentía como pez en el agua entre tantas cosas hermosas. Tanta historia.

Muchas veces, cuando fantaseaba con otra vida, cambiaba todo menos su amor al arte. Era parte de su existencia y no quería cambiarlo ni siquiera en el sueño más loco.

Sonrió divertida mientras embalaba una pieza importante para la subasta.

Todavía faltaba aunque ella quería tener todo en tiempo y arreglado. Si la pieza ya estaba examinada y tasada con un valor inicial para la subasta, pues no tenía caso dejarla expuesta al polvo o a los accidentes.

Mientras hacía su labor con minucia, se sumergió en esas vidas de fantasía que llenaban su cabeza desde que era adolescente.

Una vida en la que su madre era una actriz de cine famosa

y su padre, un artista bohemio y alocado que vivía la vida sin planificación.

Haciendo de ella una restauradora más relajada, creyente «en voz alta» del amor libre y divertido. Amante de la espontaneidad y de lo hermoso.

Sería una chica simple y llevaría el pelo rubio. Arrugó la nariz porque nunca le gustó ese tono de cabello para sí misma.

Recordó que hacía, unos días, descubrió una cuenta en Instagram de un estilista que hacía magia con el pelo y dejaba a las chicas espectaculares con las melenas teñidas de lo que llamaban colores fantasía y a ella le parecía arte.

Sería genial poder probar un día a tener la melena de arcoíris o de un tono rosa dorado que tanto le gustaba.

Viviría en Florencia y tendría una segunda carrera como investigadora de lo oculto porque siempre se sentía atraída hacia aquellas cosas que el ojo humano no concibe ver; aunque ella no las había visto jamás, estaba convencida de que sí existían solo que había que saber hacia dónde y «cómo» ver.

Sería la investigadora de lo paranormal con el pelo arcoíris.

Soltó una carcajada divertida porque la escena le pareció ridícula. Sobre todo, cuando se vio metida en su clásico traje de taller azul marino con la camisa manga larga blanca debajo de la chaqueta.

—Pensé que ya te habrías marchado —Se sobresaltó al escuchar la voz de Miklos junto a ella. Estaba tan metida en sus fantasías que no le escuchó entrar. Él le sonrió y lo único que hizo fue ponerla más nerviosa—. Lamento haberte asustado. Pensé que me habías escuchado entrar.

Le sonrió de lado con vergüenza porque se sintió descubierta.

—Estaba terminando con esto mientras pensaba.

Miklos se recostó del borde de la mesa con los brazos

cruzados quedando frente a ella.

Milena continuó con labor.

—¿Cómo vas con esto? —Miklos se interesó por saber el estatus de la evaluación, para lo que ella fue contratada.

—Muy bien. Vamos ganando dos días del tiempo estipulado en principio. Ya estas piezas están listas. Ferenc me indicó que, a partir de aquí, Klaudia organizará el resto.

—Lo haré yo. Klaudia estará ocupada en otras cosas unos días.

Ella lo vio con curiosidad recordando lo preocupado y poco amable que lo notó esa misma mañana. No tenía nada que ver con el hombre que estaba ante ella.

No era su asunto preguntarle por su vida privada o por lo que ocurrió entre ellos; después la discusión con Klaudia, que ella alcanzó a escuchar algunas cosas, a la mujer no la vio más y ahora, él mismo le confirmaba que Klaudia no estaría con ella como cada día.

—¿Se encuentra bien? —claro, una cosa era no querer meterse en la vida de él; siempre podía preguntar por ella de manera casual y lograr enterarse de lo que ocurría entre ellos.

Era simple curiosidad.

Miklos frunció el ceño, negó con la cabeza.

Milena asintió y recordó algunas de las palabras de él mismo esa mañana antes de que Ferenc le interceptara porque ella se preocupó al escuchar la forma en la que él alzó la voz hacia la mujer.

No iba a permitir ningún maltrato aunque eso le costara el trabajo.

La mirada de él, ahora, le decía que no sería agresivo con ella jamás.

Notó cuando él evadió su mirada. Quizá tenía que dejar de inspeccionarlo porque lo estaba haciendo sentir incómodo.

—Seguro encontrarás la manera de ayudar a Klaudia con su problema.

—Eso espero, Milena. —Milena no puedo evitar verle directo a los ojos. Que eran hermosos. Atrevidos, a pesar de que, en ese instante, estaban apagados y tristes.

—Bueno —ella se vio en la obligación de cambiar la conversación para cambiar su humor porque no le gustó verle de esa manera. Le incomodó y quería ayudarlo sin cometer imprudencias—, esto ya está, mañana empezaré con las cosas del ático. Klaudia me comentó que estaría conmigo porque hay cosas que no se llevarán a la subasta. Pero ahora...

—Estaré yo. ¿Tienes hambre?

Si tenía, sin embargo, el acercamiento con Miklos fuera del trabajo no le parecía buena idea.

—Prefiero comer en cuanto llegue al hotel.

Miklos asintió con el ceño fruncido. No le gustó su negativa.

—Entiendo. ¿Me permites acompañarte al hotel?

Milena vio el reloj en su muñeca.

—No es tarde, Miklos. Puedo ir sola, gracias por el ofrecimiento de todas maneras.

Milena sintió que el corazón le latía con prisa porque no quería caer en la tentación que Miklos representaba para ella.

Negó con la cabeza al tiempo que notó la inspiración profunda que hacía él.

Parecía que iba a dejar la estancia sin oxígeno.

Tenía los ojos cerrados y aún mantenía el ceño fruncido.

Milena recogió todo, apagó la luz de la mesa en la que trabajaba.

Miklos seguía con los ojos cerrados. Milena recordó el apoyo que le dio cuando regresaron de la compra del *Salvator Mundi*.

Él abrió los ojos de golpe, como si pudiera intuir lo que ella pensaba o sentía, porque ese pensamiento le llevó a sentir emociones que la desestabilizaban.
Ella estaba comprometida.
No podía sentir cosas por Miklos. No estaba bien.
Él le vio con tal intensidad que la desarmó.
«Milena, reacciona y compórtate».
Le sonrió a medias.
Él frunció el ceño.
—Hasta mañana.
Miklos asintió y ella se dio la vuelta para salir de ahí cuanto antes.

Cuando llegó a la puerta de la propiedad y se disponía a salir a la calle, se dio cuenta de que no llevaba su móvil en el bolso.

—¿En serio? —se reprendió en voz baja. Temiendo que tendría que devolverse para buscar el aparato y encontrarse de nuevo con Miklos.

Al darse la vuelta, se llevó un susto al observar a Miklos que se acercaba a ella entre las sombras que se creaban en la casa.

—Gracias —dijo recibiendo el aparato en sus manos.
Miklos la vio a los ojos y ella se sintió desvanecer.
—Voy a dar un paseo, así que creo que caminaremos juntos.
Abrió la puerta para darle paso a ella.
Milena, se arrebujó en su chaqueta, haciendo que él le cediera la suya.

Miklos la vio nerviosa y sonrojada, sintió ganas de comerla a besos allí mismo, pero no sería un acto de honor por su parte y más si ella estaba manteniéndose fiel a su compromiso a pesar de las emociones que experimentaba hacia él.

Cuando la sorprendió en el estudio, mientras reía sumergida en sus pensamientos, Miklos pudo percibir tanto de ella. Tanto, que por un momento se sintió increíblemente abrumado; excitado, ansioso.

La boca empezó a dolerle a niveles extremos y la garganta… ¡demonios!… si habría podido beber de ella, lo habría hecho encima de la mesa, las obras, o la alfombra; sin importarle si algo se perdía en el proceso.

Después de respirar con gran profundidad, consiguió calmarse un poco.

Ese día, nadie le estaba haciendo la vida fácil.

Klaudia con sus problemas que la estaban poniendo en un gran riesgo con la Sociedad; y ahora Milena, con su sonrisa y esa melena oscura que ansiaba ver de nuevo libre de ese espantoso moño que siempre llevaba.

Notó las pecas delicadas que ella tenía encima de la nariz y esparcidas por los pómulos.

Recordó la suavidad de sus manos.

Se metió las propias en los bolsillos del pantalón.

Necesitaba que ella confiara en él; iban a pasar más tiempo juntos, era mejor si ella siempre estaba calmada junto a él.

Así no habría ansiedad, sed o ganas de tener sexo salvaje con ella.

Sonrió a medias pensando en que, si pudiera, no solo tendría sexo salvaje. Jugarían al gato y al ratón y… Negó con la cabeza. El problema no era solo ella.

Él estaba llevando eso del deseo por ella muy mal.

No se sintió así de atraído por nadie en décadas, y a la última mujer que le permitió la entrada en su vida para saciar sus atracciones y necesidades, la engañó; causándole gran dolor porque estaba muy enamorada de él.

Es que nadie podía entender lo que ocurría cuando Úrsula

aparecía en su vida. Él necesitaba dejarlo todo por estar con ella en ese corto tiempo que la vida —y la estúpida maldición de su familia—, les permitía.

El dolor se instaló en su pecho, como siempre que pensaba en la mujer que más amaba en el mundo.

Milena volvió la cabeza hacia él, Miklos le respondió como si fuera su reflejo.

Se sonrieron con timidez.

—Gracias por la compañía —dijo ella devolviéndole la chaqueta. Haciendo que Miklos volviera a la realidad y se diera cuenta de que, en efecto, estaban frente al hotel en el que ella se hospedaba.

—No te estaba acompañando, recuerda —le hizo un guiño—. Yo solo estaba dando un paseo.

Ella sonrió divertida y Miklos no pudo evitar sonreír igual.

¿Cuánto tiempo tenía que no reía así?

—Hasta mañana entonces.

—Milena —la llamó después de que ella le diera la espalda y avanzara hacia la puerta del hotel.

—¿Si?

Miklos se acercó hasta estar de frente.

—No intento conquistarte, aunque no puedo negar que me gustas mucho. Solo intento que estés a gusto mientras trabajas para nosotros. Eres una mujer admirable, que respeta su compromiso con el hombre que ama a pesar de que puedo presentir que correspondes a la atracción que siento por ti —Milena se sonrojó. A Miklos le gustó dejarla en evidencia. Era encantadora cuando se sentía descubierta—. Creo que podemos ser dos adultos que mantienen una relación de…
—Miklos buscó un terminó en su cabeza…

—Compañeros de trabajo —lo sorprendió con ese término—. Los compañeros de trabajo trabajan juntos y, de vez en cuando, salen a divertirse. Nosotros podríamos cenar en el palacio; así hacemos feliz a Ferenc y podemos degustar de las delicias que prepara mientras conversamos de las piezas increíbles que tienes allí.

Miklos asintió con complicidad.

—Los amigos de trabajo, a veces, tienen sexo.

Ella soltó una carcajada.

—No seremos esa clase de amigos de trabajo… ¿Cierto?

Él volvió a asentir, demostrándole con su mirada que le daba su palabra de honor.

Y de pronto, el ambiente entre ellos se volvió mágico.

Miklos sintió la tranquilidad de ella, haciéndola propia; permitiéndose sentir la confianza que ella le daba, aun sin conocerlo en profundidad.

Sin saber de su vida o lo que realmente se escondía bajo ese hombre galante y de impecables modales.

Incluso así, en ese instante, ella confió en él.

Sin ninguna explicación, sintió tal paz en su interior que se juró a sí mismo no defraudar, jamás, la confianza que ella le regalaba a partir de ese momento; así sus encías le dolieran de esa manera irracional para siempre.

Capítulo 7

Klaudia llevaba unos días con la oscuridad sembrada en su interior.

¿Cuándo la vida se le convirtió en ese caos?

¿En ese hoyo negro que, al principio, la fue consumiendo poco a poco; y que, ahora, quería engullirla haciéndole aferrarse a una pequeñísima luz que ni siquiera sabía que llevaba en su interior?

¿Era su lado bueno?

Sonrió a medias, con ironía, porque siempre pensó que era una persona racional.

No buena.

Le daba la impresión de que la gente buena era tonta y acababa siempre mal.

Se vio en el espejo sin casi reconocerse.

Quizá era el equivalente a lo que los humanos llamaban «depresión».

Dos sombras pasaron tras ella, las vio con hastío.

Ya no le daban miedo, no recordaba cómo o cuándo perdió el temor a verlas.

Solo sabía que, un día, abrió los ojos estando en su cama acostada y se encontró con tres de esas cosas horrendas flotando a su alrededor, entonando un cántico que le puso los pelos de punta.

Quiso atacarlas, claro que lo quiso y se dio de bruces contra el suelo en cuanto intentó atrapar a una de ellas haciendo que las tres se desvanecieran como si nunca hubiesen estado allí.

Cómo si todo hubiese sido producto de su imaginación.

No lo era y estaba segura de eso porque desde entonces, la risa maldita y los susurros con su nombre, podía escucharlos a cualquier hora del día.

Ya no era solo por las noches. No era solo cuando dormía. No.

Y los sueños con lo macabro, con los demonios, con la maldición a la que nació atada, estaban volviéndose cada vez más fuertes; haciendo que, por momentos, se apartara de la realidad y se convirtiera en un monstruo peor, mucho peor del que ya era desde su nacimiento.

Se dio la vuelta para cambiar la bata que tenía puesta por sus pantalones de cuero y una camisa que le diera algo de vida.

Resopló indignada, una vez más, porque ella quería sentir la vida, sí, pero no la propia.

Sabía que esa sensación no se le iba a quitar a menos de que empezara a cobrarse vidas.

El dolor de la boca, la sequedad en la garganta, las ganas de pelea, ataque... de maldad.

Cerró los puños y los ojos, buscando en su interior la luz esa diminuta que rogaba no se extinguiera jamás porque era lo único que creía que la mantenía cuerda.

Era la misma luz que le llevaba a recordar a Ronan y en un maldito ciclo, los recuerdos le llevaban sus mejores días junto a él para luego sacudirla violentamente con la imagen del ataque sorpresa que le hiciera en su propia casa; y en cada recuerdo, Klaudia podía sentir la sangre de él fluyendo en sus propias venas.

Uniéndose con la suya y entonces...

Abrió los ojos de golpe, porque cuando no los abría de golpe y se dejaba seducir por los encantos del salvajismo que quería gobernarla y por el delicioso sabor de la sangre de él, pasaban cosas muy malas.

Muy malas.

Como la más reciente en la que temió por la vida de su fuente de alimento.

El chico huyó en cuanto tuvo la oportunidad y ella...

Tuvo que hacer un increíble esfuerzo por dominarse y no ir tras él para devorarlo como ansiaba.

Se vio de nuevo en el espejo.

Sonrió, esta vez lo hizo con profunda tristeza porque nadie podría darle lo que ella necesitaba: Ronan.

Sí, lo necesitaba con ella. Pero temía hacerle daño y no se perdonaría a sí misma si llegaba a hacerle daño al único hombre que consiguiera amar con esa intensidad.

El amor dolía como el infierno.

Y odiaba sentir dolor.

Tomó el bolso y salió de su apartamento para dar un paseo. Necesitaba respirar otro aire que no fuera el de su habitación. Ya estaba harta del encierro y no iba a ganar nada con él.

Quería aclararse y pensar muy bien qué iba a hacer con las sombras, la risa y los murmullos que la atormentaban día y noche. Necesitaba pensarlo tan bien como pudiera porque dar el paso de contárselo a Pál iba a cambiar su vida y la de todos.

No quería que la tranquilidad de Lorcan, ahora junto a

Heather; o la de Garret, junto a Felicity, se viera empañada por sus sombras y voces espeluznantes.

Bufó volviéndose para asegurarse de que Miklos o Fer no le seguían.

«¿Qué hora es?». Se preguntó, viendo a su alrededor las calles vacías.

Desoladas.

Hacía frío. Pero un frío que ella podría soportar sin duda.

Conocía un bar en la ciudad que cerraba cuando el sol despuntaba.

Quizá un trago en otro lugar que no fuera el palacio y conversar con extraños, le sentaría bien.

Caminó percibiendo olores.

Lo que no era aconsejable en su condición porque si algún humano llegaba a cruzarse con ella, podría perder el control y…

Negó con la cabeza.

«Nada va a pasar, Klaudia».

Cuando entró en el bar, su pensamiento se ensombreció metiéndola directo en el hoyo negro al cual ella se resistió a ceder.

Tres hombres bebiendo en una mesa y la mujer detrás de la barra, le hicieron expandir las fosas nasales; sintiéndose como un temible tiburón blanco cuando detecta sangre en su entorno.

Sin embargo, se atrevió a practicar el autocontrol porque ella era Klaudia Sas y nada iba a doblegarla. Nada ni nadie iba a someterla a una oscuridad a la que ella se negaba a entrar.

—Buenas noches, Klaudia —saludó la mujer detrás de la barra—. ¿Qué te pongo?

—Vodka. Una botella.

La mujer, que conocía a Klaudia y Miklos como clientes

regulares de su bar, solo asintió y le sirvió lo que pedía.

—¿Mala noche?

—No, Beatrice, ha sido una mala temporada en general. ¿Cómo has estado tú?

—En lo mismo de siempre. Espantando borrachos al amanecer para ir a cuidar de mis nietos.

Para Klaudia y Miklos ese bar era un refugio, desde mucho antes de la existencia de Beatrice.

La mujer se negaba a abandonar el negocio familiar sin importar las horas de sueño que le robara.

Lo atendía desde que su marido había muerto varios años antes. Se quedó viuda y sola con sus hijos, tenía que mantenerlos.

Klaudia y Miklos le quisieron ayudar con dinero pero ella se negó y, desde entonces, se ganó el respeto de los vampiros.

Ahora, la mujer atendía por las noches el negocio heredado de su familia y, por el día, dormía un poco mientras los niños, sus nietos, estaban en el colegio.

Luego ella los cuidaba hasta que las madres de los pequeños volvían a casa del puesto en el mercado, que también era una extensión del negocio de la familia y que, gracias al bar, sus hijos y nueras podían trabajar en un horario decente que les permitía pasar tiempo con sus pequeños.

Beatrice parecía cada vez más cansada.

—¿Cuándo vas a tomarte unas vacaciones?

Beatrice largó una carcajada sonora.

—Cuando muera, quizá —la vio con ensoñación y esperanza. Klaudia quiso extenderle un cheque ahí mismo para que ella, sus hijos, nueras, nietos y los tres perros de la familia, se largaran a una isla del Caribe el tiempo que ellos quisieran. Sin preocuparse por nada más que no fuera descansar, comer y disfrutar.

La mujer no le iba a aceptar ni siquiera la sugerencia.

Por lo que Klaudia la dejó en paz con su faena de recoger los vasos del lavavajillas para ponerlos en su sitio mientras ella se sumergía en sus recuerdos.

En los recuerdos de esa vida estupenda que tuvo antes de convertirse en...

Una sombra pasó por detrás de ella tomándola por sorpresa, haciéndole sobresaltarse en su asiento porque no esperaba verla allí. Su primera reacción fue odiar ser perseguida a todos lados por lo que lanzó el vaso con fuerza hacia el frente y este se estrelló directamente en la estantería de madera y espejos.

El ruido de los cristales romperse la trajo a la realidad, notando el desastre que ella misma ocasionó.

—¡Beatrice! ¿Necesitas ayuda para sacarla?

Klaudia se volvió a ver al cretino que estaba haciéndole la sugerencia a la dueña del establecimiento.

—No, Giovanni, lo tengo controlado.

El hombre vio a Klaudia con cara de pocos amigos.

—Klaudia, ¿estás bien?

La vampira parpadeó un par de veces observando a su al rededor, cerciorándose de que no hubiesen más sombras que la tomaran por sorpresa.

Vio a Beatrice a los ojos.

Asintió.

Tomó su bolso, sacó su portamonedas.

Le extendió varios billetes y la vio de nuevo con vergüenza.

—Lo siento, yo...

La mujer le puso la mano encima de la propia y al sentir la tibieza de su piel, los sentidos de Klaudia empezaron a trastornarse.

Los latidos del corazón de las cuatro personas presentes, se convirtieron en el retumbar de tambores africanos.

Al igual que los torrentes sanguíneos.

Parecían esas melodías del correr del agua que suelen colocar en los spas a los que ella iba con frecuencia.

Respiró profundo.

—¿Quieres que llame a Miklos?

Abrió los ojos de golpe.

—No.

Beatrice asintió, se dio la vuelta para recoger el reguero de vidrios esparcidos en el suelo y del tope más ancho que estaba al final de la estantería que le servía como base de apoyo.

Klaudia cerró su bolso, se bebía con prisas lo que le quedaba en el vaso cuando el aroma llegó a ella.

Sangre.

Maldición.

Los dientes le dolieron a tal punto que parecía que la cabeza entera le iba a estallar.

Las encías ardieron como si estuvieran envueltas en llamas.

—¡Oh maldición! —protestó Beatrice por lo que Klaudia ya suponía—. Ni lo sentí —se revisó la mano inspeccionando de dónde provenía la sangre. Algún vidrio diminuto, indoloro, que llegó al lugar adecuado dejando el fluido vital aparecer.

Las fosas nasales de Klaudia se expandieron aún más cuando el aroma la llamaba.

Y su visión empezó a borrarse cuando vio la mancha en la encimera y el delgado hilo en la mano de la mujer.

Salivó.

Se pasó la lengua por los labios y las sombras aparecieron para nublar todo, tal como le ocurrió cuando atacó en el pasado a Ronan y a su fuente de alimento.

Negó con la cabeza sintiéndose aterrada y victoriosa a partes iguales porque bien podía quedar ciega y ceder a la maldición, pero quizá si ya reconocía cómo actuaban las sombras en ella, podía evitar todo y...

—Klaudia... seguro que... —Beatrice empezó a cambiar de estado. Ahora no estaba tranquila. Se sintió inquieta ante la presencia de la vampira.

Del monstruo que se aproximaba.

Era un instinto de supervivencia de los humanos.

Y Klaudia era un maldito depredador, lo que hacía poco adecuado que Beatrice se convirtiera en una presa temerosa.

Salivó de nuevo.

Salió corriendo del lugar justo antes de que las sombras cerraran su visión por completo.

Justo antes de que no supiera qué diablos sería capaz de hacer.

**

Miklos observaba a Milena fascinado.

En esos días que llevaban trabajando en el ático aprendió a detallarla al máximo sin que ella se diera cuenta.

Lo último que quería era que se sintiera incómoda de nuevo estando a su lado.

Milena estudiaba piezas de hacía varios siglos, unas que él mismo trajera de España después de que la maldición que le lanzaran a Úrsula, se hiciera efectiva por primera vez.

Eran unas piezas de barro que fueron usadas por algunas brujas de la familia de Úrsula.

Miklos las tomó como recuerdo; ya que en esas vasijas, le dieron de comer y beber a la mujer que más amaba.

Sabía que no iba a deshacerse de esas piezas, así como de la mayoría de las que estaban en el ático, porque eran parte de su colección personal y familiar.

Piezas que solo ellos entendían el significado de las mismas.

Como las garras metálicas que Klaudia inventó para ellos o las espadas con las que los Farkas lucharon mucho tiempo.

La espada que acabó con Luk.

Incluso allí, estaban algunas cosas que Pál rescató alguna vez del castillo de la condesa.

No eran piezas valiosas y se sabían que pertenecieron a la mujer que les dio la vida con la maldición y de la cual debían cuidar al mundo. Así que nada de lo que ella llegara a usar, o de lo que se usara en su castillo, quedaría expuesto al morbo humano.

Miklos necesitaba pasar tiempo con Milena, más del que estaba estipulado por contrato, porque estaba descubriendo tantas cosas de ella que le encantaban, que se negaba a dejarla marchar por ridículo que sonara.

Sabía que no podía conquistarla, le dio su palabra. Y Miklos Farkas podía ser un imbécil cuando quería, pero todo el que le conocía sabía que cuando daba su palabra, era un hecho que la cumpliría.

Sin embargo, no prometió fantasear con ella.

¡Y sí que fantaseaba de muchas maneras!

Sonrió divertido acaparando la atención de ella y sintiéndose tentado a contarle lo que pensaba cuando ella le preguntó el motivo de su risa.

—Recordaba la época en la que estuve en España— respondió sin darse cuenta de que la época a la que él hacía referencia, no podía ser ni de cerca la que Milena estudiaba en las vasijas.

«Habría sido mejor decirle que la estaba imaginando desnuda mientras le lamía los pezones», pensó, arrepentido de su respuesta anterior.

—¿Estabas cazando tesoros?

Resopló, entre divertido y sarcástico, porque el comentario

de ella hacía alusión a algo real: estaba cazando.

Pero a más como él. No tesoros.

Por esa época, Pál quería que ellos buscaran a más descendientes de la condesa convirtiendo aquello en una tarea titánica sin gran éxito; que a él lo llevó a ese apartado lugar en la montaña al sur de España, en el que las brujas del norte se refugiaron al huir de la inquisición.

Miklos llegó atraído por los cánticos.

Era una noche calurosa, estaba sediento de sangre.

Milena le sonrió volviéndolo a la realidad.

—¿Qué otros tesoros encontraste en ese viaje?

Miklos se iba a desinflar si seguía resoplando aire.

Abrió los ojos con añoranza en la mirada, esbozando una sonrisa con los labios que atrajo la mirada de ella y también, su completa atención.

A Miklos parecía volverle loco la pasión con la que ella escuchaba cada palabra que él le contaba. Estaba atenta a los detalles en la narrativa y solo interrumpía cuando era realmente necesario.

—Encontré un pueblo, Soportújar, al sur de España, lleno de leyendas sobre las brujas del norte que fundaron ese pueblo —ella no dijo nada y Miklos se animó a continuar. Quizá recordar a su adorada Úrsula le haría menguar la atracción e interés absurdo que tenía por Milena—. Esas vasijas fueron propiedad de una de las familias más importantes del pueblo.

Miklos recordó la vez en la que vio a Úrsula por primera vez.

Hermosa, curvilínea, con las mejillas rosadas y esos ojos verde oliva que podían dejar embobado a cualquiera.

«—¿Qué te trae por estas tierras ¿forastero? —le preguntó con sorna sabiendo que no era una persona de fiar».

—¿Miklos? —volvió a la actualidad cuando Milena le posó

una mano en el brazo.

El cosquilleo despertó sus impulsos, se contuvo.

Una vez más.

Lo hizo.

Sonriéndole a ella con tristeza.

—Pareciera que lo que recuerdas te afecta. ¿Qué te ocurrió en ese viaje?

—Encontré el amor.

No quería decirle mentiras. Aun no entendía por qué, pero su naturaleza le invitaba a ser franco con ella. En todos los sentidos.

Y por razones obvias, no era conveniente hacerlo en «todos» los sentidos.

Así que debía adornar la historia, inventarse una época actual y contar la de verdad como una leyenda del pueblo.

Mientras él decidía las palabras que usaría, Milena lo veía con gran curiosidad.

—Voy a pedirle a Ferenc que nos traiga café, ¿qué te parece? —ella estaba emocionada por cualquier cosa que él pudiera contarle; y Miklos descubrió que, cuando era momento de hablar de cosas del pasado y «supuestas leyendas», ella siempre pedía café y dulces.

—Es una excelente idea.

Milena solicitó todo por el teléfono que conectaba esa área de la propiedad a la cocina y, a los pocos minutos, tan eficiente como siempre, Fer entraba en el ático con una bandeja elegante y bien servida con todo lo solicitado.

A él le habría gustado un cuerpo tibio que le diera alimento, pero no era posible; así como tampoco era posible el vaso de escocés o vodka por la que a veces sustituía la sed de sangre.

Las bolsas de sangre tampoco le servían. A ninguno de ellos. A pesar de que podría alimentarlos, ellos necesitaban absorber psique, tomar sangre, tener sexo.

Miklos necesitaba el paquete completo.

Incluso fingir que cazaba.

Así que se alegraría de tomar una taza de un buen café, eso sí; y de comer los dulces que, de seguro, Ferenc estuvo horneando ese mismo día en la mañana.

Una vez servido todo, para dos, en la mesa apartada de las piezas de arte más importantes, y teniendo una pequeña ventana redonda que les daba vista al canal de la ciudad en donde los turistas viajaban en góndolas, Miklos continuó con su relato.

—La conocí en Soportújar mientras hacía una investigación sobre las leyendas del pueblo.

—Qué tipo de leyendas, cuéntame.

—En la región, hay una cueva que tiene una grieta y se cree que esta, comunica con otros mundos. Se cree, que por ella entran y salen las ánimas, y que es un pasadizo hacia el purgatorio para aquellas almas que todavía deben «pagar» su penitencia.

Milena tomó un sorbo de su café sin quitar la mirada de la de Miklos.

—Las brujas que habitaron eran poderosas. No tanto como las de otros lugares —bien sabía él que las más poderosas eran las descendientes de Veronika—. Pero este grupo era potente.

—¿Buenas o malas? —preguntó Milena mientras tomaba otro de los dulces de la bandeja.

Miklos movió la cabeza a ambos lados y luego respondió:

—Depende de cómo se vea porque para algunas cosas eran buenas; para otras, no tanto.

—¿Cómo sabes?

—Se cree que esa familia poderosa maldecía a sus brujas si las normas no eran cumplidas como correspondían.

—¿Maldiciones? ¿de las crueles?

Miklos asintió con gran tristeza.

—Se cree que Úrsula, la más joven de esa poderosa familia de brujas, se enamoró de quien no debía y por ello, la más anciana de su familia, decidió lanzar sobre ella una maldición muy cruel que la regresa a la vida y que la obliga a encontrarse con el ser amado para volver a morir en sus brazos; porque ese es el destino que, según aquella anciana miserable, les tocaba vivir a ellos.

—Es decir, que él también reencarna.

Miklos negó con la cabeza.

—No. Se dice que la maldición fue lanzada porque él era un ser demoníaco. Uno de los chupasangre que tanto llama tu atención.

Milena frunció el ceño.

—No los llames así, pobrecitos. Son personas como tú y como yo con una gran oscuridad en su interior.

Miklos la vio entonces con ilusión. Era la primera vez que alguien, en esa época moderna y alocada, le decía algo tan considerado sobre ellos. La única que vez que alguien le dijo algo así en su vida fue Úrsula, en su segunda reencarnación, un tiempo después de morir por primera vez.

¡Cuántos recuerdos tenía con ella!

Y cuánta tristeza también.

¿Por qué ahora pensaba en todo el sufrimiento que despertaba el simple hecho de recordar a Úrsula?

Sería que Milena también le afectaba en eso.

—Entonces, ella se enamora de un vampiro y la anciana los maldice.

—No, solo la maldice a ella. Él ya está maldito por la oscuridad que lo gobierna.

—¿Qué más cuenta la leyenda? ¿Es la cueva el lugar del

encuentro entre ellos?

No, no lo era. Era la fiesta de las máscaras.

—No, al parecer no se volvieron a ver más después de que ella muriera y él… —se quedó en silencio recordando la forma en la que todos se protegieron aquella noche cuando Úrsula murió en sus brazos.

La ira que proyectaba Miklos era para que cualquiera, así fuese el más poderoso de los humanos, se meara encima.

Y quiso con todas sus fuerzas no haberle hecho ninguna promesa a ella de que no atacaría a nadie porque, una vez muerta, lo único que quería era cazar, drenar y descuartizar.

De haber podido, los habría encerrado a todos en el mismo lugar y los habría matado uno a uno sin importarle si había niños en medio.

Todos tenían que morir por lo que le hicieron a ella.

La promesa que le hizo a su amada tuvo el poder de apartarlo del camino del mal y de la muerte segura. Ella lo liberó de todo eso haciéndole cumplir con su promesa.

Mantuvo su palabra, como siempre lo hacía.

Dejó que todos y cada uno de esos habitantes se extinguieran.

Ahora no quedaban más que leyendas y alguna que otra bruja descendiente de algunas de las familias de la región. De la familia de Úrsula, nadie estaba vivo.

—¿En qué piensas cuando te pierdes de esta manera? —Milena lo sorprendió atándolo de nuevo a la realidad. Se dio cuenta de que ella siempre conseguía liberarlo del pasado.

¿Era eso?

¿Era ella la que le hacía darse cuenta de que no podía esperar por Úrsula toda la vida sin saber si aparecería en dos días, tres meses o cien años?

Le sonrió a Milena con cariño.

Una sonrisa que solo le dedicaba a Úrsula.

Milena se sonrojó de esa forma tan particular, poniéndose nerviosa de esa forma que a él tanto le fascinaba.

—Pienso en las cosas de la vida. En la mala sincronía del destino en ponerte en el camino de otra persona en el tiempo equivocado.

Ella sonrió con mayor vergüenza.

—Somos compañeros de trabajo, Miklos.

Él sonrió divertido.

—También he pensado en eso y en la mala suerte de que solo seamos eso.

Ella bebió un sorbo de su bebida.

—¿Entonces, las brujas del sur de España, queda alguna?

—No. Al parecer no hay descendientes de ninguna ella. Tal vez el vampiro las mató a todas.

Milena se mantuvo pensativa unos segundos.

—No creo.

Miklos frunció el ceño.

—Es que cuando los vampiros aman con sinceridad, son incapaces de hacer algo que lastime al ser amado. Y él sabría que si les hacía eso a sus parientes, la lastimaría aunque ella ya estuviese muerta. La maldición de un ser de esos es siempre vivir en soledad. No en oscuridad. Y la de ella —abrió los ojos y levantó las cejas—, la verdad es que no quisiera tener una maldición así encima.

—No —Miklos seguía viéndola con fascinación porque le maravillaba la forma en la que ella pensaba por los seres como él. ¿Seguiría pensando igual si supiera la verdad de todo? —. No debe ser fácil tener esa maldición de morir y renacer buscando a un amor perdido.

—Esas leyendas son asombrosas, pero aterradoras.

—Sí, lo son —Miklos no quería seguir metiendo el dedo

en la herida que le dolía cada día de su vida—. ¿Qué te parece si seguimos etiquetando para adelantar un poco más hoy y después le pedimos a Ferenc que nos prepare algo delicioso para cenar?

—Me encanta tu idea, así que vamos a pedir la comida primero.

Miklos sonrió divertido porque hasta el apetito de ella lo encontraba adorable.

Todo en ella se le hacía adorable.

Frunció el ceño, empezaba a entender lo que hasta el momento se negaba a ver con claridad.

Milena Conti despertaba mucho más que su pasión, mucho más que su sed o que su espíritu juguetón y cazador.

Milena Conti… se le estaba clavando con fuerza en el corazón.

Una fuerza que desconocía y que amenazaba con apagar por completo los sentimientos que tenía hacia Úrsula y que creía fuertes e imborrables.

Capítulo 8

Si Milena seguía comiendo así iba a tener problemas para verse bien dentro de cualquier vestido de novia.

Recordó a su madre que le seguía insistiendo, cada día, por el tema de la boda y que regresara cuanto antes a su casa para atender a su prometido.

«Atender» esas palabras que solía usar su madre, la mayoría de las veces, le revolvían el estómago; sin embargo, era incapaz de refutarle lo que decía.

Por su parte, Gennaro llevaba algunos días sumergido en el trabajo, lo que les restaba tiempo para poder hablar.

Aunque no le preocupaba el tiempo que pasaba sin hablar con él porque, a fin de cuentas, ella sabía quién era él y cuánto la amaba.

Claro, que él no era el problema. Ella bien lo sabía porque quien le estaba empezando a preocupar —y seriamente— era ella misma.

Notaba que no le hacía falta Gennaro.

No como en otros tiempos cuando se separaron de esa manera.

Sus pensamientos se desvanecieron en cuanto Miklos le sonrió en silencio mientras le acompañaba al hotel como cada noche.

Entonces pensó en que su problema… era Miklos.

Le gustaba y notaba que estaba yendo más allá de un simple gusto.

Miklos tenía cosas que Gennaro no tenía hacía ella a pesar de ser un buen hombre y muy cariñoso.

Gennaro era un hombre serio, tranquilo —demasiado tranquilo en algunas ocasiones—, tradicional y no le interesaba salirse de su zona de confort.

Y hasta el momento en el que ella entró en casa de los Farkas, pensaba que esas características en Gennaro eran…

¿Cómo llamarlas?

¿Seguras? ¿Estables?

Después de poner un pie en el palacio y hablar con Miklos por primera vez, sus impresiones al respecto de su prometido empezaron a cambiar siendo más parecidas a lo que Salvatore le dijo alguna vez mientras se tomaban un descanso en el museo.

«Tú tienes otra visión de la vida, Milena. ¿Crees que serás feliz con él?».

Ella se ofendió por su pregunta, por supuesto, porque estaba convencida de que iba a ser feliz con ese hombre.

Sin embargo, en el presente, no estaba tan convencida.

Vio a Miklos de reojo; caminaba con su porte decidido y sus manos dentro de los bolsillos del pantalón.

En una ocasión, trabajando en el museo británico, tuvo la oportunidad de dirigir una exposición privada para un grupo de élite de la monarquía británica; estuvo ese día ante algunos de los Lores más respetados de Inglaterra y podía asegurar que Miklos no tenía nada que envidiarles a esos hombres en cuanto a porte y educación.

Era amable, decidido, gracioso y tenía esa chispa en los ojos que alborotaba el sistema de Milena.

Últimamente, pensaba en cómo arreglarse de una manera u otra para que él la viera diferente, pero por fortuna todo quedaba en pensamientos; la razón la abordaba a tiempo y le hacía darse cuenta de que no podía coquetear con Miklos porque no era justo para él y, mucho menos, para Gennaro que confiaba en ella.

De todas formas, todo volvería a la normalidad en un par de semanas cuando ella terminara allí su trabajo y regresara a Florencia a su vida de siempre en la Galería; junto a Gennaro, para planificar todo lo referente a su boda y al futuro que tendrían juntos.

¿Por qué ya no sentía la misma emoción del principio cuando pensaba en eso?

Miklos la vio de reojo aun sonriendo de esa forma tan peculiar que Milena adoraba y odiaba.

No era justo que una simple sonrisa de ese hombre, la desajustara de esa manera.

—Estás muy callada esta noche.

—¿Me estás diciendo que hablo demasiado?

Miklos soltó una carcajada, haciendo caer a ella en la cuenta que, ese sonido, aunque poco lo disfrutaba porque Miklos no era de reír a carcajadas, cuando lo hacía, era mágico en ella.

«Estás peor de lo que crees», se dijo, sintiendo un vacío en el estómago por todas las dudas que tenía en su interior.

—¿Qué has conocido de la ciudad?

—Muy poco, la verdad. En el palacio hay tanto por ver que no me interesa jugar a ser una turista.

Miklos negó con la cabeza y luego la vio a los ojos.

—¿Me dejarías ser tu guía turístico solo por el día de

mañana?

Ella no supo qué responder a eso porque una cosa era aceptar su compañía porque así debía ser por el trabajo que los unía y otra muy diferente era salir con él.

—No creo que debamos…

—Ok, entonces vas sola a recorrer la ciudad. Tus fines de semana dedícalos a salir y ver lo que tienes al rededor.

Milena sopesó la oferta unos instantes porque no era del todo descabellada.

Quería terminar cuanto antes el trabajo en el palacio, pero también le vendría muy bien estar unos días alejada de Miklos y así, sin tentaciones cercanas, podría convencerse de que Gennaro era el hombre perfecto para ella y que si antes no le había visto los defectos era porque…

Porque…

No tenía punto de comparación. Nunca antes le había gustado otro hombre como le gustaba Miklos.

Ahí estaba el problema.

Ya lo tenía resuelto y si trabajaba el fin de semana podría terminar antes de tasación de los Farkas y largarse de allí corriendo antes de que hiciera algo de lo que iba a arrepentirse el resto de su vida.

—No, mañana voy a trabajar de nuevo. Necesito volver a casa cuanto antes.

Se detuvieron frente al hotel como cada noche.

—¿Tan mal te estamos tratando?

Milena no pudo evitar esbozar una dulce sonrisa para él.

—Es todo lo contrario, Miklos.

Entonces, el brillo en su mirada se esfumó dejándole los ojos apagados y el ceño fruncido.

Asintió una vez con la cabeza.

—Me da gusto saber que te sientes bien con nosotros.

«Más que bien» pensó, sintiendo cómo sus entrañas ardían y en el pecho sentía una presión de lo más extraña.

Él la analizó como lo hacía constantemente. Milena creía que él era de esos hombres muy observadores y analíticos con cada paso que daban las personas de su entorno.

Al principio, le incomodó que la estuviera analizando a cada momento; después lo tomó como un acto natural de su personalidad.

Ahora, se le hacía costumbre.

Y ya no le molestaba para nada. Al contrario, se sentía importante cada vez que él la observaba con dedicación, tratando de intuir lo que pensaba o guardando para sí sus expresiones para luego poder saber si ella le era sincera o no con las palabras.

Y siempre lo era.

No tenía necesidad alguna de decirle mentiras.

Tampoco le apetecía hacerlo.

—Nos veremos mañana entonces, gracias por acompañarme.

En un impulso muy irracional, Milena levantó la mano para acariciarle una mejilla.

Abrió los ojos, sorprendida de sus propios actos, en cuanto fue consciente de ese contacto porque no era correcto.

Fue incapaz de quitar la mano de donde la tenía a pesar de que sabía que era inapropiado.

Pero es que el contacto con su piel, la rugosidad de la barba saliente...

El brillo en sus ojos; encendidos de una manera que Milena no conocía.

Era un brillo diferente. Era como...

¿Una esperanza?

«Ay dios, no...»

Ella iba a quitar la mano cuando él la tomó con la propia y la dejó allí en donde estaba.

Se vieron a los ojos unos segundos como si estuviesen tratando de decirse todo con la mirada. Como si el mundo se hubiese detenido alrededor de ellos en un intento de darles la privacidad que ambos querían.

Sí, Milena no pudo negarlo más y la presión del pecho aumentó de una forma insoportable porque se dio cuenta de lo mucho que Miklos Farkas le importaba.

Ese contacto despertó tanto, tanto, que la aterrorizó.

No podía sentirse así.

El suspiro que salió de él le dejó saber a Milena lo decepcionado que estaba de la situación.

Parecía que podía leerle los pensamientos.

El brillo se apagó de nuevo y el ceño fruncido apareció justo cuando él se llevó la mano de Milena a la boca y besó su palma una vez.

Milena sintió los escalofríos en el cuerpo. Esos escalofríos de los que hablaban en las historias de ficción que eran provocados por el héroe de turno.

Dios…

Si solo era un beso en una mano.

Miklos inspiró con profundidad y ella se sintió liviana. Liviana al punto de que apareció un mareó que la tambaleó.

Miklos la atajó a tiempo, no iba a caerse, estaba segura; pero podría haberlo hecho.

—¿Estás bien?

Milena no era capaz de hablar. Estaba nerviosa y dubitativa de sí misma, de su vida, de todo.

Miklos la observó con temor.

—Déjame acompañarte hasta…

—No —debía cortar aquello de inmediato porque si

Miklos la tocaba de nuevo, no iba a poder seguir siendo una mujer coherente, responsable y fiel—. Estoy bien, Miklos. Buenas noches.

***

Miklos se quedó parado en la acera, aturdido a niveles desconocidos para él.

Todos sus sentidos se intensificaron en cuanto absorbió psique de Milena.

No se pudo controlar. No en ese instante cuando ella le acarició de esa manera tan delicada y le regaló una mirada nueva que sabía era solo para él.

Milena sentía grandes cosas hacia él.

No le hizo falta ser vampiro para darse cuenta.

Eso lo descontroló, absorbiéndole psique aun cuando la perdió de vista.

Podía sentirla.

¿Qué diablos era eso?

¿Qué cosas le estaba haciendo esa mujer?

La adrenalina empezó a correr por su sistema, temiendo que pudiera hacerle daño a Milena en el proceso de absorción porque no conseguía despegarse de ese hilo delgado al que ahora estaba unido.

Hacía un tiempo, escuchó hablar a Garret y a Lorcan de eso porque ambos lo pasaron con Felicity y Heather respectivamente, y a él siempre le pareció extraño porque nunca tuvo esa increíble conexión con Úrsula.

¿Por qué sí con Milena?

Caminaba y se alejaba con prisa del hotel con la esperanza de romper el hilo pero no, seguía fino y resistente a cualquier distancia que Miklos le pusiera.

Entonces corrió porque sus instintos aparecían, queriendo más de ella.

Quería estar en su interior y quería tomar más... más psique y...

—Arrgggg —dejó salir un gruñido. Le dio la impresión de que la boca se le iba a partir en mil pedazos cuando los dientes y las encías empezaron a dolerle de esa manera.

Respiró profundo, tan profundo que percibió aromas lejanos.

Se detuvo en seco y disfrutó de aquello. Era parte de ser un cazador.

Los depredadores olían y aprendían a buscar a sus presas con solo olerlas.

Alguien lloraba en uno de los pisos cercanos.

Un niño, sí.

Respiró de nuevo y se concentró a un más.

Sus instintos pedían buscar pistas de Milena, pero él no iba a permitirlo.

No iba a ponerla en peligro.

Así que dirigió todo al lugar más concurrido de la ciudad. Y aunque no estaba lleno de gente debido a la hora, pudo percibir mucho.

Más de lo que lo hubiera hecho antes de estar conectado a Milena.

Sus orejas eran como radares. Pudo hasta escuchar un susurro de deseo entre unos amantes escondidos en un callejón cercano a él.

Olfateó el ambiente y...

Frunció el ceño, temiendo que las cosas se salieran de control.

Un sutil aroma de sangre humana le llagaba desde...

Gruñó a causa de la bestia en su interior porque el dolor de las encías y la sequedad de la boca se le hicieron insoportables.

El siseo de una serpiente le obligó a ponerse alerta y correr directo al punto en el que la sangre estaba presente.

Y sin pensárselo dos veces o preguntar nada, se le fue encima a su igual que, tal como si estuviese poseída, se levantó del suelo en un salto y se estabilizó en una posición que Miklos iba a disfrutar.

¡Oh síiii que lo iba a disfrutar!...

Sin importarle que fuese Klaudia contra quien iba a estampar sus puños.

***

Miklos plantó sus pies en el suelo en cuanto Klaudia gritó y corrió hacia él llena de ira.

Estaba poseída; si eso era posible, claro.

En cuanto la vampira se acercó lo suficiente, Miklos levantó el brazo derecho y lo estrelló de lleno en el centro del exótico rostro de su prima.

Como era de esperar, Klaudia salió despedida por el aire formando un semi arco con su cuerpo y aterrizando en el suelo de espalda.

En segundos, estuvo de nuevo de pie, lista para el siguiente asalto.

Ambos sisearon y sonrieron con malicia. Y gran preocupación, porque lo que ocurría entre ellos, no era normal.

Miklos no podía tomar crédito de la preocupación porque eso le haría bajar la guardia y...

Se estrelló él de espalda al suelo porque Klaudia, ágilmente, deslizó una pierna entre sus pies haciéndole perder el equilibrio y, acto seguido, la vampira se le subió a horcajadas.

Miklos detuvo el primer puño envolviendo con su mano el puño de ella y retorciéndolo al punto que ella tuvo que moverse de su posición haciendo que Miklos pudiera darle la vuelta y dejarla debajo de él.

Aquella posición tampoco duró porque ella, le clavó la rodilla en los testículos haciéndole retorcerse en el suelo del dolor ocasionado.

Miklos estaba más enfurecido en ese momento por lo que, aun doliéndole un infierno los testículos, se levantó y se le fue encima haciendo uso de todo su poder.

Miklos destacaba de los suyos porque sus golpes, cuando así lo quería, podían ser casi invisibles. Tenía una agilidad que no tenían los demás y por ello era bueno en las batallas.

Pero eso solo ocurría cuando ponía en práctica su don, porque le gustaba jugar limpio con su oponente por lo que casi nunca hacía uso de su agilidad cuando batallaba.

Sin embargo, con Klaudia era muy diferente y tendría que usar cualquier carta que tuviera bajo la manga.

Cualquier carta.

Así que en cuanto la tuvo cerca, un puño lo estrelló en la cara de la vampira y antes de que esta saliera volando otra vez, la tomó con una rapidez increíble por el cuello y la sostuvo en el aire como si fuera una pluma.

Klaudia intentaba alcanzarle, le era imposible.

Se comportaba como un maldito animal. Empezaba a arañarle el brazo al entero y Miklos se estaba impacientando haciendo que la bestia empezara a dominar su sistema reclamando sangre y tomando más energía de la psique de Milena.

Gruñó, mientras apretaba a Klaudia con fuerza en el cuello esperando cortarle el aire y hacer que se desmayara pronto.

Un foco de luz apenas los alumbraba; con el escándalo que

hicieron y el grito de auxilio de la víctima de Klaudia antes de salir corriendo, no le estaba haciendo las cosas más fáciles porque si algún humano llegaba a verles y grabarles...

Pál les iba a quitar la cabeza a todos.

Por imbéciles. Empezando por él, por no haberle dicho lo mal que se encontraba la salvaje que ahora tenía agarrada del cuello.

¿Qué carajo le pasaba a su prima?

¿Cuándo se convirtió en ese ser horrendo que ahora quería atacarlo a él también?

Siguió apretando hasta que ella empezó a debilitarse, los arañazos se hicieron menores y los movimientos desaparecieron por completo.

Ella cerró los ojos y la cabeza cayó inerte a un lado.

Miklos la atrajo hacia sí, con sutileza. Ya no representaba un peligro, se la subió al hombro como si fuera un saco de patatas y fue directo al palacio entre las sombras. No estaba lejos y se sabía la ciudad de memoria.

Al entrar al palacio dio un portazo.

—¡Ferenc! —Gritó al tiempo que subía las escaleras aun con Klaudia inconsciente—. ¡Ferenc!

El mayordomo no se hizo llamar una tercera vez.

—Miklos, ¿qué ocurrió?

Miklos se dio la vuelta con Klaudia colgada del hombro y vio a Ferenc con angustia.

—Está muy mal. Llama a tu bruja.

—Enseguida.

El mayordomo se apresuró a llamar a su bruja de confianza, la que arreglaba los asuntos de Miklos cuando alguna fiesta se le iba de las manos, hablaba o hacía más de la cuenta.

Cosas menores de las que Pál no necesitaba enterarse.

Entró en el apartamento de Klaudia descubriendo que

aquello parecía la madriguera de una rata.

Estaba todo sucio y desordenado.

Había muebles rotos.

Tiró a la vampira al suelo.

—Miklos —el reclamo del mayordomo era por su falta de caballerosidad.

Y entonces le enseñó el brazo arañado y sangrante.

Lo vio con rabia.

—Y esto no es nada. No tienes idea de lo que estaba haciendo cuando «casualmente» la encontré. ¿No la viste salir?

El mayordomo lo vio con preocupación y negó con la cabeza.

—No podemos perderla.

—Y no vamos a hacerlo; por fortuna, su alimento pudo correr y gritar cuando lo salvé.

Miklos la vio con frustración y se sintió impotente por no poder ayudarla a arreglar su problema en ese momento.

La solución era hablarlo con Pál porque esto era mucho más grande de lo que ellos mismos podían asimilar.

El timbre sonó.

—Ferenc —el mayordomo se dio la vuelta antes de salir del apartamento de Klaudia—. Dale a la bruja todo lo que pida para que haga algo potente porque Klaudia no puede salir de aquí hasta que Pál venga por ella.

—Miklos, pero…

—Lo que le haga falta a la bruja, ¿entendido?

—¿También quieres que llame a Pál cuando ella se marche?

—No, yo me encargaré de Pál cuando arregle mi mierda. Tengo la existencia convertida en un caos y en este estado, no soy bueno para nadie —lo vio con seriedad, una seriedad que heló la piel del mayordomo porque nunca había visto así a Miklos—. Para nadie, Ferenc.

El mayordomo solo asintió, entendiendo que no debía molestarlo y se marchó a hacer lo que se le pidió que hiciera.

Miklos vio a Klaudia de nuevo, la levantó como si nada y la tiró en la cama sin importarle si se golpeaba otra vez.

Un golpe más no la iba a matar y necesitaba estar dolorida al día siguiente para que no quisiera inventar una escapada como la de esa noche.

Miklos iba a encerrarse en su apartamento para pensar.

Necesitaba aislarse, alimentarse y…

Sacarse a Milena del sistema.

Capítulo 9

Milena se arqueó juguetona cuando una serie de besos delicados a lo largo de su espalda, le despertaron. Sonrió pensando en...

Abrió los ojos de golpe apartándose de inmediato de quien la seducía y entonces, Gennaro la tomó de los brazos con delicadeza.

—Cielo, ¿estás bien? No quería asustarte —se acercó a ella para darle un beso dulce en los labios.

Milena frunció el ceño.

Gennaro... qué hacía allí...

Cerró los ojos y sintió una gran vergüenza.

Una enorme vergüenza de estar durmiendo con su prometido, imaginando que era Miklos quien le acariciaba la espalda.

—Solo quería despertarte con amor —le dijo su prometido mientras hundía el rostro en el cuello de ella para repartir besos que la animaran a dejarse seducir. Y mientras él creía que ganaba terreno, el cerebro de Milena iba despertando, encajando piezas de un rompecabezas que no tenía claro.

Parpadeó viendo la habitación del hotel. Las ventanas estaban bien iluminadas, por lo que quería decir que era de día y Gennaro…

Ah sí, Gennaro apareció ante su puerta una hora después de que Miklos le acompañara hasta el hotel la noche anterior.

Volvió a parpadear y se removió para sacarse de encima a su prometido.

Él la vio sonriente y feliz.

Avergonzado también, porque sabía que ella no estaba plenamente despierta todavía; y sin embargo, le insistía para amarla porque la deseaba.

—Te extrañaba, mi vida —la besó—, debes estar trabajando en exceso porque ayer apenas conversamos. Estabas muy cansada. ¿Son piezas interesantes?

Milena se pasó las manos por la cara para espabilarse, pero lo que necesitaba era que la abofetearan. Estaba aletargada y sí, como distraída.

Y nada tenía que ver Miklos o la confusión que tenía en su interior por él.

Era algo físico.

—Creo que tienes razón, es cansancio.

Sí, estaba increíblemente agotada.

—Volvamos a dormir —se acostó de nuevo. Quizá si dormía un par de horas más, podría sentirse mejor después y responder de la manera apropiada a su prometido.

Gennaro se acomodó detrás de ella y le besó en el cuello.

—Duerme cuanto quieras. Este fin de semana, es solo para nosotros.

Y entonces ella quiso decirle que no, que tenía que trabajar; pero el sueño no le hizo la tarea fácil y decidió dejarse vencer.

Durmió y soñó de nuevo con Miklos, con su voz y Gennaro le hablaba y…

Abrió los ojos de golpe, con el impulso se puso de pie y entonces entendió que no soñaba.

Miklos estaba hablando con Gennaro.

En la puerta de la habitación.

No estaba en sus planes salir con la pinta que tenía encima; sin embargo, actuó movida por el impulso y se plantó detrás de Gennaro, alejada y al mismo tiempo visible para Miklos, que la observó con el ceño fruncido.

Estaba molesto, conocía esa reacción de él y descubrió que conocía otras cosas de él de las que no se percató antes.

—Buenos días —saludó desde donde estaba.

Gennaro se dio la vuelta sonriente.

—Cariño, lamento haberte despertado; es que tu jefe, muy amable, vino a cerciorarse de que estuvieras bien.

—He podido llamar, lamento haberles interrumpido. Es solo que estaba de paso y Milena nos comentó que iría hoy y mañana a trabajar porque quiere terminar cuanto antes para volver a casa.

La mirada que Miklos le dedicó, la desarmó por completo.

Tristeza, fue lo que dejó ver en esos ojos enigmáticos al pronunciar las palabras.

Le entristecía que ella se fuera.

Sintió una presión espantosa en el pecho.

Gennaro le sonreía a ambos ajeno a que lo que sentían en silencio el uno por el otro.

Milena se dio cuenta entonces de que Miklos le importaba, le gustaba, lo deseaba y quería estar con él mucho más de lo que ella pudo imaginar.

—Gracias por venir, de todas maneras, cambiaré de planes. Me vendrá bien descansar y enseñarle la ciudad a mi prometido.

Miklos entrecerró los ojos viéndola desafiante.

—Entiendo perfectamente. Es lo que yo haría de estar en su lugar, señorita Conti. Nos veremos el lunes. Le diré a Klaudia que no ira durante el fin de semana para que ella reajuste su agenda.

—Muy amable de su parte. Hasta luego.

—Que tengan buen fin de semana —saludó con gran cortesía Miklos antes de dedicarle una última mirada y marcharse.

Gennaro cerró la puerta.

—Creo que le gustas.

Ella le sonrió nerviosa.

—Qué cosas dices, por dios.

—Es normal, Milena. Eres una chica guapa, encantadora e inteligente. Yo no soy tonto y sé reconocer cuándo levantas el interés de otro hombre. Por fortuna, te vi primero y te conquisté.

La abrazó.

La besó y ella se obligó a responder al beso.

Pero su cuerpo no reaccionaba de la misma manera en la que lo hizo en el pasado con Gennaro.

A dios gracias, él no lo notaba.

Tendría que hacer un gran esfuerzo en esos días por conseguir que entre ella y su prometido las cosas funcionaran igual que siempre.

Tenía que enfocarse en su realidad y no en sus deseos.

***

Miklos salió de hotel con la furia marcada en la mirada.

Los puños cerrados y ganas de comerse a alguien.

Literalmente.

No podía creerse la mala suerte de que el idiota del

prometido de Milena estuviera en la ciudad con ella. Y menos, podía creerse tener la mala suerte de haberlos encontrado en el hotel, con la escasa ropa que llevaban ambos, el pelo revuelto de ella, su somnolencia...

Gruñó por lo bajo, e incluso así, llamó la atención de una pareja que se volvió a verle en cuanto pasaron por su lado.

Llegó al palacio y por poco tumbó la puerta principal al cerrarla.

Ferenc apareció ante él.

Miklos lo observó con el ceño fruncido. No quería hablar de nada, con nadie.

Subió a su apartamento, cerrando la puerta con otro portazo.

Y soltó un alarido de rabia.

Hasta el momento en el que el prometido de Milena le abrió la puerta, no fue consciente de la verdadera intensidad de sus sentimientos por ella.

Se metió las manos en el pelo y se hundió en el sofá mullido que tenía en el salón.

Las encías empezaron a doler como el infierno y la sed iba a matarlo, si es que eso podía llegar a ser.

Apretó la mandíbula cuanto pudo, pero nada aliviaba la presión y la ansiedad que tenía.

La bestia en su interior estaba saliendo de la oscuridad para encontrar aventuras en el exterior.

Sangre, batalla, guerra, sexo.

Cacería.

Volvió a gritar y Ferenc lo interrumpió abriendo la puerta sin previo aviso.

Lo vio con la ceja levantada al cielo.

—En esta casa podremos controlar a Klaudia solo si tú te encuentras bien. Puedo con ella, con los dos, no. ¿Qué diablos te pasa?

Miklos se sirvió un trago de *whisky* y le sirvió uno al mayordomo también.

Le agradeció con la cabeza.

—Siento que estoy traicionando a Úrsula.

Ferenc se mantuvo en silencio.

—¿Cómo podrías hacer algo así si ella no está aquí contigo?

—Sabes a lo que me refiero.

Miklos, derrotado, se sentó frente al mayordomo. Se bebió el trago de un sorbo y luego se sirvió otro.

El mayordomo bebía con tranquilad mientras lo analizaba.

—Sé a lo que te refieres y también sé lo mucho que sufres en soledad. Fingiendo que así es como prefieres estar y no es así en realidad. ¿Me equivoco?

Miklos negó con la cabeza.

Se mantuvieron unos minutos en silencio.

—Te conozco tanto que sabía que la señorita Conti te iba a hacer entrar en este estado, Miklos.

El vampiro lo vio con intriga.

—¿Cómo podías darte cuenta y yo no?

—Porque no hay peor ciego que el que no quiere ver lo que tiene enfrente y, a veces, tú eres miope; otras veces, ciego. Como en este caso. Cada vez que la señorita Conti te habla, tu obvias cualquier cosa que pase a tu alrededor para prestarle atención —lo vio con diversión—; quizá no tiene el físico que a ti te gusta, pero tiene algo que tiene mucho más valor para ti —se llevó una mano a la cien y tanteó con el dedo la zona mientras le sonreía de lado—. Tiene cerebro y una pasión increíble por el arte. Ella es la combinación perfecta para ti. Has cambiado desde que pasas más tiempo con ella; te has vuelto descuidado con ciertas cosas —sabía que se refería a Klaudia. Lo vio con preocupación—. Está bien —le respondió en referencia a su prima—. Está consciente de lo ocurrido, de todo y sabe que la retiene allí una bruja. Y si te soy sincero, me preocupa enormemente su reacción. Nunca había visto a Klaudia tan deprimida.

—Ella me pidió que no le dijera nada a Pál. Confié en que todo iba a salir bien.

—No es el caso y tú estás demasiado ciego por Milena para velar por Klaudia.

Miklos lo vio con reprobación.

Pero no se atrevió a refutar lo que decía. Era cierto. Ahora que lo pensaba con mayor claridad...

Soltó un bufido.

—Desde anoche no he podido separarme de ella.

El mayordomo abrió los ojos con sorpresa.

—¿Ella lo sabe?

Miklos negó con la cabeza y se bebió el trago del vaso.

Sirvió más.

—Hay algo más —el mayordomo lo conocía muy bien.

—El imbécil del prometido está aquí con ella. Por eso no vino hoy a trabajar.

—Es sábado, Miklos. Y su prome...

—¡Me dijo que iba a venir! —levantó la voz enfurecido, dándose cuenta de que estaba a punto de perder los estribos.

—Creo que es momento de que me encargue de Klaudia mientras tú vas y hablas con tu tío de ella y de ti. Yo ya te dije lo que te tenía que decir.

—No me has dicho nada.

Ferenc sonrió con ironía.

—Sí, te llamé idiota con mucha delicadeza; pero como te dije, a veces, eres un poco miope —dejó el vaso en la mesa y se levantó—. Estás absorbiendo su psique de forma permanente y eso pasa cuando deseas unirte en sentimiento con alguien. Ese alguien es Milena Conti y está viva. Úrsula no sabemos si está o cuánto tiempo tardarás en encontrarte con ella de nuevo. ¿No mereces ser feliz con el ahora y no con un posible futuro?

Miklos lo vio arrepentido de haberlo tratado mal.

—Siento pagar mi ira contigo.

—Está bien, Miklos. No me molesta que lo hagas, te quiero como si fueras mi hijo y por ello te aguanto muchas cosas; lo único que no puedo soportar es que seas infeliz. Y esperar por Úrsula en la eternidad, te hace increíblemente infeliz.

Se dio la vuelta y se marchó.

Miklos cerró los ojos de nuevo para recordar a Úrsula, pero el recuerdo era vago, distante y le pareció hasta ajeno.

Lo único en lo que conseguía centrarse era en Milena Conti.

Tenía razón Ferenc.

¿De dónde había salido esa fuerza que luchaba contra los sentimientos que tenía por Milena?

«Del mismo lugar de donde sale la fidelidad de ella hacia su prometido».

—Tu problema no es ese imbécil —mascullaba con rabia las palabras para sí mismo—. Tu problema es ella. Ella y lo leal que es. La maldita palabra de caballero que le diste cuando le prometiste que no ibas a conquistarla.

Dejó salir el aire; abatido. Y tomó el teléfono para llamar a la empresa de aviones privados.

Volaría ese mismo día a Nueva York porque Klaudia le necesitaba y Pál debía enterarse de todo.

Eso le ayudaría a mantenerse ocupado en cosas muy importantes. Le ayudaría, también, a poner distancia entre él y Milena, así ella podría continuar con su vida y él…

…Quizá él podría olvidarla de alguna manera.

Capítulo 10

Milena se vio la mano izquierda cuando llamó a la puerta del palacio el lunes por la mañana. En su anular, estaba el anillo de compromiso que Gennaro le dio hacía un tiempo y que tuvo que enviar a reducir porque le quedaba grande.

Ese fin de semana, entre besos y caricias, Gennaro volvió a ponérselo en el lugar que le correspondía y ella entendió que su destino estaba junto a él.

No había más.

Por mucho que deseara probar la boca de Miklos o que sus manos la tocaran en todos lados; era solo eso: deseo.

El amor real era tranquilo; exactamente lo que tenía con su prometido.

Las llamas de la pasión se encendían y se apagaban en un instante, y era irracional por su parte pensar en dejar todo lo que tenía construido con Gennaro por la pasión que le hacía arder las entrañas cuando Miklos estaba al rededor.

—Buenos días, señorita.

Ferenc le abrió la puerta como todas las mañanas.

—Buen día, Ferenc —sonrió nerviosa mientras entraba en la propiedad. Todas las mañanas seguía su camino hacia el salón en donde tomaba un café con Miklos, pero esa mañana iba a cambiar todas sus rutinas con el hombre que más la tentaba en la vida—. Iré directo al ático, Ferenc.

—Muy bien, si quiere puedo subirle el café allí.

Nada de cafés, ni de descanso ni nada que pudiera darle pie a otras situaciones.

—No, gracias, tengo conmigo todo lo que necesito —No sabía cómo rechazar la deliciosa comida del mayordomo porque se negaba a comer con Miklos.

—¿Ocurre algo? —Ferenc la miraba atentamente.

—Hoy comeré fuera del palacio —el mayordomo la vio con suspicacia.

—Claro, me dijo Miklos que su prometido está en la ciudad.

—Sí —forzó la sonrisa—, vino de sorpresa y ya regresó a casa esta mañana. Comeré fuera porque tengo otras cosas que hacer y aprovecharé el tiempo de almuerzo.

—Bien, señorita, como usted diga. ¿Necesita algo más?

—No, Ferenc, gracias.

—Subiré en un momento para ayudarle con las piezas que faltan.

Milena sintió su ceño fruncirse de manera espontánea, repeliendo lo que el mayordomo le decía.

Él mostró una ligera sonrisa.

—Lo siento, es que no debe saberlo. Klaudia sigue indispuesta y Miklos se marchó al Nuevo Continente.

Milena lo vio con sorpresa sintiendo como si le hubiesen descargado un balde de agua helada en la cabeza.

Miklos no estaba.

Se fue de viaje sin avisarle.

Frunció aún más el ceño porque era muy irracional de su parte sentirse abandonada cuando ella —ya con el pensamiento— estaba traicionando a su prometido.

Si seguía así, iría directo al confesionario. Estaba cometiendo todos los pecados de los que su madre no paraba de hablar.

—Gracias, Ferenc.

No dijo más; la decepción y el disgusto que tenía con ella misma no se lo permitieron.

Le pareció ver que el hombre esbozó de nuevo una sonrisa satisfactoria.

¿Su actitud, sería tan evidente?

Siguió su camino hasta el ático en donde se quedaría el resto del día, no le importaba comer o no comer. Solo quería terminar con el trabajo que hacía para los Farkas y largarse de ahí cuanto antes.

Entró en el ático, se sentó en el pequeño comedor que estaba cerca de la ventana.

De pronto se notó nerviosa, frustrada y cansada.

Desde hacía unos días contaba encima con un condenado cansancio que empezaba a preocuparle.

Estuvo casi todo el fin de semana durmiendo.

Se tapó la cara con las manos y sintió pena por Gennaro.

Por ella misma, porque no tenía ni idea de qué estaba sintiendo en ese preciso instante.

¿Por qué estaba tan confundida? ¿Tan cansada?

¿Por qué no paraba de pensar en él?

Cuanto más deseaba sacarlo de su mente, más aparecía.

Gennaro, durante el fin de semana, habló de los planes que tenía para la luna de miel y ella solo conseguía asentir con la cabeza haciendo un esfuerzo ridículo por sonreír.

¿En dónde estaba la emoción que sintió antes al pensar

en casarse con él? ¿Formar una familia? ¿Ir de luna de miel? ¿Empezar una vida juntos?

¿Por qué ahora pensaba en eso y se moría del pánico temiendo que fuera una mala decisión?

Apretó más las manos sobre su rostro como si quisiera contener las ganas de echarse a llorar ahí mismo.

Los ojos le escocieron mas no llegó a derramar lágrimas.

¿Y si fingía estar enferma y se largaba al hotel a pensar?

Resopló tumbándose por completo en la silla, dejando caer la cabeza hacia atrás.

El techo del ático estaba decorado con delicados arabescos en dorado.

Se entretuvo con las formas, tratando de olvidar.

Divagar.

Y sintió pesadez. La misma que la dominaba desde hacía días.

Entonces parpadeó y pensó en que era mejor ponerse a trabajar de lleno antes de que se quedara dormida.

Se puso de pie con lentitud, caminó hasta la mesa en la que estuvo trabajando todos los días anteriores con Miklos.

Se lo imaginó entrando en la habitación, saludándole con esa elegancia que lo caracterizaba.

¿En dónde estaría?

¿Con quién estaría?

Su pecho saltó en protesta cuando imaginó que estaba con una mujer elegante y esbelta como Klaudia.

Se imaginó la escena y su rabia se hizo presente teniendo que dejar a un lado la actividad que se proponía empezar porque era minuciosa y no quería equivocarse o peor aún, romper la pieza por un descuido.

Tomo el teléfono que conectaba con la cocina para pedirle a Ferenc un café negro intenso que la espabilara.

Se arrepentía de no habérselo pedido antes.

Le diría que comería allí también porque si Miklos no estaba, no tenía sentido salir del palacio y perder más tiempo.

Marcó dos veces porque el mayordomo no respondía.

Se preocupó, el hombre nunca dejaba de responder cuando ella o Miklos llamaban.

Ella solía bromear con Miklos diciéndole que, a veces, se imaginaba a Ferenc como una estatua junto al teléfono porque además, respondía siempre al primer tono.

¿Le habría ocurrido algo?

Bajaría a ver.

Abrió la puerta dejando todas sus cosas allí y empezó a descender por las escaleras.

Al llegar al segundo piso, notó la puerta del apartamento de Klaudia entreabierta; y a esta, dentro, poniendo orden en el salón.

No tenía buena pinta.

Le pareció adecuado pasar a saludarla y a ofrecerle su ayuda en caso de necesitarla.

Caminó por el corredor en el cual había muchas otras puertas que sabía eran apartamentos individuales como el que ella ocupó el día que llegó con Miklos de la compra en el norte del país.

¡Qué susto pasó ese día!

Klaudia le daba la espalda, sin embargo, Milena pudo notar que la mujer detuvo sus movimientos y levantó la cabeza como si estuviera respirando profundo.

Quizá era un método para relajarse.

De inmediato, se dio la vuelta y quedó frente a ella.

No era ni la sombra de la Klaudia que ella recordaba.

Aquella parecía una mujer cualquiera con una pijama cualquiera y un desordenado moño en la cabeza.

Se puso las manos en la cintura.

—No es buena idea que estés aquí, Milena.

Milena abrió la puerta un poco más pero no se atrevió a pasar.

—¿Tienes algo contagioso?

Klaudia la vio y le pareció que levantó la comisura de los labios.

—Ojalá fuera eso.

Milena la vio con duda.

—Entonces, ¿qué tienes?

—Algo que no entenderías.

—Ponme a prueba.

—¿No tienes trabajo? Miklos debe estar esperándote —Klaudia se sentó en su sofá mullido y la vio a la cara—. ¿Qué te ocurre?

—¿Cuánto tiempo tienes que no ves a Miklos?

Klaudia se tensó de inmediato con la pregunta y luego la vio intriga.

—¿Qué ocurre con Miklos? —iba a levantarse cuando hizo una nueva inspiración, tan profunda, que Milena pensó le dejaría sin aire.

La vio directo a los ojos. La analizaba, seria. Tan seria, que hizo que se le pusiera la carne de gallina a Milena.

Y de repente, parpadeó suavizando la mirada.

—¿Me vas a responder? —volvió a sentarse sin dejar de verla.

—Ferenc me dijo que se fue al «Nuevo Continente» —Milena imitó al mayordomo con cariño—, esa forma de hablar de Ferenc es muy…

Klaudia palideció y Milena se llevó un buen susto entrando con prisa en el espacio de la mujer sin consultarle porque intuyó que necesitaba ayuda.

Se sentó junto a ella y le tomó la mano.

—Por dios, Klaudia, estás hirviendo. ¿Estás bien?

Klaudia asintió un par de veces con la mirada perdida.

—¿Quieres que llame a Ferenc?

Negó dos veces y esta vez, vio a Milena con terror.

Y después, clavó su mirada detrás de ella.

Haciendo que Milena se volviera a ver las puertas del balcón que estaban abiertas.

—¿Quieres que las cierre?

—No —le apretó la mano con fuerza reteniéndola a su lado—. No me dejes, por favor.

La súplica fue tan alarmante para Milena que no se pensó dos veces en hacer lo que ella le pedía.

—No me iré a ningún lado —le vio a los ojos con seguridad—. ¿Qué te ocurre Klaudia?

—¿Miklos está en Nueva York?

—No lo sé —escuchó cómo la voz salía cortante de su boca. Seca. Molesta. Le irritaba que le recordaran a Miklos y su repentina ausencia.

Klaudia le sonrió de lado con… ¿ternura?

—¿Sientes atracción por Miklos? —¿Quién era esa Klaudia? Era como estar ante una hermana gemela con una personalidad opuesta de la que ella conocía.

—Estoy comprometida, Klaudia —no dudó en enseñarle el anillo y Klaudia le sonrió cómplice.

—Una buena piedra —analizó la pieza—. Me recuerda a una muy antigua de una familia en Florencia.

—Es esa misma que habrás visto en algún libro de joyas importantes.

—Un buen partido —le sonrió y la vio a los ojos—; del cual no estás enamorada.

Milena frunció el ceño, otra vez, pensando que si seguía

haciendo eso iba a quedarse con esa expresión para siempre.

No dijo nada.

Solo quería poner en orden sus pensamientos, sus emociones y no conseguía hacerlo.

Klaudia le apretó las manos con más fuerza. Un apretón de apoyo, diría ella.

—Milena, no te tortures. No era mi intención. Lo siento.

—Está… está bien. No te preocupes. Estoy segura de lo que siento por Gennaro.

Klaudia le sonrió por compromiso y asintió una vez.

—¿Te gustaría salir a dar un paseo por el jardín? —le propuso—. Creo que un poco de sol te vendría bien para el ánimo.

—No —otra sonrisa fingida—. Estoy bien en donde estoy. Cuando esté mejor, podre salir de aquí.

—Sufres de depresión.

—Y alucinaciones.

Milena abrió los ojos por la sorpresa.

—¿Estás en tratamiento?

—Supongo que eso es lo que Miklos fue a hacer a Nueva York.

—¿Tu médico está allá?

—Algo así.

Milena entendió que Klaudia no iba a hablar con claridad y prefirió no interrogarla más.

Recordó a Ferenc.

—¿Sabrás si Ferenc está bien? Es que le llamé dos veces desde el ático y no respondió.

—Estaba conmigo seguramente. Necesitaba un poco de ayuda.

—Entiendo —seguían con las manos agarradas—. ¿Quieres subir al ático conmigo?

—No. Quizá me vendría bien que me cuentes un poco de lo que has hecho.

Milena asintió y empezó a hacer un resumen de su trabajo en las últimas semanas.

Jornadas que involucraban a Miklos gran parte del tiempo.

Desde que pisaba la casa, desayunaban entre historias y risas; luego, subían al ático. Miklos se deleitaba contándole todo lo que sabía de cada una de las piezas por las que ella le preguntaba.

Hablaban de otras cosas, de la vida de ambos, de su soledad, de los proyectos a futuro de ella.

Reían a carcajadas gran parte del día y eso a ella le encantaba.

Cosas que no tuvo antes en su día a día.

Cada almuerzo a su lado era un viaje al interior de alguno de los cuadros que decoraban las paredes del comedor familiar.

Las tardes y sus descansos en la mesita del ático, observando el canal lleno de barcos y gente.

Las noches en las que él se negaba a dejarla sola de regreso al hotel porque…

Quería cuidarla.

Las emociones en su pecho se removieron de nuevo.

Klaudia parecía leer a la gente porque le sonrió con pesar, intuyendo sus emociones, sin embargo, no se atrevió a comentarlo.

Milena suspiró.

Dejó escapar el aire de golpe.

Se vio el anillo y fue cuando entendió que estaba en serios aprietos.

Que ni siquiera volviendo a casa podría olvidar a Miklos.

Se dio cuenta ahí, en ese instante junto a Klaudia, que le echaba de menos.

—Milena, ¿Miklos te contó de la mujer que más amó hace

un tiempo?

—No —¿por qué no le había hablado de esa mujer?

Klaudia le soltó por fin la mano y se acomodó en el sofá.

—Hace algunos años, Miklos encontró el amor en una mujer que le correspondió de igual manera, pero murió.

Milena se llevó una mano al pecho con gran asombro por el poco tacto de Klaudia al soltar la noticia.

—Pobre, ha debido quedar…

—Devastado. Y hundido en la soledad que lo rodea; aunque la odia con el alma —se mantenían las miradas. Klaudia le hablaba serena y con gran sinceridad—. Tú eres la primera mujer que he visto que despierta emociones en Miklos desde lo ocurrido con Úrsula.

—¿De qué murió?

—Un accidente —empezaba a reconocer que Klaudia sabía cómo zafarse de las preguntas incómodas, porque las respuestas de ese tipo: cortas, secas y rápidas, hacían que se te quitaran las ganas de seguir indagando—. ¿No te has dado cuenta de que siente algo por ti?

—Me lo dijo. Pero yo estoy comprometida.

Klaudia volvió los ojos al cielo.

—¿Vas a sacrificar tu felicidad y la de tu «supuesto» prometido por no ser sincera con el mundo expresando que cambiaste de parecer y ahora te gusta otro hombre?

—Yo quiero a Gennaro.

—Si de verdad lo quisieras serías incapaz de pensar en otro y, por lo que veo, tú no dejas de pensar en Miklos.

—Y no está bien.

—¿Y si está bien que te cases con el hombre equivocado?

Milena se levantó para caminar por la estancia porque se sentía muy nerviosa.

Klaudia la seguía con la mirada.

—Pensaba que estaba enamorada de Gennaro y ahora ni siquiera sé qué siento por él o por Miklos.

Klaudia sonrió satisfecha.

—Entiendo.

Milena la vio curiosa.

—¿Has estado enamorada alguna vez?

Klaudia pareció perder color de nuevo y Milena se reprochó por su curiosidad.

La mujer solo asintió entristecida.

—Todavía lo estoy —admitió con gran pesar en la voz—. Es un amor imposible, Milena, por razones que…

Klaudia se interrumpió y volvió la cabeza hacia la puerta notando Milena que, dos segundos después, Ferenc se acercaba a la misma.

—Deberías descansar, Klaudia —Milena no supo cómo interpretar el tono. Fue firme. No fue una sugerencia.

—Es cierto —Klaudia admitió resignada y entristecida—. Será mejor que sigas con lo que te queda arriba.

Milena los vio a ambos con confusión y luego asintió viendo a Klaudia.

—Eso haré. Quizá pase luego a visitarte.

—Klaudia estará un poco ocupada en la tarde con algunas reuniones online a las que no puede faltar.

Milena asintió de nuevo observando a Ferenc y no preguntó más porque entendió que se trataba algo referente a su salud.

—Está bien, quizá mañana.

—Ya veremos —afirmó Klaudia con decepción. Milena empezó a caminar cuando Klaudia la llamó de nuevo—: Aclárate, Milena, para que seas justa con ellos y contigo.

Milena sintió un vacío terrorífico al pensar en aclararse.

Pensar en lastimar a Gennaro le causaba un remordimiento de consciencia que no sabía si era capaz de soportar.

Pero por otro lado, Klaudia tenía razón; y si seguía en esa condición junto a su prometido, le haría tanto o más daño porque lo estaría engañando.

Negó con la cabeza, quería sacudirse todos los pensamientos, necesitaba enfocarse en su trabajo, así, cuanto antes terminara con eso, antes podría aclarar su vida y pensar en qué era lo que quería.

Mejor dicho, junto a quién quería estar en realidad.

***

—¿Ya viste a Pál? —Lorcan preguntó a su hermano mientras servía tres tragos iguales en vasos cortos. Le dio uno a Miklos, otro a Garret; y el último, fue para él mismo.

—No —Miklos vio a sus hermanos con preocupación—. Quería verlos a ustedes primero y…

Se frotó el rostro con las manos.

Lorcan se sentó frente a él observándolo como solían hacerlo entre ellos.

Miklos suspiró.

Lorcan buscó la mirada de Garret y este entendió el mensaje.

—¿Se trata de Úrsula?

Miklos negó con la cabeza, pero el aroma que manaba su cuerpo era tan intenso y ácido que Lorcan empezaba a preocuparse. Miklos jamás había estado así. Ni siquiera la primera vez que vio a Úrsula morir.

—Habla, Miklos, porque si no voy a tener que llevarte al sótano.

Miklos lo observó con más angustia.

—Creo que me enamoré de otra mujer que no es Úrsula.

Garret y Lorcan se vieron con absoluta confusión.

Luego vieron que Miklos se bebió el trago de su vaso por completo.

—¿Por eso todo este drama?

Lorcan soltó las palabras sarcástico. Sin pensar en lo que podían afectar a sus hermanos; porque si bien Garret, en la actualidad, gozaba de una relación estable y segura con Felicity, en el pasado tuvo que atravesar muchos tragos amargos en su periodo de castidad desde que perdió a Diana.

—Lorcan, fue muy…

—Imprudente —dijo este arrepentido; viendo a Garret a los ojos y luego pasó a los de Miklos—. Lo siento.

Miklos apenas levantó las comisuras de los labios.

—Hace unos días quedé ligado a ella.

—Esto se pone interesante —Lorcan se sintió curioso—. ¿Sabe de ti, lo que eres?

—No. Ni siquiera lo sospecha —bufó recordando sus conversaciones con Milena sobre los vampiros—. Tiene las teorías que se han inventado los humanos en general —los tres negaron con la cabeza sonriendo—. No sé cómo diablos pasó. Simplemente ocurrió.

Miklos recordó el momento exacto en el que quedó enganchado al delgado hilo de la psique de Milena. Le contó la experiencia a sus hermanos, que escuchaban con atención; relajados.

Miklos llegó a Nueva York con ganas de sentarse a hablar con ellos y tuvo que esperar hasta poder llegar a los Hamptons, porque Garret estaba viviendo allí desde hacía un tiempo con su novia; y Lorcan, viajaba con Heather de vez en cuando para quedarse con ellos.

En otra ocasión, se habrían visto en su *pent-house* en el corazón de Manhattan o en la casa de Pál.

A quien tenía que ver para hablar de Klaudia.

—¿Qué haces aquí si ella está en el palacio?

—¿Huyendo de ella? ¿Intentando entender qué carajo me pasa? —Los vio con angustia—. ¿Necesitando que alguien me diga que no estoy traicionando a Úrsula?

—No lo estás haciendo.

—Me lo dijo Ferenc y yo no lo siento así.

—¿Y ella que siente, Mik? —Garret lo vio con intriga.

Miklos negó con la cabeza, sonriendo con ironía.

—Te puedo asegurar que algo fuerte. Pero es fiel, responsable y está… comprometida… —respiró profundo con rabia, recordando el momento en el que fue a la habitación del hotel a ver cómo se encontraba ella y le abrió la puerta el estúpido del prometido. Se lo contó a sus hermanos.

—No sé cómo pude controlarme. Fue muy intenso lo que sentí. Las ganas de absorber más psique, la furia que me invadió y que me incitaba a molerlo a golpes sin razón alguna, porque lo único que hizo el pobre idiota fue ser amable y… —negó otra vez con la cabeza—. Demasiado amable para mi maldito gusto.

Finalizó enfadado.

Lorcan y Garret sonrieron, cómplices, por los celos de su hermano.

—Bebe —Lorcan sirvió más bebida en los vasos—. De aquí sales borracho o listo para ir a declarar tu amor por ella.

Miklos tomó el vaso y lo observó en silencio.

—Ya le dije lo que siento por ella y también le prometí que no iba a conquistarla —lo vio con sinceridad. Garret notó esa mirada en su hermano que era admirable. La mirada que acompañaba a sus promesas y sus palabras de caballero—: No lo voy a hacer, no sé cómo me voy a desconectar de ella. Encontraré la manera de hacerlo.

—No lo vas a conseguir, Miklos; y será cada vez más intenso. Yo aún estoy unido por ese hilo a Heather.

—Y yo a Felicity.

Miklos, los vio con espanto.

—Si ustedes están destinados el uno para el otro, vas a tener que hacerle otra promesa que te permita romper la que ya le diste y que, claramente, no les hace bien a ninguno de los dos.

—Como si fuera tan simple.

—No —Lorcan lo vio a los ojos con seguridad—. No lo es, y creo que aquí ninguno lo ha tenido simple cuando le ha tocado enfrentarse al sentimiento que nos une a nuestras parejas. Que no se te olvide que tú llevabas en mano una pistola eléctrica que la misma Klaudia te dio y que uso conmigo unos días antes porque yo me convertí en un maldito depredador con una de sus chicas.

Garret sintió compasión por los recuerdos de su hermano mayor. Su experiencia fue dura e intensa. No podía negar que fue agotador y angustiante ver cómo Felicity desmejoraba día a día. Pero su experiencia no fue ni cercana a lo que Lorcan tuvo que pasar para llegar a los brazos de Heather.

Negó queriendo dejar atrás esos recuerdos, que aunque estaban en el pasado, dolían igual.

—¿Y si Úrsula llegara aparecer como la última vez?

—La última vez no estabas enamorado como ahora.

Miklos frunció el ceño viendo a su hermano con duda, haciendo que este bufara divertido.

—¿No te habías dado cuenta? —Garret lo vio con una sonrisa burlona, buscaba restarle seriedad a todo el asunto a pesar de que sabía que era muy importante para su hermano mantener la palabra—. Miklos, hueles a amor desde que entraste por esa puerta.

Lorcan no pudo evitar soltar una carcajada y empezaron a hacerle bromas a Miklos que lograron su cometido, haciendo que este relajara las facciones y sonriera un poco.

Se abrió con ellos.

No tenía sentido no hacerlo, eran sus hermanos y eran los únicos en el mundo que podían ser capaces de entenderle.

Les contó de las conversaciones, las sesiones de té. El viaje al norte de Italia para comprar el *Salvator Mundi*.

—Pobre, estaba aterrada ese día. Y creo que es desde ahí que empezó a gustarme más.

Tanto Garret como Lorcan le escuchaban con atención.

—¿Es de Florencia?

—Sí, Salvatore nos la envió para que tasara ciertas piezas para la próxima subasta.

Ambos asintieron.

—Tenían que haber visto la cara de ella cuando entró al ático —Todos bufaron sonrientes entendiendo que, aquel sitio, para alguien que amaba el arte, era el paraíso—. Es inteligente, perspicaz y… —suspiró profundo haciendo que sus hermanos lo vieran con compasión—… ¿Qué hago si Úrsula aparece?

—¿No crees que deberías vivir y dejar de pensar en eso? ¿No fuiste tú el que confió en mí cuando yo creía que le iba a hacer daño inminente a Heather?

—Miklos, creo que, de no creer en el amor, estás pasando a ser melodramático —Garret le hablaba con delicadeza y cariño—. Entiendo que tengas sentimientos por Úrsula… yo aún los tengo por Diana, aunque ya no son de amor. Mi amor es para Felicity. ¿Entiendes lo que te quiero decir?

—¿Sería justo para Úrsula? Su familia la maldijo por mi culpa.

—No sería justo para ella ni para ti. Y sí, su familia la

maldijo, pero no por tu culpa. No la obligaste a quererte, ella te eligió; el corazón elige solo, hermano.

—Creo que lo primero que deberías hacer es no perder más el tiempo con nosotros y largarte a Italia para conquistarla.

—¿Y qué hago con su estúpido prometido?

—¿Cuándo te ha dado miedo un rival? —Lorcan y Garret se chocaron las manos como si fueran dos adolescentes mientras Miklos los veía y volvía los ojos al cielo.

Lorcan sirvió más bebida para todos.

Bebieron unos tragos en silencio observando cómo iba cayendo la tarde sobre el mar.

Un día gris y de mucho viento.

Heather y Felicity estaban en casa de Loretta aprendiendo cosas de herboristería que la bruja les estaba enseñando.

Tras un largo silencio, Miklos recordó, de nuevo, el momento en el que el prometido de Milena le abrió la puerta del hotel y la vio a ella recién levantada. Fue un privilegio aunque él no era el que estaba dentro de la habitación.

Era hermosa en todas las versiones tuvo la suerte de verla, y mientras más natural la veía, con el pelo suelto, la cara lavada, despeinada y tan sorprendida como esa mañana, más le gustaba.

Sus hermanos se removieron en sus asientos, Lorcan carraspeó la garganta.

—Lo siento —sabía que ellos podían percibir sus cambios y su excitación. Estos asintieron divertidos—. Pensaba en la mañana que pasé a ver si estaba bien porque nos dijo que iría el fin de semana a trabajar y no fue. Coincidió con mi enganche a su psique y temí que pudiera estar absorbiendo más de lo normal —bebió un trago para luego continuar—: Estaba débil, pude verlo en la distancia porque ella dormía cuando yo llamé a la puerta de su habitación en el hotel y me abrió su prometido. Debo reconocer que nadie se esperaba la visita de ese. Ni ella, ni yo. Mucho menos esperaba despertarse y encontrarnos hablando a él y a mí en la puerta. Yo fingiendo cordura y dominando a la bestia cuanto podía. Cuando salí del hotel, sentía que la sangre me hervía y que lo único que quería era cazar y pelear —los vio a los ojos—. Todavía necesito cazar. De verdad.

Garret frunció el ceño porque no era buena idea que Miklos tuviera ganas de jugar al cazador teniendo dos humanas en casa.

—¿Tu fuente de alimento?

—No me dio tiempo de avisarle y no quiero que finja ser una víctima, Garret. Deseo una víctima de verdad. Así que lo mejor es esperar hasta calmarme.

Lorcan y Garret entendieron la gravedad de las emociones de Miklos.

La frustración lo estaba llevando a despertar a la maldición. Al lado oscuro de la maldición y eso siempre era peligroso.

—No haré nada malo, lo prometo —Miklos intentó calmar a sus hermanos—. Llamaré luego a la compañía para que me envíen a alguien y seré civilizado —Lorcan percibió que faltaba algo por contar—. En otro momento, me habría engarzado en una maldita pelea con Klaudia y habríamos quedado los dos inservibles bajo el cuidado de Ferenc, pero satisfechos.

—¿Y? —Lorcan empezó a entender que algo no iba bien y notó que Garret percibió también el cambio en Miklos. La preocupación se convirtió en una onda expansiva que los abrazó a los tres.

—Klaudia está mal.

Sus hermanos lo vieron con confusión; normal, completamente normal, porque Klaudia era el roble milenario que nadie podía hacer flaquear.

—Estoy aquí más por ella que por mí. Ferenc me dio una patada en el culo para echarme de casa de una buena vez, usando de excusa mis emociones por Milena; en realidad, está muy preocupado por Klaudia, tanto como yo.

—¿Qué le ocurre? —Lorcan se puso a la defensiva de inmediato.

Lorcan podía ser esa persona que adorara a Klaudia tanto como Miklos, si es que eso era posible porque Miklos sentía que solo él amaba a Klaudia de una forma especial.

—Hay algo con ella que no va bien. Nada bien —Miklos se puso de pie sabiendo que sus hermanos lo seguían con la mirada—. Desde que volvió de Irlanda está… —negó con la cabeza—… fuera de sí.

—¿Y hasta ahora lo mencionas? —Garret, que siempre se mostraba como el más racional de la familia, levantó la voz sorprendiendo a Miklos.

—Es Klaudia y daría mi vida por ella sí fuera necesario.

—¿Qué hizo? —Lorcan palideció de golpe viendo con horror a Miklos. Este supo que, en su mente, atravesó el pensamiento del momento brutal en el que el mismo Lorcan tuvo que quitarle la cabeza al más pequeño de la familia.

La mirada de los tres se entristeció pensando en Luk.

—Miklos…

—No llegó a hacer nada porque yo llegué a tiempo, pero pudo haber sido mucho peor. Pudo haber sido tan grave como lo de Luk.

—¿En dónde está ahora?

—En el palacio. Ferenc tiene una amiga que nos ayuda a mantenerla en custodia.

Lorcan dejó el vaso en la mesa de apoyo, se levantó con preocupación y alerta en la mirada.

Sacó su teléfono.
—Tenemos que hablar con Pál, de inmediato.

Capítulo 11

Loretta salió decidida a pasar un día agradable junto a Bradley.
Le invitó a almorzar en casa y, de seguro, luego verían una película tirados en el sofá del salón, tal como llevaban semanas haciendo.

Bradley era parte de la vida de Loretta aunque ella no dejaba de pensar en que llegaría el día en el que tendría que decirle la verdad sobre su familia, sus poderes y su mundo y tendría que ser muy fuerte para poder soportar que él decidiera alejarse de ella.

No le gustaba pensar demasiado en eso porque le angustiaba; y últimamente, vivía cosas tan divertidas y momentos tan especiales con la gente que le rodeaba que no quería aferrarse a emociones negativas.

El día anterior estuvo con Heather y Felicity que le ayudaron en el invernadero con algunas plantas mientras les enseñaba los beneficios de las mismas.

Preparó un ungüento especial para jaquecas que le daba de vez en cuando a Felicity; y le dio un bote entero de la infusión tranquilizante a Heather, porque le encantaba el sabor y decía que le ayudaba a dormir.

Eran sus amigas. Le encantaba pasar tiempo con ellas, pudiendo hablar con total franqueza de su mundo, sus lobos, la magia y sus chicos. Porque en sus conversaciones, Los Farkas siempre salían a relucir y Loretta estaba encantada de poder conocerles cada vez más.

Se habían convertido en su familia.

Le sonrió a Bradley en cuanto este abrió la puerta invitándole a pasar.

Tal como cada vez que se saludaban o despedían, el chico le rodeó el rostro con las manos y le besó una mejilla con delicadeza y cariño.

A Loretta le encantaba eso en él. Era paciente con ella aun sin haberle explicado que nunca antes estuvo en una relación amorosa y que moría de los nervios cada vez que lo tenía tan cerca.

Bradley sabía leer sus reacciones, sus expresiones, sus sorpresas; y según pasaba el tiempo, él avanzaba a paso lento, pero seguro; porque Loretta no podía sentirse más enamorada de él.

Sentía, además, que él le correspondía de igual manera.

Loretta dejó la comida que traía encima de la mesa.

—Te dije que no debías traer nada. Que hoy cocinaba yo y que tenía todo bajo control.

—Lo sé...—Kale ladró dos veces y corrió hacia ella para saludarla. Loretta se agachó para revolcarse con el perro.

Bradley los observaba divertido desde a cocina.

—Ok, Ok, pequeñín, ya está bien, ahora voy a conversar con el chico de la cocina.

Se sacó al perro de encima y se levantó con prisa antes de que la derribara de nuevo. Se sacudió los pelos que quedaron prendidos de su ropa, o al menos esa fue su intención porque la mayoría de los pelos se quedaron en donde estaban.

Le daba lo mismo.

—Soy el chico de la cocina.

Bradley le tendió una copa de vino y ella aceptó gustosa.

—Bueno, eres el chico especial de la cocina.

Él le sonrió con picardía y Loretta sintió un espasmo en el corazón que la hizo sonreír con nervios.

Bradley la veía diferente. Atrevido, divertido.

Se aferró a la copa mientras notaba que él se acercaba más, hasta que estuvo tan cerca que le puso las manos con delicadeza en la cintura.

Con ese simple gesto, Loretta pensó que iba a morir. El corazón le palpitaba con una rapidez que tenía que ser sobrenatural, las piernas le temblaban y pensó que iba a ahogarse con su propia lengua.

La respiración de Bradley tan cerca, hacía que la de ella sonara entrecortada y rápida.

Él le sonrió y se acercó más.

—Me gustaría ser «tú» chico especial, Loretta.

Soltó su cintura para tomarle las manos y hacerle soltar la copa. Luego le levantó los brazos y los pasó alrededor de su propio cuello.

Loretta sintió electricidad.

Pura.

Absoluta.

Que recorría su cuerpo, sus piernas, su entrepierna.

—Brad...

—Shhhh —dejó las manos de ella en su cuello y le puso un dedo en los labios—. No hay nada que decir —colocó de nuevo sus manos sobre la cintura de Loretta y ella pensó que sí, que ese era el momento más cercano a la muerte.

Las emociones en su interior la iban a matar de un infarto.

Bradley le sonrió con una dulzura que derretía todo a su alrededor.

—Eres hermosa, pura, inteligente y aunque no me lo has dicho, sé que correspondes a lo que siento por ti —bajó la cabeza para quedar a la altura de su boca, se acercó más, si es que era posible y Loretta sintió los temblores causados por los nervios—. Todo en ti me encanta.

—No lo sabes todo de mí —su lado racional no la dejaría en paz, jamás.

Él frunció el ceño con duda y diversión. Sin apartarse ni un centímetro de ella.

—Sé lo suficiente y quiero que avancemos —Cerró todo el espacio que quedaba entre ellos, posando su boca con delicadeza encima de la de ella.

Loretta sentía una montaña rusa de emociones en su interior.

Miles de sensaciones que le lanzaron de lleno a un espiral que tardó en reconocer y que, para cuando lo hizo, ya era demasiado tarde.

Todas las emociones le dejaron expuesta a aquella visión que dejaba su cuerpo inerte, en los brazos de Bradley.

***

Cuando volvió a abrir los ojos, Bradley estaba tomando su móvil para llamar a urgencias.

—¡No! —advirtió, levantando la mano y viéndole con angustia. El pobre parecía que acaba de vivir la peor experiencia de la historia.

No lo culpaba.

—¡Loretta! —corrió a ella para ayudarle a incorporarse.

Ella podía sentir las emociones de él.

Se dio cuenta de que antes de que entrara en el espiral de visión, las propias fueron tan fuertes e intensas que opacaron por completo las de él, haciendo que su poder de empatía quedara anulado.

Estaba confundida.

—Vamos a llevarte al hospital.

—No.

Sintió un nudo en la garganta por el temor a eso y a enfrentar la verdad junto a él.

—Estoy bien.

—No lo estás.

—Bradley, fue solo... —la imagen de su abuela llegó a su cabeza recordándole lo ocurrido con su madre y entonces, el nudo en la garganta creció pero ella tenía que ser fuerte y dejar el drama.

Lo vio con compasión. Le tocó el rostro; después, sin saber cómo, consiguió ponerse de pie para volver a caer al suelo.

Estaba débil.

—¡Con un demonio! Que no estás bien.

La cargó y la llevó al sofá.

La soltó allí con delicadeza.

Ella se acurrucó en su pecho. Estaba aturdida. No entendía qué diablos vio mientras estuvo inconsciente porque todo pasó muy deprisa...

De pronto se sintió extremadamente cansada y...

Bostezó.

Los latidos del corazón de Bradley y sus brazos, parecían protegerla del mundo.

Ese lugar era perfecto para ella.

Sonrió; consiguiendo relajarse y entonces fue capaz de ver, con claridad, lo que la visión quería mostrarle.

Un grupo de brujas antiguas en Europa, que rechazan a un Farkas…

Su corazón empezó a acelerarse, percatándose de que Bradley se removió para hacerle reaccionar pero ella no podía interrumpir de nuevo la visión, tenía que ver qué ocurría, era su deber.

«¿Miklos?».

Frunció el ceño observando como la más anciana de aquel Coven, ejerció todo su poder en contra de una joven de cabello negro.

La joven gritaba y Miklos, desde su escondite, lo que quería era arrasar con el poblado entero.

Sintió el dolor profundo de él; y el de ella, aún más.

Parecía que ardía en el interior y…

—¡Loretta! —Bradley la sacudía de nuevo haciéndole perder la imagen de la visión…

Abrió los ojos, con el estómago encogido, vio a Bradley.

—Lo siento —fue todo lo que dijo, llorando de impotencia. Debía apartarlo de su camino.

Bradley la veía consternado.

No entendía nada de lo que pasaba y ella no podía explicárselo.

No sabía, de hecho, si algún día podría hacerlo así que era mejor que tomara acción en ese instante.

Aunque le doliera de una forma que no estaba segura de poder soportar.

Le puso una mano en la cabeza a Bradley, y entonó el cántico del sueño profundo haciendo que él cerrara los ojos.

Loretta sintió la fuerza de la visión que de nuevo la chupaba.

Se dejó llevar y entonces, vio cuando a la bruja más joven, la metían en una cueva.

Miklos, afuera, parecía gobernado por la maldición.

Sintió la furia de él.

Las ganas de sangre.

Loretta sintió las ganas de tomar la vida de alguien tanto como Miklos quería hacerlo en la visión.

Y de pronto, todo quedó en calma.

El vacío de pensamientos la envolvió llevándola a un lugar que parecía lo que pintaban del paraíso.

Una pradera verde y soleada.

Un Coven se acercó a ella.

—Bienvenida, hermana. Necesitamos que lleves un mensaje.

Loretta asintió. Sabía a quién debía llevárselo.

Miklos.

Escuchó con atención y tras darse cuenta de la importancia de aquel mensaje, volvió a la realidad para encontrar a Bradley sin conocimiento, a su lado; el pobre Kale aullando de angustia. Sus lobos merodeaban la casa.

Algo iba a salir mal.

Tenía que poner sobre aviso a Pál.

Se sacó de encima a Bradley, lo dejó arreglado en el sofá y salió de allí con cantidades iguales de rabia y dolor.

Su vida estaba destinada a ayudar a los demás, a proteger a los humanos de un mal que no podía despertar.

Su vida no era de ella y no podía darse en lujo de mezclar a Bradley para luego hacerle sufrir.

Encendió el coche, notando que los lobos la seguían de cerca entre las sombras.

No sabía cómo el día avanzó tan pronto si a ella le pareció que todo ocurrió en minutos.

Se aferró al volante, pensando en que el amor lastimaba y mucho. No tenía más remedio que sacrificarse como lo hicieron todas las brujas de su familia si quería protegerlo a él de todo lo que la rodeaba.

Tal vez ese sería el final para ellos.

Los lobos aullaron debido su tristeza.

Y en cuanto vio corriendo a la par del coche al macho Alfa de la manada, entendió que debía hacer a un lado sus sentimientos y concentrarse en lo que iba a ocurrir.

Porque era un hecho que algo muy grave estaba por ocurrir.

Capítulo 12

Ronan Byrne se levantó de la cama con pesadez.
Otra noche sin dormir.
Otra noche pensando en ella.
«¿Cuánto tiempo más podría soportar así?», pensó; viéndose las ojeras en el espejo del baño.
No era ni la sombra del hombre que fue hace un tiempo.
No quedaba rastros de lozanía en su piel. Parecía uno de esos detectives que no para de trabajar; hundido en tazas de café negro durante el día y alcohol en la noche para callar los pensamientos.
Uno de esos detectives de las películas que parece un zombi en vida con la voz ronca de tanto fumar.
Retomó viejas costumbres: el cigarrillo, el alcohol; abandonó los entrenamientos en el claro...
Negó con la cabeza mientras encendía un cigarro y preparaba café.
No quería saber más nada del claro.
Ni de batallas con sobrenaturales, ni de vampiros.
Ni de ella.

Estaba dolido por su abandono a pesar de que él la alimentó para que pudiera mejorar. A pesar de todo lo que se dijeron mientras ella se desangraba. A pesar de que él le pidió que se quedara para que pudieran hablar.

Cuando despertó en el claro fue cuando empezó su verdadero calvario; después de buscarla durante un tiempo y siempre encontrar evasivas o mentiras sobre su nuevo lugar de residencia, entendió que lo que ella le dijo aquel último día antes de irse era cierto: todo tenía que terminar entre ellos.

Pál se negaba a recibirle y no le sorprendía porque debía estar enterado de que él la hirió de gravedad.

Su intención era matarla.

Intentó contactar con Lorcan o Garret Farkas, pero el resultado siempre era el mismo.

Negativo.

Y entonces, pensó en que también podía ser que ella les pidiera a todos que no le dieran su nueva ubicación.

¿Por qué?

¿Qué tan malo era lo que ocurría en ella para querer alejarlo de esa manera tan cruel?

Negó con la cabeza mientras le daba la última calada a su cigarrillo y luego entró en la ducha para despejarse.

Si es que era posible, claro.

Porque Klaudia no hacía más que dominar cada fibra de su cuerpo, cada espacio de su mente.

Todavía era capaz de recordar ese increíble cosquilleo que le produjo la succión de su sangre por parte de la vampira.

Tal como cada vez que lo recordaba, su pene reaccionó a las ganas de penetrarla.

De hacerla suya.

A lo largo de su vida, escuchó tantas historias de la succión y lo que provocaba; nunca se imaginó que fuese tan intenso.

Necesitó liberar la presión de la excitación usando su mano, mientras la otra la apoyaba en la pared de la ducha y dejaba el agua correr en su nuca.

Su imaginación volaba y aquello aceleraba el proceso. Pensaba en besarla, en tirar con delicadeza de sus pezones, en lamer todo lo que pudiera lamer…

¡Ah sí…! y luego se imaginaba la calidez de la penetración, la forma en la que descargaría todo en ella mientras ella… convulsionaba y se alimentaba de él.

Algunos sonidos guturales se le escaparon cuando se corrió pensando en ese momento tan íntimo entre ellos.

Y después, terminó con su ducha.

Con la misma apatía y desgano con la que entró a ella.

Se vistió y finalmente, pudo tomar la taza de café que siempre tomaba en el balcón del piso antes de salir de casa para empezar a trabajar.

Londres amaneció gris, como siempre; un gris que combinaba muy bien con su vida actual.

Estuvo pensando en volver a trabajar en Nueva York, pero ya llevaba mucho tiempo allí y decidió cambiar de aire.

Además, Londres le mantendría alejado de Klaudia.

No habrían casualidades de conseguirla o la tentación de ir a su oficina, casa o cualquier otro de los lugares que Ronan estuvo investigando para buscarle.

Lo otro que tenía a su favor era que, en la policía Metropolitana de Londres, pocas personas le reconocerían; ya estarían en la tercera edad y él les diría que era el hijo del viejo policía Ronan Byrne.

Casi siempre fue policía a lo largo de su existencia.

Aficionado al arte también. El arte contaba grandes cosas de la historia, cosas que él mismo vivió muchas veces.

En esta nueva etapa en la policía Metropolitana de Londres,

consiguió entrar en el cuerpo de delitos de obras de arte. No era que tenían mucho trabajo, pero al menos no estaba en Nueva York buscando a Klaudia.

La vida como detective de delitos de obras de arte no era tan movida como detective de homicidios; sin embargo, no le desagradaba porque las investigaciones para Ronan resultaban un reto.

El estudio de los casos, el movimiento de las piezas alrededor del mundo, investigar a los personajes más importantes del mundo criminal artístico para saber a quién debía apresar.

Cuando se encontraban con supuestos callejones sin salidas, todo era cuestión de esperar hasta que las piezas investigadas pasaran a manos de alguien más y entonces se ponían «manos a la obra» de nuevo con ese caso.

Una semana atrás, dejaron de investigar unas piezas de oro que pertenecían al tesoro Nazi que «supuestamente» estaba perdido en algún lado del mundo.

Bien sabía Ronan que no era «supuesto» y que alguien lo tenía.

Las piezas que investigaban pasaron por varias manos antes de que le perdieran el rastro. En este caso no solo trabajaban por las piezas; también, por detener a Yuri Vasíliev. Uno de los traficantes de piezas de arte más buscado en el mundo.

Ese era el premio final, más que el mismo tesoro que encontrarían en su posesión.

Al llegar a su puesto de trabajo, vio a su jefe que le hizo algunas señas. Se acercó a la oficina de este y abrió la puerta.

—Buenos días.

Saludó a los presentes.

Dos hombres más estaban con el capitán del departamento.

—Byrne, buenos días, siéntate —su superior le hizo señas

para que tomara asiento en un sillón desvencijado—. Ellos son los agentes Vaughnan y Perry; vienen por el caso de Yuri Vasíliev.

Ronan saludó como era debido y se mantuvo atento para escuchar a los agentes.

—Tenemos una buena pista sobre Vasíliev.

—¿Dónde la obtuvieron?

—Un infiltrado nos dijo de una compra importante que se hizo hace unas semanas, en las montañas, al norte de Italia —le extendió una carpeta en la que Ronan encontraría el expediente que ellos le estaban explicando.

—El *Salvator Mundi*, que estaba en posesión de Andrea Gasser, que era su obra más preciada, fue vendido a...

«Miklos Farkas», leyó Ronan en el documento y volvió a leer de nuevo en caso de que sus ojos le estuviesen jugando una broma.

«Miklos Farkas». Entonces, cayó en la cuenta de que nunca investigó a ese miembro de los Farkas.

En Venecia.

Los agentes siguieron hablándole, él no conseguía concentrarse.

Los vio a ambos con duda.

—Necesito un momento, enseguida vuelvo.

Salió, dejando a todos desconcertados y a su jefe con cara de disgusto.

A él poco le importaba lo que su jefe pensara. Salió de la comisaría y encendió un cigarrillo.

Caló largo y profundo.

Cerrando los ojos, viendo a Klaudia en su mente.

¿Estaría en Venecia?

¿La encontraría allí?

La mano le tembló de nervios. Nervios que nunca antes

sintió, pero que ella conseguía activar.

No podía existir una casualidad tan grande entre ellos. Era el destino que quería que se encontraran otra vez. Que ajustaran cuentas pendientes; porque la antigua, la de Luk masacrando a su gente, ya estaba saldada.

La puerta se abrió de golpe, uno de sus compañeros de trabajo.

—El jefe te llama —dijo desapareciendo luego en el interior de la comisaría.

Caló de nuevo largo y profundo, después, dejó caer lo que quedaba del cigarro en el pavimento soltando el humo en tanto que abría la puerta y entraba.

La recepcionista le vio con mala cara por dejar la mitad de su humo dentro de la comisaría. A él le importaba una mierda lo que ella pensara.

No le gustaba esa mujer chismosa y rompe hogares.

Entró de nuevo en la oficina de su jefe.

—¿Qué tenemos que hacer? —se sentó como si nunca hubiera interrumpido de mala manera una reunión de trabajo y puesto en ridículo a su jefe.

Este lo vio con reprobación absoluta. Ronan sabía que no iría más allá de eso porque él demostró saber más de piezas de arte que ningún otro activo del cuerpo policial, así que no iban a despedirle tan fácil.

—El *Salvator Mundi* fue vendido en Bolzano y algunas piezas del tesoro Nazi también llegaron a venderse en esa misma transacción.

Ronan abrió el expediente de nuevo.

—Las vendieron a Miklos Farkas.

Ambos agentes asintieron.

—Y sabemos de buena fuente, que está organizando una subasta bastante exclusiva en la que podríamos encontrar a

Yuri Vasíliev —los agentes hicieron una pausa, rebuscaron en sus carpetas unas fotografías en las que se veía un hombre; un Farkas, definitivamente; bajando de un helicóptero, acompañado de una chica a la que no reconocía de nada.

A esta, le siguieron otras…

Miklos saliendo y entrando de un edificio en Venecia.

Algunas veces solo, otras con…

¿Klaudia?

Tomó esa foto y sintió un espasmo en el estómago.

—¡Con un demonio! Ronan, presta atención, ¿qué pasa contigo hoy?

Despegó la mirada de la foto para cruzar la de su jefe.

—Disculpa.

Fue lo único que pudo decir antes de dejar la foto en la mesa y verle de nuevo a la cara.

—Debido a que somos los que más cerca de Yuri Vasíliev hemos llegado, ayudaremos a los agentes en la investigación. Te vas con ellos para Venecia y quiero que encuentres a ese hombre y las piezas que son de nuestro interés.

Los agentes permanecían callados observando la escena entre en capitán y su subordinado quién asintió con firmeza a la orden de su jefe.

—¿Cuánto tiempo estaremos allá?

—El que sea necesario hasta obtener la información que queremos —le aseguró un agente—. Tenemos un piso para alojarnos. La subasta no se llevará a cabo sino hasta dentro de uno días y necesitamos preparar el terreno. Hacer algunas entrevistas; y si es posible, entrar encubiertos en la subasta.

—¿Qué sabemos de Miklos Farkas, podría ser un traficante también?

—No, está legal en todo. Tiene una gran colección porque es descendiente de alguna familia aristocrática húngara y ha hecho mucho dinero con las piezas, eso sí. Sabíamos que desde hace un tiempo iba tras el *Salvator Mundi*. Al parecer es un hombre muy interesado en el arte. Tiene buena relación con Salvatore Ricci, el director del Museo Ufizzi.

Ronan levantó la foto de nuevo en la que salía Klaudia.

—¿La mujer?

—Familia —el agente rebuscó entre las notas—. Prima, según tengo aquí apuntado, Klaudia Sas.

—¿Vive con él?

—Desde hace un tiempo —respondió el otro.

—¿Y esta otra mujer? —Ronan tenía que calmar el disgusto de su jefe y por ello se metió de lleno en su papel de investigador, aunque lo que quería era salir corriendo de allí directo a Venecia para buscarla a ella.

—Está ahora con ellos, es tasadora. Se preparan para una subasta grande y por ello necesitan ayuda de expertos. La chica la envió Salvatore Ricci.

—¿Y quiénes están con nosotros?

—Un guardia de seguridad de Andrea Gasser —el agente sacó más fotos e iba señalando a medida que informaba—. Él fue quien nos dijo que Andrea Gasser está buscando liquidez porque el hijo algo hizo que ahora tiene que pagar un monto muy alto. Creemos que es algo relacionado con el Jeque Humam Abdul-Malak y una sus esposas.

Ronan abrió los ojos porque no le gustaría estar en el pellejo de ese cretino.

—La cantidad de dinero que le debe al hombre es exorbitante, y el padre está dispuesto a quedarse en la ruina por su hijo —más fotos—; estas piezas son las que se llevó Miklos Farkas, a parte del *Salvator Mundi*.

—Todo en compra legal.

—Exacto —le confirmó de nuevo el otro agente—.

Después hubo llamadas a Yuri Vasíliev y según nuestra fuente, Andrea y él van a reunirse en la subasta que hará Farkas.

—Tenemos otras fuentes que nos enviaron un informe diciéndonos que Vasíliev ya está en Venecia. Es por ello que debemos ser cuidadosos en la investigación, esta es la oportunidad en la que estaremos más cerca que nunca de ese criminal y no podemos desperdiciarla.

Ronan asintió.

—Voy a casa entonces para hacer la maleta —vio su reloj de la muñeca—. Tardaré el tiempo justo, estaré de regreso a la hora indicada.

Los agentes asintieron y salieron de la oficina.

—No sé qué diablos pasa contigo, Byrne, pero como la cagues en esta operación, estás fuera de la comisaría. ¿Queda claro?

—Totalmente, capitán —aseguró de forma respetuosa, sabiendo que, en cuanto llegara a Venecia, empezaría la cuenta regresiva para su próximo despido.

Capítulo 13

Milena llevaba algunos días en modo automático. Su madre, con quien llevaba conversando dos días seguido, estaba preocupada por ella. No solo lo sabía por la insistencia de las llamadas si no por la voz de su progenitora.

Por ello quería terminar cuanto antes en el palacio y volver a Florencia.

Esa semana no paró de etiquetar y tasar piezas. Le quedaban solo unas pocas y con ello, todo su desgano y su apatía terminaría porque tendría que volver a casa, a planificar una boda que tenía que hacerla inmensamente feliz.

Volvería a su espacio, su rutina, a la Galería.

Y sería la misma chica de siempre.

La que recordaba que llegó a Venecia con perfectos modales y un prometido al que amaba…

Dejó salir el aire pensando en eso y decidió dejar todo a un lado por un rato porque no estaba siendo profesional.

No estaba concentrada ni quería estarlo.

Vio el reloj.

Negó con la cabeza porque no le gustaba trabajar hasta horas tan altas de la noche; sin embargo, si quería salir pronto de ahí, tenía que moverse y aprovechar cada instante.

Con lo que le quedaba de trabajo, al día siguiente podría dar por cerrado todo y largarse antes de que Miklos volviera de donde diablos estuviese.

Frunció el ceño porque le disgustaba que ese pensamiento la hiciera sentir tan mal.

Que se hubiese ido sin despedirse, no era propio de un hombre como él.

Y ella pensaba que se había convertido en alguien especial para Miklos.

Se hizo presión en los ojos con ambas manos. Estaba agotada.

Se levantó y caminó hasta el teléfono que conectaba con la cocina.

No quería molestar a Ferenc a esas horas; habría bajado ella misma a la cocina, pero el Palacio, después de la media noche, daba un poco de miedo.

De todas maneras, al ella insinuar que se quedaría el resto de la noche para avanzar y finalizar al día siguiente con el trabajo pendiente, Ferenc le dijo que no dudara en avisarle si necesitaba algo. Así como también le indicó que no tenía prisa alguna y que si le apetecía tomarse un descanso o una ducha, dejaría uno de los apartamentos a sus órdenes.

El mismo que usó el día que volvieron de la compra al norte del país.

—Señorita Conti.

—Ferenc, creo que tengo un poco de hambre y estoy necesitando café.

—Le llevaré de inmediato algunos refrigerios.

—Gracias, eres muy amable.

Colgó.

Milena vio a su al rededor.

No se cansaba de ver ese lugar. Era perfecto para resguardar tanta historia. Los Farkas lo acondicionaron tan bien como el Museo podía acondicionar sus bóvedas.

Caminó un poco por la estancia, cosa que no hacía mucho, la verdad, porque una vez empezaba a catalogar las piezas que se venderían en la subasta, no paraba hasta que el cuerpo encendía las alarmas indicando que debía descansar.

Y mientras Miklos estuvo con ella, todo fue muy diferente a lo que estaba siendo esos últimos días.

—Todo con él es diferente —murmuró para sí sonriendo con añoranza.

Lo extrañaba. No quería admitirlo y le dolía hacerlo porque sentía que traicionaba a Gennaro aunque esa era la verdad.

Lo extrañaba.

En la conversación que mantuvo con Klaudia unos días antes, esta le dijo cosas que no dejaban de resonar en su interior, que ella creía que iban a calmarse y desaparecer cuando pusiera distancia entre ella y los Farkas.

Entre ella y Miklos Farkas.

Pasó el dedo por una de esas garras de metal de las que abundaban en la estancia. Las había de todos los modelos y metales.

Unas mejor trabajadas que otras pero todas parecían armas bastante peligrosas.

Siguió su recorrido y se detuvo frente al cuadro de un antepasado de Miklos.

Ese del que le estuvo contando las primeras veces que compartieron juntos una comida.

La condesa Etelka Bárány

Según Miklos le contó, era un cuadro original de la época

en la que la condesa contrajo nupcias con su único esposo. Una mujer de pelo rojizo, piel muy blanca y una mirada que daba escalofríos.

Se imaginó las escenas de lo que Miklos le contó una vez y se estremeció de pensar en el sufrimiento de esas pequeñas a las que esa mujer mataba para conservar la belleza.

Decidió moverse hacia una estantería de libros que eran muy antiguos.

Algunos parecían diarios.

Miklos nunca le invitó a abrir la puerta de vidrio que protegía a los ejemplares, por lo que ella desconocía de qué trataban exactamente ya que las respuestas de Miklos sobre el tema siempre evadían lo que Milena quería saber sobre cada uno de los tomos.

Le habría gustado abrir la estantería, esta permanecía cerrada y no tenía la llave.

La puerta del ático se abrió dejando ver a Ferenc con su enorme bandeja de refrigerios lista para ser ingerida.

El estómago de Milena rugió con fuerza y se le hizo agua la boca de ver una buena ración de la torta de chocolate que preparaba el mayordomo.

En un impulso, Milena se acercó al hombre y le puso la mano en el hombro a él.

Este la vio con educación, pero Milena sintió la tensión en su cuerpo haciéndole retirar la mano de inmediato; pensando en que, su gesto, le produjo incomodidad.

—Solo quería darte las gracias por todo —vio la torta y luego al hombre que le sonreía complacido—. Creo que aquí es donde mejor he comido en toda mi vida.

—Me alegra saberlo, señorita. Déjeme saber si necesita algo más.

—Gracias, Ferenc. Descansa. Nos veremos por la mañana

para despedirnos —El hombre dejó de sonreír y asintió con la cabeza—. ¿Crees que pueda despedirme de Klaudia?

—Veremos en la mañana qué tal se encuentra.

—Bien, gracias.

—De todas maneras, el señor regresará esta noche. Llamó hace unas cuatro horas diciendo que estaba en camino a casa. Si Klaudia no se encuentra bien, de seguro que al despedirse de Miklos, él le dará recuerdos de su parte.

A Milena, aquella noticia le cayó como un balde de agua fría. Como el mismo que sintió le tiraban encima cuando le dijo Ferenc que Miklos se había ido sin despedirse de ella.

No sabía cómo diablos sentirse porque no quería volver a ver a Miklos nunca más en su vida pero a la vez, tenía una emoción indescriptible de saber que podría verlo una vez más antes de poner esa dichosa distancia entre ellos.

—Gracias —fue lo que se sintió capaz de decir sin delatarse ante el mayordomo porque los nervios dominaban todo su sistema.

Este asintió con una sonrisa cálida y salió de la habitación tan silencioso como de costumbre.

Milena se dejó caer en la silla y tomó el plato con la tarta de chocolate para engullirla sin modales ni restricciones.

Necesitaba algo que le calmara los nervios, algo que le diera fortalezas para no flaquear, no caer a la tentación porque iba a ver a Miklos de nuevo y empezaba a darse cuenta que su fortaleza, la que le ayudaba a rechazarlo, ya no estaba.

Se había esfumado.

Tal como, de pronto, no encontraba ese sentimiento que la unía a Gennaro.

Miklos ocupaba todo su ser y ella…

… Ella solo deseaba entregarse a él.

***

Cuando Milena volvió a ver el reloj, este marcaba casi las 6 a.m.

Se estiró y bostezó con todas sus fuerzas.

Estaba agotada y, al mismo tiempo, satisfecha de tener todo listo.

Todo.

Solo faltaba la firma de Miklos o de Klaudia en el informe que ya tenía hecho desde hacía unos días y que debía llevar de regreso a Florencia para que Salvatore lo anexara a su propio expediente como activo del Museo.

Ya podía irse.

El informe no era un impedimento para que ella se quedara más tiempo allí.

Sin embargo, necesitaba ver a Miklos una vez más; y esa sería su última oportunidad, aunque decidiera cambiar muchas cosas de su vida una vez volviera a Florencia.

Se vio la mano en la que llevaba el anillo de compromiso y después de sentir un nudo en el estómago por el paso que estaba a punto de dar, se lo quitó.

No sintió culpa.

Sintió alivio.

La presión en su pecho menguó porque aunque aún no hablaba con Gennaro, sabía que estaba haciendo lo correcto.

En esa noche, en esas pocas horas, se dio cuenta de que Klaudia tenía razón.

No sería justa con nadie si decidía seguir adelante con la boda.

Desde que vio a Miklos por vez primera, su vida empezó a tambalearse y por siempre hacer las cosas de la manera apropiada, estaba en la situación que estaba.

Se desperezó pensando en que le vendría de maravilla una ducha en el apartamento que Ferenc le preparó.

Vio a su alrededor una vez más. Sí, todo estaba donde debía estar, incluso la bandeja con platos y vasos vacíos.

La dejaría porque Ferenc la buscaría ahí en un rato.

Salió del ático, cerró todas las puertas a su paso y empezó a bajar las escaleras.

La puerta de la terraza del piso inferior estaba abierta, las cortinas se movía suavemente por la brisa matinal que entraba y que dejaba ver como el cielo iba aclarando poco a poco.

Se acercaban a la época del año en la que los días se alargan y las noches son más cortas.

Milena sintió ganas de estar en el amanecer. Contadas veces sintió un impulso así en su vida, era más bien de las que prefería los rayos de la luna y la magia de la noche.

La noche era romántica, misteriosa, seductora.

«Como él», pensó sintiendo que sus mejillas ganaban un color y un calor absurdo.

Pero sí, era la verdad, Miklos era un hombre misterioso, seductor y romántico. Amaba a la mujer que perdió, según le contó Klaudia y le habría gustado que le contara él mismo sobre esa terrible experiencia.

Era la curiosidad femenina, quizá.

La que le hacía pensar que tenía una rival en el más allá.

Sonrió negando con la cabeza porque estaba rayando en lo absurdo.

Hacía unas horas pensaba en volver a casa para retomar su vida tal como la conocía antes de llegar a Venecia y ahora solo pensaba en Miklos y rivales que ya no estaban en vida.

Tenía que ser objetiva.

Aunque terminara su compromiso con Gennaro y su relación amorosa porque entendía que sus sentimientos por él cambiaron, no quería decir que iba a correr a los brazos de Miklos, dejaría toda su vida en Florencia y se mudaría a Venecia para estar junto a él.

No iba a dejar su carrera, su puesto en el Museo por él.

Ni por ningún otro.

La brisa le acarició el rostro y le hizo estremecerse. Hacía frío, no le haría mal soportarlo un rato.

Se ducharía con agua hirviendo al llegar al hotel.

Respiró profundo, sus pulmones se expandieron y las fosas nasales ardieron un poco por el aire frío que las atravesaba.

Cerró los ojos y se sintió en paz.

Una paz extraña que bloqueó sonidos, olores, vibraciones, el ambiente.

Todo quedó suspendido, congelado y ella también.

No percibía nada, no sentía nada.

Solo vacío.

Y se sintió a gusto porque le pareció que aquella sensación le daba tranquilidad.

Se mantuvo quieta; con una respiración pausada para extender el momento tanto como fuera posible, consiguiendo meterse en un estado profundo del que no le apetecía salir.

Debía ponerle punto y final a aquello porque no podía quedarse allí todo el día.

Cuando estaba empezando a activar sus sentidos de nuevo, pudo sentir voces.

Varios susurros que no entendía y que no le gustaron.

Tragó grueso y abrió los ojos.

Vio a su alrededor. Todo estaba tal como hacía un rato.

La temperatura bajó considerablemente, podía sentirlo; se abrazó a sí misma porque empezaba a calarle el frío en los huesos.

Decidió que era tiempo de entrar y seguir con lo que pensó

hacer.

Cuando accedió al interior del palacio se paralizó porque escuchó de nuevo los susurros.

La piel se le puso de gallina y quiso correr pero no sabía hacia dónde ya que el apartamento destinado a ella estaba un piso más abajo y en ese solo estaban dos corredores largos y tenebrosos en los que no pensaba meterse.

Se sacó los zapatos, siendo de tacón no era buena idea correr con ellos, y aceleró el paso en cuanto sintió que los susurros iban acercándose.

—Maldición —susurró, al tiempo que se le erizó la piel del cuello y corrió escaleras abajo pensando en que, por nada del mundo, iba a atravesar ninguno de los corredores del palacio porque todos se veían igual de espeluznantes en el juego de luces y sombras que predominaba a esa hora del día.

Una brisa helada pareció tocarle un brazo y emitió un grito ahogado que le dio el impulso de bajar más porque quería llegar, cuanto antes, a algún lado en donde hubiera otro ser humano.

Klaudia.

En el siguiente piso, estaba su apartamento. No le importaba que fuera tan temprano o que ella estuviera enferma; sentía que algo la perseguía y se negaba a quedarse sola en medio de ese inmenso edificio.

Corrió por el corredor, sin dejar de sentir las voces que ahora la envolvían y que solo callaron cuando escuchó que Klaudia pedía ayuda en una especie de voz ahogada.

Como si quisiera gritar y algo se lo impidiera.

Sin pensarlo, abrió la puerta del apartamento recordando que Miklos le contó que nunca las cerraban y se encontró el apartamento de Klaudia a oscuras, como era lógico.

Entró e inspeccionó todo su entorno encontrando a

Klaudia en la habitación, removiéndose como si estuviera luchando contra alguien.

—No... —negaba con la cabeza—, ¡no... vete! ¡Ayu...

Milena corrió a su lado y la tomó de los hombros.

—Klaudia —la zarandeó un poco porque la mujer no dejaba de moverse—. Klaudia, despierta.

Todo ocurrió tan de prisa, que Milena no tuvo tiempo de reacción; y para cuando la tuvo, se estrellaba en el suelo; con Klaudia encima, abriendo la boca con expresión diabólica.

Milena gritó tanto como le permitió Klaudia cuando, en un parpadeo, le tapó la boca y se acercó a su cuello hincándole los dientes.

Milena nunca antes sintió un terror como ese en su vida y no supo cómo reaccionar al dolor, a la angustia, a...

Los dientes se clavaron aún más, Klaudia cerró las piernas y brazos con fuerza a su alrededor mientras alguien más luchaba contra ella.

Era Ferenc que intentaba apartar a Klaudia, pero esta estaba convertida en una bestia y era imposible de mover.

Milena sintió cómo crujió su piel de nuevo cuando Klaudia, en un doloroso movimiento para Milena, retiró los dientes para encargarse de Ferenc; como si este fuese un mosquito que le estorbaba, le estampó su mano en el pecho haciéndole volar metros, aterrizando el pobre sobre una mesa de madera maciza que estaba en la habitación.

Milena notó que la adrenalina le daba movilidad, fue rápida en intentar salir de ahí, pero cuando estaba llegando a la puerta, Klaudia consiguió alcanzarla de nuevo. La tomó del cabello, la pegó de la pared, buscando engancharse a su cuello una vez más.

Milena forcejeó y gritó todo lo que pudo mientras hacía enfurecer más a Klaudia que tenía la boca rebosante de sangre, los ojos oscuros y siseaba como si fuera una maldita y asquerosa víbora.

Sintió los dientes entrando otra vez, en una nueva posición; Klaudia era mucho más fuerte que ella y no conseguía vencerla.

¿Qué demonios era?

Milena tembló porque sintió que iba a morir allí.

Gritó fuerte y aterrada.

De repente, sin explicarse cómo, Klaudia salió despedida por el aire estampándose en la pared, agrietando la misma y riendo con cara diabólica.

—¡Sal de aquí! —Miklos estaba diciéndole que se fuera; ella no conseguía moverse y Klaudia no dejaba de reírse mientras se ponía de pie.

Miklos se acercó a ella, preocupado, con ojos de angustia inspeccionando su cuello.

Tomó su rostro entre las manos.

—Milena, por lo que más quieras, sal de aquí. Ve a mi apartamento y cierra la puerta. No dejes entrar a nadie que no sea yo.

Milena asintió temblorosa y salió con prisas, sin pensar, solo buscaba salvarse.

Escuchó un grito de guerra por parte de Miklos y luego, los golpes secos empezaron a retumbar en el edificio entero.

Milena sentía la sangre correrle por el cuello y la visión se le hizo borrosa.

Consiguió llegar al apartamento de Miklos; pero, en cuanto abrió la puerta, desató una peor pesadilla que la que vivió minutos antes en manos de Klaudia.

Capítulo 14

—¡Milena! —Miklos corría por el corredor, siguiendo el rastro de la sangre y el olor de ella que dominaba todo el palacio.

Sacó su móvil.

—¿Qué ocurre? —Pál respondió agitado.

—Pál, Klaudia atacó a Milena, esto es peor de lo que pensamos.

—No la dejes salir, en unas horas…

—¡Ya se fue! No sé cómo —la voz de Miklos temblaba entre la rabia y la angustia—. No sé si es que el consumo de sangre o lo que quiera que la tenga jodida, la sacó del conjuro de la bruja y se largó antes de que pudiera hacer algo con ella.

Miklos solo escuchó una exhalación por parte de Pál.

—¿Estaba herida?

—¿Tu qué coño crees? Estuvo a punto de matar a la mujer que quiero y ¿crees que le iba a dar un té para calmarla? ¡Atacó a Ferenc! ¡Con un demonio! Es que si se hubiese quedado, aunque la amo como un idiota, ¡la mato!

—Contrólate.

—No pidas algo que tú no podrías hacer.
—Es Klaudia y es importante para ti.
—Sí, es verdad, pero ahora Milena lo es más. Adiós.

Colgó y corrió por todos los rincones del palacio en los que sentía el olor de ella porque no la encontró en su apartamento.

«Por favor que esté viva».

Al llegar al salón de la entrada, inspiró y notó las gotas de sangre en el suelo.

La puerta estaba manchada.

—No, no, no, Milena, no.

Salió de casa con toda la prisa que el caso necesitaba porque, en su condición, y con Klaudia en el exterior, la siguiente escena iba a ser lamentable para todos.

Corrió sin ver al suelo debido a que no veía más rastros de sangre; mas sí los olía.

Sus fosas nasales se expandieron absorbiendo todo a su alrededor.

Su corazón latió con una fuerza increíble y se excitó pensando en que corría buscando una presa que olía de maravilla.

Intentó apartar su pensamiento pero le fue imposible. Estaba dominado por la maldición y tendría que poner todo de sí para controlarse y no atacar a Milena en cuanto la viera.

¡Maldita sea!

Afinó los oídos en busca de los movimientos de Klaudia, no quería nuevas sorpresas y en su condición, no era buena idea encontrar sorpresas de ningún tipo.

La sangre de Milena lo llevó hasta el hotel en el que se hospedaba.

No se detuvo en el *lobby* para preguntar por ella.

No era el momento de que la gente lo viera y dedujera que podría ser un hombre peligroso.

Sabía que sus pupilas estarían dilatadas, la respiración estaría agitada y la mandíbula apretada por el dolor de las encías sumado a la sequedad de la garganta que solo se calmaría con la sangre de ella.

Respiró profundo. Sí, ahí estaba.

Subió con prisas por las escaleras.

Atravesó el corredor en el que estaba la habitación de la chica. Tuvo temor al entrar por las manchas de sangre en la puerta y en un sillón beige de la entrada.

—¡Milena! —buscó en toda la estancia sin éxito alguno y entonces notó que las cosas de ella no estaban.

No había rastro de ella a excepción de la sangre.

Se sentó en el sofá manchado y respiró profundo. Tenía que calmarse.

Estaba a punto de enloquecer y si eso pasaba, estaría en peligro Milena, y cualquier humano cerca de él.

Apretó los puños recordando cuando se bajó del coche y escuchó el grito de ella.

Dios, cuánto miedo sintió.

Pensaba que no iba a llegar a tiempo para salvarla.

Pensó en que iba a matar a Klaudia si acababa con la vida de la mujer que…

Que…

¡Maldición! La amaba. Sí. Era inútil seguirse resistiendo.

Una corriente lo activó de nuevo, era la psique de ella. Delgada e infinita; sentía que se alejaba, quizá se debilitaba un poco como cuando decidió marcharse esos días a Nueva York, nunca se detuvo y no se detendría ahora tampoco.

¿Qué iba a hacer?

Tenía que buscarla y hablar con ella.

Explicarle que lo que ocurre con Klaudia no es normal.

Tendría que contarle todo sobre ellos y…

La iba a perder.

Si antes se sentía sin esperanzas, ahora estaba convencido que, tras el ataque de Klaudia, la iba a perder.

Un nudo grueso y fuerte creció en su garganta, pero se lo tragó porque no eran tiempos de lloriqueos.

Era tiempo de encontrarla y explicarle todo.

Incluso el amor que sentía por ella.

Capítulo 15

El mayordomo abrió la puerta con cara de consternación. Pál le colocó una mano en el hombro y lo vio compasivo.

—¿Cómo te encuentras, fiel amigo?

—Supongo que tan triste como se encontraría un padre al ver cómo sus hijos se pelean. O cómo uno de ellos cae presa de una posesión demoníaca —lo vio preocupado—. Fue horrible, Pál. Era la viva representación de un monstruo.

Pál lo inspeccionó. No se veía mal; en un par de días, estaría bien.

—¿Tu fuente de alimento?

—La tendré cada día, como corresponde; no debes preocuparte por eso. Ahora quien importa, es ella.

Pál apretó los labios, asintiendo, con los ojos bañados de angustia.

Lo que tanto estuvo evitando todos esos siglos, parecía estar a punto de llevarse a cabo y temblaba nada más de pensar en eso.

—¿En dónde está Miklos?

—Buscándola; mientras hace los preparativos para irse una temporada a Florencia. Buscará a Milena. Nunca lo había visto tan preocupado, ni siquiera en la época de Úrsula.

Pál se metió las manos en los bolsillos de su impecable pantalón y caminó al salón común más cercano a la puerta de entrada. El mayordomo lo siguió en silencio.

—¿Quieres que te traiga algo? —Pál negó con la cabeza—. Miklos suspendió la subasta. Y hoy hemos recibido la llamada de un policía que quiere hacerle unas preguntas.

Pál se volvió con expresión de duda.

—¿Klaudia?

El mayordomo negó, se sentó con tranquilidad frente a Pál.

Tenía la confianza suficiente para hacerlo en esos momentos delicados.

—No, mencionaron algo de un robo de algunas piezas del tesoro Nazi —Ferenc bufó divertido—, si supieran todo lo que guardamos en el ático.

—Será mejor tenerlo escondido bajo la puerta falsa.

—Como siempre.

Pál asintió una vez.

—¿Te dijo el nombre, el policía?

—Sí, Ronan Byrne.

Pál frunció el ceño y apretó los puños levantándose de nuevo para caminar como león enjaulado por el salón.

Unas horas después de que Miklos partiera a Venecia de nuevo, Loretta le llamó desesperada, diciéndole que tenía que ir a su casa con urgencia.

Por supuesto, Pál acudió a su llamado, mas sabiendo la situación de Klaudia.

Y el encuentro con la bruja no hizo más que angustiarlo

más. La visión de ella dejaba muchas cosas qué pensar y parecía que todo se estaba cumpliendo tal como la bruja se lo mencionara.

Suspiró, estaba exhausto.

No recordaba la última vez que había tenido una noche de paz en casa.

Probablemente antes de que ocurriera el secuestro de Felicity. Todo con ellos marchaba tan bien…

En su reunión con Miklos, le reprendió como a un pequeño y este se fue de su casa muy disgustado por no entenderle cuando le explicó que no dijo nada antes de la condición de Klaudia porque quería protegerla y ayudarla a salir de lo que tenía; sin ayuda de toda la familia.

Pál no estuvo de acuerdo con eso y ahora que lo recordaba, tampoco ha debido juzgar a Miklos de esa manera porque así como Klaudia era reservada con todos menos con Miklos, él era reservado con todos menos con Loretta; que era la única que sabía lo que podía estarle ocurriendo a Klaudia y lo peligroso que eso podía llegar a ser.

Él tampoco le advirtió nada de eso a la familia.

Sin embargo, se atrevió a reprender a Miklos por guardar ese enorme secreto.

Él también merecía una reprimenda y por ello, en cuanto dejó todo arreglado en Nueva York, se subió al primer jet privado que encontró coincidiendo esto con la llamada de Miklos y su desesperación porque Klaudia atacó a Milena y luego, despareció.

Y ahora, el imbécil del irlandés estaba en la ciudad.

—¿Qué te ocurre, Pál?

—¡Que todo esto se está volviendo en una pesadilla que pude evitar hace años, siglos!

El mayordomo no entendía de qué le hablaba.

—Lo de Klaudia, Ferenc. No solo es grave para ella, es grave para el resto del mundo —Pál necesitaba convocar a toda la familia.

—Llamaré a Miklos para que vuelva.

—Será lo mejor —al mayordomo no le dio tiempo de hacer lo que dijo porque Miklos entró al palacio en ese instante.

Empezaba a subir las escaleras con prisa cuando Pál carraspeó la garganta y Miklos, se detuvo en seco.

Bajó con normalidad; se acercó al salón.

—Me alegra que estés aquí para que te encargues de ella.

Pál lo vio a los ojos.

—No he debido hablarte como lo hice en Nueva York, lo siento.

Miklos asintió con las manos metidas en los bolsillos y el ceño fruncido.

—¿Averiguaste algo?

—No, Ferenc. Pareciera como si se la hubiera tragado la tierra. No hay rastro de ella por ningún lado.

—Y lo habrá solo cuando ella quiera aparecer —Ambos vieron a Pál con preocupación—. Las brujas aliadas me ayudarán a encontrarla, ya Loretta está al tanto pero el resto de la sociedad no. Es importante ponerles sobre aviso porque se avecinan tiempos muy fuertes para nosotros.

—¿De qué estás hablando, Pál? —El mayordomo lo veía con asombro.

—Los demonios persiguen a Klaudia —Pál se paseó por los ojos de sus acompañantes porque no sabía cómo explicar todo lo que estuvo ocultando por años. No sabía qué debía decir y qué debía reservarse para luego.

Loretta le dijo que hablara solo con los más importantes de la sociedad. Los fundadores. Ellos, los Farkas y las brujas aliadas. Nadie más.

La visión de Loretta dejaba en claro que, desde el más allá, se estaban uniendo esfuerzos por controlar la calamidad que les caería encima de levantarse la condesa.

Se le ponía la piel de gallina nada más de pensarlo.

—¿Pál? —Miklos lo llamó para que volviera a la realidad y completara lo que estaba diciendo.

—Los demonios que persiguen a Klaudia son enviados por la condesa.

Miklos frunció el ceño y sonrió burlón.

—¿Qué estás diciendo? La condesa tiene siglos enterrada en el lugar que dices está enterrada.

—Y por alguna razón ha podido comunicarse con Klaudia.

—¿Pero, cómo? —el mayordomo tampoco salía de su asombro.

Pál respiró profundo.

—Lo hablaremos luego. Ahora hay que encargarse del policía y…

—¿Cuál policía?

—El que llamó para hacer preguntas sobre algo del tesoro Nazi.

Miklos se tensó como solía tensarse con ese tipo de cosas porque podía suscitar investigaciones de otro tipo referente a la especie y no quería despertar ese particular interés de los humanos que era mejor mantener dormido.

—Le daremos una cita para cuando podamos…

—Es el policía por el cual Klaudia está en el estado que está —La declaración de Pál los dejó mudos a todos.

—¿Ese imbécil está aquí?

—Y es probable que él sea el detonante de lo que le ocurre a Klaudia. Así que tendremos una conversación con él.

—No lo quiero cerca. Estuvo a punto de matarla.

—¿Cómo? —al mayordomo parecía que iba a darle un

infarto.

—Pues vas a tener que controlarte muy bien si quieres deshacerte de él pronto para poder ir a buscar a Milena.

Miklos frunció el ceño con amargura y Pál sabía que era un tema difícil para él.

Miklos no sabía todo lo que Loretta le dijo.

Lo vio a los ojos.

—Tus hermanos vienen en camino. András también —el mayordomo palideció en cuanto escuchó que todos, incluido András a quien tenía décadas sin ver, asistirían a la convocatoria inmediata de Pál—. Y quiero tener todo listo para cuando ellos lleguen. Hablaremos con el policía; luego tendremos la reunión de la sociedad; y luego… —sintió como su mirada hacia Miklos se suavizó porque sabía que lo siguiente que diría, iba a conmocionarlo—… luego tomarás tus cosas y te irás a España. A la cueva. Encontrarás a Milena allí, ahora cuenta con una condición especial que la convierte en una aliada de la Sociedad.

Eso fue lo que le indicaron a Loretta en la visión y era el mensaje que ella necesitaba transmitirle a Miklos Farkas.

***

Miklos escuchó el timbre del palacio y revisó la hora.

Era el maldito policía.

Arrugó la frente en un intento de controlar todos sus impulsos cuando estuviese frente a él.

Esos días en su vida estaban siendo desquiciantes y solo pensaba en tres cosas:

Pelea, sangre y sexo.

Si el policía no se lo ponía fácil, acabaría atacándolo porque su poder de autocontrol era muy débil desde que vio a Milena herida y aterrada.

Negó con la cabeza y terminó de arreglar sus cosas.

En cuanto terminaran todas las conversaciones, él se largaría de allí a arreglar todo con Milena.

Se le encogía el corazón nada más de pensar en lo que les esperaba en el futuro porque Pál le dijo que las aliadas, desde el más allá, trajeron de regreso a Úrsula en el cuerpo de Milena.

Negó de nuevo porque algo de todo eso que no le gustaba y le obligaba a desconfiar.

Los nudillos de Ferenc sonaron en la puerta.

—Pasa.

—El policía está aquí.

Miklos asintió serio viéndole a los ojos y luego terminó de cerrar el equipaje.

—¿Cómo te encuentras? —el mayordomo estaba preocupado por él.

Se desinfló mientras se volvía para verle de nuevo a los ojos.

—No lo sé, Ferenc. Esta vez todo es tan diferente que no he tenido tiempo para analizar bien cómo me encuentro, pero la verdad es que hay algo que no acaba de encajar en esta absurda historia.

—Tal vez es que finalmente te llegó el tiempo de ser feliz —le sonrió compasivo—, solo que no sabes con quién quieres serlo si con Milena o con Úrsula.

Miklos unió los labios con rabia.

Ferenc mantuvo la actitud compasiva mientras se acercaba a él, le colocó una mano en el hombro.

Le dio un ligero apretón mientras se mantenían las miradas.

—Todo saldrá bien. Estoy seguro.

—Es bueno que alguien mantenga una actitud positiva en

esta casa con todo lo que está pasado.

Ferenc resopló.

Estaba cansado.

—Ve a descansar, compañero —Miklos le colocó la mano sobre la de él y palmeó un par de veces—. Lo necesitas. Nosotros nos encargaremos de todo.

—Descansaré cuando la casa esté vacía de nuevo. Ahora hay mucho por lo que ocuparse. El ático está debidamente asegurado —Miklos asintió—. ¿Qué piensas hacer con la subasta?

—Todo queda suspendido hasta que recuperemos a Klaudia.

—Muy bien. Empezaré a hacer las llamadas necesarias para cancelar todo.

—Gracias, Ferenc.

—Me pasaría por el salón para ofrecerles algo de tomar, pero ese es el hombre que causó la locura de Klaudia. Por lo que, si llego a aparecerme con una bandeja, aléjame cuanto antes porque le estaré llevando una bebida bien aderezada que lo envíe al más allá.

—No sabemos si funcionaría. Es un híbrido entre humano y hada.

—Lo sé, pude olerlo. Podríamos usarlo como conejillo de indias.

Miklos resopló divertido.

—Eres el mejor compañero de crimen que podría tener en este momento —salieron de la habitación y empezaron a bajar las escaleras—. Estoy haciendo un esfuerzo increíble por no arrancarle los dientes, los brazos y las piernas antes de drenarlo por completo. Ese imbécil.

—Estaré en la cocina.

Miklos asintió de nuevo y se arregló el traje para entrar al salón.

Pál estaba de pie frente a los policías que observaban todo con gran detalle.

—Caballeros.

Ambos se dieron la vuelta y se aproximaron a Miklos con el brazo extendido tal como él mismo se les acercó.

—Soy el agente Vaughnan de la comisión de delitos de arte de la Interpol, mi compañero es del cuerpo de Policía Metropolitana de Londres, el detective Ronan Byrne —señaló a Ronan, quien le estrechó la mano a Miklos manteniéndole la mirada aun cuando este le dejaba en claro las ganas que tenía de darle dos puñetazos en ese instante—. Estamos aquí porque queremos hacerle unas preguntas.

—Lo que necesiten —Miklos señaló los asientos para que todos ocuparan uno. Pál prefirió mantenerse al margen y de pie. Analizaba al policía de una manera que hizo entrar en alerta a Miklos.

Pál podía ser la personificación de la Madre Teresa, pero cuando se metían con los suyos, era capaz de volverse en el mismísimo demonio en un parpadeo.

Y era letal.

Se vieron, Pál decidió respirar profundo y asentir a Miklos indicándole que estaba bien.

Los investigadores colocaron ciertas fotografías en la mesa de apoyo que estaba entre Miklos y ellos, Miklos conocía las piezas y a las personas allí retratadas.

—¿Qué buscan? —fue directo al grano, eran interrogatorios por los que pasó en la antigüedad.

—A él —el agente de la Interpol le señaló una foto en la que se veía a un hombre con el que Miklos cruzó palabras dos veces en ese período de existencia. Sabía que era un hombre peligroso y a él no le interesaba que la gente se interesara por él al verle en compañía de Yuri Vasíliev.

—Lo conozco. He hablado dos veces con él —Miklos recordó la ocasión, casualmente, ventas de Andrea, no le interesaba meter en líos a su amigo.

—¿Sabe que ahora está en Venecia?

—No, ¿por qué tendría que saberlo?

—Sospechamos que Andrea Gasser y él se encontrarán en una próxima subasta que usted está organizando.

Ronan hizo silencio y Miklos levantó la comisura de la boca viéndolo con malicia.

—Iba a organizar.

—¿Por qué la suspendió?

Miklos vio de nuevo al policía con furia.

—Problemas familiares.

El agente de la Interpol se removió incómodo por la forma en la que Miklos se dirigió a él, pero viendo a Ronan.

—Sr. Farkas, no venimos por usted, estamos detrás de este hombre y necesitamos de su ayuda. No quiero ser impertinente, ¿cree que podamos llevar a cabo nosotros la subasta por usted? Necesitamos estar encubiertos porque no podemos dejarlo escapar, es la oportunidad más precisa y cercana que tendremos para capturarlo.

Miklos estaba preparado para decir que no y Pál intervino.

—Estaremos dispuestos a ayudarle en todo —sonrió con ironía a Ronan—. Mi sobrino deberá marcharse en unas horas, pero nuestro mayordomo estará encantado de atenderles y ayudarles en todo lo que necesiten para capturar a ese hombre.

El agente de la Interpol los vio con total agradecimiento.

—Muchas gracias, señores. No queremos quitarles mucho tiempo por lo que, para ir avanzando, necesitamos saber quiénes más están dentro de la organización; el papel que cada persona representa y la lista de piezas que van a subastarse. Nosotros podremos preparar el resto y tenerlo listo para la fecha que ustedes habían acordado —el agente sacó varias fotos más. Todos sus acompañantes se tensaron en cuanto vieron fotos de Klaudia. Sin embargo, el hombre preguntó primero por Milena—. ¿La señorita Conti, estará en la subasta?

—No. Solo vino a cumplir con su trabajo y ya se marchó.

—¿Y su prima? —Ronan preguntó con una mezcla de desafío y curiosidad en la mirada.

Miklos quiso brincarle encima.

Respiró profundo. La ansiedad del hombre estaba inundando toda la estancia y aquello alborotaba aún más su necesidad de caza.

Sonrió irónico.

—Mi prima… veo que nos han investigado.

—Es nuestro trabajo.

—Mi prima decidió marcharse y no sabemos cuándo volverá.

—¿Podría usar el servicio? —Ronan preguntó con la intención de salir de ahí acompañado de algún Farkas y hacerle el interrogatorio necesario.

—Estaré encantado de enseñarle el camino —Pál se ofreció con la mirada más malévola que Miklos había visto jamás en él. Inspiró con fuerza percibiendo que Pál estaba listo para atacar. Estaba en su límite y aquello no era bueno.

Se levantó, caminó hasta el teléfono, lo accionó y luego vio al agente Vaughnan.

—¿Le apetece un café?

—Mejor que sea té.

—Muy bien.

Marcó a la cocina.

—¿Señor?

—¿Podrías traernos una bandeja con té?

—¿Con o sin aderezo?

Miklos levantó las comisuras de la boca y le dio la espalda al agente para luego hablar en voz baja.

—Ve al corredor. Pál está con él.

***

Ronan no tuvo tiempo de reacción.

Ni tenía intenciones de atacar a Pál que lo estampó en la pared después de sujetarle del cuello en cuanto se alejaron del salón principal.

—Maldito bastardo. Todo lo que estamos pasando es por tu culpa.

Ronan no conseguía respirar, tampoco ponía resistencia.

—¡Pelea! —Pál le ordenó entre dientes, muy cerca del oído y apretándole el cuello.

Ronan lo vio a los ojos con decisión. No iba a pelear, aunque por ello perdiera la vida.

—¿Eres un macho para clavarle una espada a ella a traición, pero no lo suficiente hombre para enfrentarte a mí?

Ronan empezaba a quedarse sin aire cuando vio a otro hombre acercarse con prisa y cautela a ellos. Llevaba un uniforme.

El mayordomo. Lo reconoció de las fotos de la investigación.

—Pál —dijo con cuidado de no provocar aún más a su atacante—. Es el momento de que lo dejes. No queremos más problemas y menos, a los ojos humanos.

Pál apretó su mano al rededor del cuello de Ronan y este notaba que la vista se le iba opacando.

—Pál —el mayordomo le colocó la mano en el hombro—. Por mucho que todos queramos lo mismo para este imbécil, hay que comportarse. Tienes que darles el ejemplo a tus sobrinos y a tu nieto.

Pál parpadeó un par de veces y soltó a Ronan que se desplomó en el suelo intentando tomar todo el aire que le fuera posible.

El mayordomo era como ellos.

Se llevó la mano al cuello.

Respiró y respiró hasta que sintió que todo se normalizaba.

—Le sugerí a Miklos que le ofreciera una bebida aderezada con mis venenos, eso podría librarnos de preguntas de la policía.

—Demasiado simple para él, Ferenc. Yo quiero que sufra el infierno por el que está pasando Klaudia.

—¿En dónde está ella? —levantó la cabeza cuando escuchó su nombre y se incorporó sobre sus piernas de nuevo.

—Espero que bien lejos de ti.

Ronan frunció el ceño.

—Pál, yo le pedí que se quedara conmigo y ella no quiso. Algo iba mal en ella desde antes de encontrarnos en Irlanda.

Pál negó con la cabeza, la furia lo dominaba, pero veía claridad en la mirada de Ronan.

—Veo que eres sincero.

—¿Por qué no iba a serlo? Esa mujer se me clavó aquí —se dio un golpe en el pecho con el puño cerrado. Hablaba con desesperación, entre dientes, porque no quería llamar la atención de su compañero de trabajo—; y no he dejado de buscarla. Si tan solo hubiese podido hablar con ustedes antes. Estuve en Nueva York y ni tú ni Lorcan me recibieron.

Pál bufó.

—Ella misma prohibió que te recibiéramos.

—¿Por qué no querría dejarse ayudar? —Pál entonces bajó la guardia al entender que el policía estaba siendo sincero.

Aunque quería matarlo, tenía que reconocer su sinceridad.

—Porque así es Klaudia. El problema es que esto ya se le escapó de las manos.

—¿Qué tiene?

—Una maldición, Ronan. Y tu cercanía, le está ayudando a despertar la maldición que debemos cuidar no despierte.

—¿La condesa?

Pál bajó la cabeza derrotado.

Asintió dos veces viéndole a los ojos.

—Klaudia está siendo atraída por la condesa y si llega a ella, será capaz de despertarla.

Capítulo 16

Horas más tarde, los Farkas se encontraban reunidos en la biblioteca del palacio con Ronan.
Loretta también les acompañaba de manera virtual a través del ordenador.

Empezaron hablando de los comportamientos extraños de Klaudia y todos los cambios que daba tan repentinos como peligrosos.

—¿Qué la hizo huir? —Ronan tenía la mirada apagada y vacía.

—Atacó a una humana aquí en el palacio.

—Y a otro fuera de aquí —agregó Miklos triste.

—¿Y a ti no se te ocurrió mencionar nada antes? —András hacía honores a su impertinencia.

—Ella confió en mí y yo habría sido incapaz de romper mi palabra. Iba a guardar su secreto hasta que ella así lo decidiera.

András bufó y Miklos lo vio con odio.

Desde pequeños, siempre competían y peleaban entre sí. Mientras Miklos hacía valer siempre su palabra, András hacía lo que le era más conveniente. Siempre.

Por eso se mantenía alejado de la familia. No le importaba nada los cuidados de la condesa o de hacer justicia con los suyos.

Sin embargo, en ocasiones como esa, no dejaba a un lado sus deberes como el Guardián de Sangre que era.

—¿Cómo es que le ocurrió esto? —preguntó Ronan con gran curiosidad.

—Cuando Klaudia y Veronika huyeron del claro en el bosque en el que vivieron desde su nacimiento en Inglaterra, criadas por la bruja Marian y por el padre de ambas, quien sería mi tío —Pál hablaba con calma—, lo hicieron porque Klaudia, movida por la curiosidad de los niños, se internó en la cueva en la que descansa la Condesa.

—Entonces la cueva está en Inglaterra —comentó Ronan sin creerse que, por fin, sabía algo de la maldita condesa.

—Esto es información que te estamos dando porque estás sinceramente interesado en Klaudia, Ronan —Loretta sonaba decidida y segura de sí misma a pesar de que lucía cansada—. Entiende que, antes de este momento, nadie sabía del paradero de la condesa a excepción de Pál Y así se mantendrá hasta saber qué demonios ocurre con Klaudia. La condesa, sí, está en Inglaterra, y procuraremos que siga estando en donde está.

—Pueden confiar en mí.

Miklos se cruzó de brazos dedicándole luego una mirada hostil.

—Cuando Klaudia estuvo en la cueva —continuó Pál—, la condesa la sedujo con susurros que la hicieron llegar hasta ella. Y fue la primera vez que Klaudia activó su poder.

—Un poder de bruja —Lorcan soltó eso más como una afirmación sorprendente que una pregunta.

Tanto Pál como Loretta, asintieron.

—Y con su poder, empezó a revivir a la condesa.
Todos abrieron los ojos con horror.

—El problema no es ese —continuó narrando Loretta—; cuando eso ocurrió, el espíritu de la cueva, el que cuida que la condesa siempre esté alejada de los ojos y oídos humanos, impidió que Klaudia continuara con el proceso de regeneración de la condesa y entonces, apareció el espíritu de Szilvia a cuidar de su niña.

Miklos se derrumbó en su asiento, llevándose una mano a la frente.

Nadie más que él sabía lo que Klaudia sufría por no haber conocido nunca a su madre. De la envidia que sintió cuando su hermana, en vida, le contaba que podía hablar con el espíritu de la madre de ambas.

Pál lo vio a los ojos y Miklos negó con la cabeza.

—¿La hicieron olvidar? —Garret sacó sus propias conclusiones.

—Sí —Pál habló entristecido recordando las imágenes que le transmitió Marian antes de matarla—. La cueva empezó a derrumbarse y Klaudia sufrió un ataque nervioso porque la separaban de su madre. Marian se vio en la obligación de hacerla olvidar y de dormir su poder al completo para que no se sintiera tentada a volver a la cueva.

Garret suspiró con preocupación, se levantó para caminar por la estancia como solía hacerlo cuando necesitaba claridad.

—¿Cómo es que esto le pasa ahora? ¿Después de tantos siglos? —Lorcan no entendía.

—Porque yo estuve evitando su aproximación a Inglaterra, a la cueva —confirmó Pál—; pero al ir en busca de Ronan, accidentalmente tomó la vía equivocada y se cercó demasiado. Creo que ya desde antes estaba empezando a encontrarse mal... —suspiró levantó los hombros y los vio a todos con nostalgia—. Marian me pidió que nunca le dijera la verdad, yo tenía que evitarlo. Por eso la sociedad. Por eso las brujas aliadas…

—Entiendo que se le haya ocultado de niña o de adolescente; me pregunto si no habría sido más fácil decírselo siendo ya una adulta.

András bufó con sarcasmo porque aunque no era asiduo a las reuniones familiares, poco le importaba el estado de la condesa y tenía rivalidad con Miklos de toda la vida, Klaudia le enseñó muchas cosas cuando él apenas era un adolescente y llegó a conocer muchas cosas de ella.

—Si quieres que Klaudia se convierta en una fiera, ocultale algo y miéntele. Es lo peor que puedes hacerle a esa mujer.

Miklos asintió, dándole la razón a su primo; de esas pocas veces en las que estaban de acuerdo en algo.

—Imagina lo que sentiría de pensar en que; todos estos siglos, Pál, a quien ama como a un hermano, la estuvo engañando —acotó Miklos muy preocupado.

—No me va a perdonar.

—O sí —intervino Loretta—. No podemos dejarnos vencer sin haber luchado antes.

—Estoy de acuerdo con la señorita —aseguró el mayordomo y Loretta le sonrió con educación—. ¿Sabrás en dónde debemos empezar a buscar?

Loretta negó con la cabeza.

—Me encargaré de encontrarla —Ronan se sentía responsable y además, temía por lo que pudiera pasarle a Klaudia porque sabía que si atacaba a alguien llevándolo a la muerte, las reglas de la sociedad tendría que aplicarse sobre ella.

Y no podía perderla.

Se negaba a eso.

András resopló cansado y aburrido, como siempre hacía en las reuniones de la Sociedad.

—Hablando de búsquedas y cumplimientos de leyes —vio a Ronan con ironía. András podía saber lo que ocurría en la mente de las personas. No era una lectura literal de los pensamientos, pero sí algo muy cercano a eso—, ¿Gabor? —le preguntó a su abuelo. Sabía de lo ocurrido con su hermano.

También sabía de la maldad de este desde que era un bebé, era malo y conflictivo. Muchas veces sintió ganas de acabar con él en el pasado. Sobre todo cuando András se negaba a hacer cosas que Gabor quería y entonces este, lo obligaba a ver cómo su mente retorcida podía lastimar animales de la forma más vil que existía.

András, pese a que era un alma libre que actuaba a conveniencia, era un fiel cuidador de las almas débiles o en peligro.

De los inocentes.

—No lo hemos encontrado y en las condiciones en la que está Klaudia, lo de Gabor tendrá que esperar —dijo Pál.

—Yo me encargaré de él.

Todos lo vieron con asombro y Lorcan se acercó a él.

—András, no tienes idea de lo difícil que puede ser...

—Mató a tu abuela y casi mata a la novia de Garret, y sé lo cruel que puede llegar a ser. ¿Crees que va a quedarme un trauma como el que te quedó con Luk? Mi hermano y el tuyo no tienen punto de comparación. Luk era bueno y es lamentable lo que le ocurrió.

Ronan se removió inquieto porque recordó aquel ataque a su aldea.

Pál lo vio con vergüenza.

—András, evitemos el tema de Luk en presencia de Ronan. Fue su aldea la que Luk... —András se volvió hacia donde estaba el policía y lo vio con gran arrepentimiento.

—Lo siento, no lo sabía.

—Está bien, creo que ya lo superé hace un tiempo —el policía recordó el día en el que entendió que la venganza no tenía sentido. Su madre, el recuerdo de ella, le hizo ver lo equivocado que estaba.

—Buscaré a Gabor —reafirmó András ante su abuelo, con una postura que validaba sus palabras. Era un guerrero, debía mostrar respeto a los demás si quería que creyeran en su palabra.

—Te lo agradezco —Pál lo observó complacido—. Hay más —Pál vio a Loretta y todos quedaron en silencio de nuevo—: cuando ocurrió lo que ocurrió entre mi hermana, Gabor y Felicity —Lorcan y Garret sintieron que la sangre les hervía de la rabia con solo recordar ese pasado—, mi hermana quería revivir a la condesa y a mí solo me importaba regresar a Felicity a casa sana y salva; sacar a Lorcan de la mira policial porque nos estaban investigando a todos —Ronan asintió entendiendo el punto—. Etelka, mi difunta hermana, quería revivir a la condesa para matarla luego porque una parte de ella siempre odió llevar la maldición dentro de sí y creía que la maldición de todos acabaría con la muerte de quien la inició.

Fue un momento digno de inmortalizar en la sala en la que todos, aguerridos, valientes, súper poderosos, palidecieron de una manera que podía llegar a ser preocupante en un ser humano normal.

—Eso nos llevaría a todos a la muerte —András se recuperó pronto del shock de la noticia.

—No lo sabemos, no hay registros en ningún lado de tal cosa.

—El problema mayor no es ese, nuestro mayor problema es que esa mujer despierte —Loretta los veía con gran preocupación—, porque no sé si podamos ser capaces de matarla. Ella está conectada al demonio que le dio la maldición que llevan todos ustedes.

Todos resoplaron abatidos y angustiados.

—¿Crees que Gabor pueda estar interesado en eso?

—Lo creemos —Loretta respondió de nuevo antes de que Pál pudiera hacerlo—. Cuando Felicity recuperó la memoria me estuvo contando cosas que me dan a pensar que Gabor puede entrar en la mente de las personas y alterar la realidad.

—Por supuesto que lo hace aunque nunca lo haya dejado tan en evidencia como esa vez con esa chica —András los vio a todos con normalidad—. Es la maldad pura con dos piernas, créanme, sé de lo que les hablo. El problema es que nunca antes le descubrimos ninguna de sus obras malditas, hasta que ocurrió lo de tu chica —vio a Garret y después desvió la mirada a Pál de nuevo—. También es comprensible que quiera revivir a la condesa, quiere el poder. Siempre ha querido eso.

—Hay que evitarlo.

—Lo voy a detener, te lo prometo —sentenció András a su abuelo.

—¿Qué hay del poder de Klaudia, el que tiene dormido? Tenemos que saberlo todo —Garret estaba interesado en saber toda la verdad del asunto que trataban ese día.

—El poder de Klaudia es inmensamente grande —sentenció recordando lo que Marian le hizo ver antes de que él mismo le quitara la vida a la bruja—. Es un poder que puede quitar o dar la vida. Klaudia, como portadora de los genes de su madre y de su padre, se divide entre el bien y el mal. Es capaz de manejar ambas fuerzas a su antojo y conveniencia —vio a todos a los ojos con profunda preocupación—. Yo me atrevería a decir que, siendo consciente de su poder, sería hasta más peligrosa que la misma condesa.

—Siento que en cuanto salga de aquí estaré caminando en un campo minado. Ahora debemos cuidarnos de todos.

Todos los demás asintieron con el comentario sarcástico de András.

El policía se puso de pie. Quería ir en ese instante a hacer una búsqueda exhaustiva.

—Como dije, iré tras Klaudia.

—Primero tienes que encargarte de la subasta —Miklos lo vio con cara de pocos amigos.

—Quiero encontrar a Klaudia y quiero que sane —Ronan respondió con seriedad.

—Es lo que todos queremos —Miklos lo vio retador.

La tensión creció en el ambiente.

—Creo que necesitamos hacer las paces —Garret intervino, Pál frunció el ceño tanto como Lorcan, Miklos y el mayordomo, a quien le permitieron estar presente en la reunión. Loretta, le apoyó.

—Por el bien de Klaudia y de la humanidad.

—Nunca pensé que ustedes fueran una familia tan unida. Klaudia me enseñó muchas cosas mientras le di hospedaje en casa —bufó sonriente—, es una guerrera.

—Pál nos ha enseñado a todos a pelear.

—No hay nada mejor que estar colérico y enzarzarse con Klaudia en un combate —Miklos comentó recordando.

—Tú la buscarás en tanto —el policía lo vio con súplica.

—No, yo me voy a España —Miklos vio a Ronan y después a sus hermanos.

Garret y Lorcan lo observaban con confusión.

—Por alguna razón, los ancestros decidieron unir a Úrsula y a Milena Conti —la bruja intervino de nuevo—. Úrsula fue una bruja muy poderosa del pasado y sabemos que si las cosas siguen el curso que deben seguir por naturaleza, yo necesitaré ayuda para restaurar el orden en las especies.

—Miklos, eso quiere decir que... —Garret lo veía con esperanza.

—¡Que estoy hasta el cuello de mierda porque yo no quiero volver con Úrsula! —sentenció este sintiendo que, con aquella confesión, se liberaba de la carga que estuvo soportando en su interior—. Necesito encontrar a Milena y que me escuche y me acepte porque es ella a quien quiero.

—Yo buscaré a Klaudia —Garret se ofreció sin pensárselo.

—No está en la ciudad, no hay rastro de ella; es inútil que nos quedemos buscándola aquí —Miklos empezó a sentirse agotado.

—La vamos a encontrar —aseguró la bruja—, lo importante de esto es que sepamos qué es lo que haremos cuando la encontremos porque, para entonces, ella estará en peores condiciones y no podemos darnos el lujo de improvisar.

—Propongo que hagamos un plan —Ronan los vio a todos con convicción y desespero—. Vamos a asegurarnos de que Klaudia vuelva a nosotros sana y tan especial como siempre ha sido.

Capítulo 17

Cuando Miklos llegó a Soportújar, sintió que se trasladaba al pasado.

Desde que Úrsula murió, la primera vez que murió, no quiso volver a ese lugar porque le huía a los fantasmas y los recuerdos de la época más feliz —y más amarga— de su vida.

Volver allí, sin ella, representaba un tormento.

Y las pocas veces que se encontró con ella, después de su primera muerte, Úrsula se negaba a volver a su tierra.

Decía que no necesitaba pisar la tierra de la gente que le hizo tanto daño.

No la culpaba.

Su propia sangre le impuso la peor maldición para las brujas: reencarnar.

Según le explicó la misma Úrsula, en sus pasadas reencarnaciones, crecía sabiendo lo que tendría que hacer cuando tuviera la independencia en cada nueva vida humana: Ir a encontrarle a él a Venecia.

Hasta entonces, funcionaba bien así.

La sorpresa siempre se la llevaba él cuando un día, Ferenc le decía que Úrsula estaba en el palacio esperándole.

Y entonces vivían una época de amor y pasión, una época bendita para él porque le llenaba de felicidad estar con ella.

Hasta que, la maldición se activaba y entonces, ella moría. Sin más.

Dejaba de respirar y empezaba el verdadero infierno para él en el que se perdía entre la amargura y el alcohol, la rabia, la impotencia y pensaba que la vida sin ella no tenía sentido.

El buen Ferenc le hacía ver que la vida valía la pena de una manera u otra y entonces, un día, deseaba volver a ser Miklos Farkas llevando una gran tristeza en su interior.

Ahora todo era diferente, vio a su alrededor.

Incluso aquel pueblo no tenía nada que ver con el que él recordaba.

Y parecía… desolado.

Frunció el ceño.

Siguió caminando hasta una fuente. Sabía que aquel lugar cargado de historia y magia, ahora era punto de interés turístico.

Contaba con mucha historia sobre las brujas que escaparon del norte y se refugiaron allí, con la esperanza de vivir en paz.

Lo lograron, sin duda, porque la inquisición no llegó a ese sitio que antaño era recóndito.

Vio el reloj que llevaba en la muñeca.

Eran las tres de la madrugada, ladeó la cabeza como entendiendo el por qué todo estaba tan silencioso.

Tan dormido.

La gente estaba en sus horas de sueño y era mejor que él se pusiera en marcha hacia la cueva.

Caminó durante un rato, agradeció que llevara las manos vacías, dejó todo en el auto aparcado en el pueblo.

No sabía con qué iba a encontrarse, esperaba que no fuese nada que le hiciera entrar en un estado de mayor alerta del que ya se encontraba.

Lo de Klaudia, lo de Milena, Úrsula; y su escasa alimentación por esos días, estaban a punto de hacerle comerse un venado aunque la sangre del mismo le cayera peor que tres botellas de *whisky*.

Era mejor eso que comerse a un humano.

Negó con la cabeza.

No.

Ya tenían demasiados problemas con Klaudia y la condesa como para que él se pusiera espontáneo y a merced de su propia oscuridad.

Debía ser racional y controlarse, así se le rompiera en mil pedazos la mandíbula o se quedara sin habla por la sequedad de la garganta.

Olfateó el ambiente y aguzó el oído.

Un animal estaba por la zona, se sintió sisear porque los latidos del corazón del animalito le hicieron agua la boca.

«Control, Miklos».

Y percibió una rama quebrarse bajo la pisada de un humano.

La oscuridad reinaba. Una noche sin luna. Como la noche que vio a Úrsula allí, por primera vez.

La historia parecía repetirse y si era así...

Otro crujir y sintió el olor de la sangre humana invadir sus fosas nasales.

Se giró con rapidez, pero ella fue más ágil por lo que Miklos quedó inmovilizado gracias al poder de la bruja que despertó en Milena.

Ella se rio con sorna de él y lo vio con odio.

Miklos no entendía qué diablos le pasaba.

—Úrsula...

—¡Cállate, infeliz! ¡Cállate! —gritó con rabia, mientras movía la mano y Miklos sentía que se le retorcían los huesos. Arrugó la frente, tendría que aguantar todo—. ¿Por qué me hiciste esto, Miklos?

Miklos parpadeó, la vio con duda.

¿Qué le había hecho? Si él estaba tan consternado con todo lo que estaba pasando, cómo era que ella podía pensar que él le hizo algo malo.

¡Por dios!

La vio a los ojos, tal como hacía en el pasado para poder entenderla desde lo más profundo de su ser y las piezas empezaron a encajar en su cabeza entendiendo el mensaje de Loretta.

Úrsula no estaba reencarnada.

Despertó de golpe...

—No sé cómo pasó —la vio con sinceridad y la bruja empezó a llorar desconsolada.

Miklos se sintió miserable.

Ella, al estar en posesión del cuerpo de Milena, sabía lo que ocurrió entre ellos, las miradas, las palabras y quizá se dio cuenta de que él tenía algo más que un simple interés por la tasadora de arte.

Úrsula rompió la inmovilización y se sentó encima de un tronco seco tapándose el rostro con las manos.

Lloraba desconsolada.

Miklos fue acercándose a ella con acautela. Hasta que la alcanzó para rodearla con sus brazos como solía hacerlo cuando se reencontraban.

La apretó contra sí muy fuerte porque no soportaba la culpaba en su interior.

—Lo siento, Úrsula, lo siento profundamente —la besó

en la coronilla mientras ella descansaba en su pecho, soltando todo lo que tenía acumulado en su interior.

Tenían mucho de qué hablar porque Miklos no quería lastimarla, pero necesitaba a Milena de vuelta.

Abrazó con fuerza a Úrsula, que se ahogaba en llanto dentro del cuerpo de la mujer que amaba en el presente.

Le acarició la espalda con cariño, quería que se calmara.

Se mantuvieron así un buen rato. Observados por la naturaleza y de seguro, por los antepasados de ella que le estarían haciendo ver el error de haber puesto los ojos en él.

«¡Es el demonio!», le gritaba su abuela cuando la descubrió entre sus brazos.

Aquella noche, ocultos en la cueva, Úrsula pensaba que había superado la magia de su predecesora, sin embargo, los ancianos siempre eran los más sabios.

Los descubrió mientras se amaban, mientras él la llenaba de besos y caricias que, hasta hacía muy poco, con solo recordarlas, Miklos enloquecía de deseo.

Ya no.

Bufó decepcionado por lo que le estaba haciendo pasar.

Era tan injusto con ella.

Con ambos, porque ahora, cuando ella podría disfrutar de una vida larga junto a él, él recién dejó que su corazón se fijara en otra.

Úrsula lloró tanto que Miklos no sabía cómo ayudarle a calmarse.

—Por favor, querida, cálmate —acariciaba su cabeza, su espalda y la apretaba con fuerza a él porque aunque no sintiera amor y deseo por ella, la quería de una manera especial y siempre velaría por su bienestar—, te lo suplico.

Ella se zafó de sus brazos. Miklos sintió un aroma acre salir de su cuerpo.

Seguía molesta.

—¿Por qué, Miklos, por qué estoy aquí viendo lo que veo y sintiendo tu rechazo?

Miklos respiró profundo y la vio a los ojos.

—Yo no lo planifiqué, te lo juro.

—Eso ya lo sé —ella se levantó de su asiento, dio unos pasos al frente—. Y miles de veces te he dicho que quiero que seas feliz; aunque no así. Yo no quiero vivir tus besos con ella y ver, a través de sus ojos, cómo la observas con ese halo especial con el que también me viste alguna vez.

—Ay dios, Úrsula —Miklos se puso de pie y la alcanzó para envolverla en un abrazo que la bruja no rechazó.

La abrazó y la estrujó contra sí, otra vez. No podía con la pena que sentía por ella.

—No sientas lástima por mí —le dijo ella apartándose con brusquedad y Miklos se recordó que la bruja le conocía a fondo.

—No lo hago.

—¡No mientas! —gritó llorosa, con desespero.

Miklos prefirió callar manteniéndole la mirada.

—¿Cómo se encuentra ella? —Sabía que era una pregunta que podía representar un peligro, pero él necesitaba que le dijera de Milena.

Úrsula lo vio con furia por un instante.

Luego de soltar una exhalación de hastío levantó los hombros y respondió caprichosa:

—Bien. El cuerpo sanó antes de salir del palacio porque aparecí yo —negó con la cabeza—. De no haber aparecido, habría podido morir. La herida era para matar y sangraba demasiado. ¿Por qué Klaudia la atacó?

Miklos negó con la cabeza,

—Es una historia muy larga, Úrsula; y te prometo que voy

a contártela toda, ahora necesito hablar con ella.

Ella lo vio con una sonrisa entristecida.

Se acercó a él y levantó la mano para acariciarle el rostro.

Miklos la dejó hacer recordando que, en el pasado, ese gesto de ella lo enternecía por completo.

Adoraba sus caricias, su devoción por él.

De pronto la bruja subió los dos brazos y los pasó por el cuello del vampiro.

Aquello despertó instintos no normales en Miklos.

Instintos de los que debía cuidarse.

Sintió el torrente de psique entrando con más fuerza en su sistema.

—Absorbes de ella —Úrsula hablaba sin soltarle, él no se sentía capaz de pedirle que se alejara—. Tienes hambre.

Miklos no respondió.

—Cuidaré de ella mientras te alimentas con su sangre —ella se soltó y sacó una daga que Miklos reconoció al momento. Le había pertenecido a Úrsula y la última vez que la vio, fue la noche en la que las ánimas salieron de la cueva y se llevaron su cuerpo.

Miklos se adelantó a su movimiento, le quitó la daga de las manos.

—No.

Ella lo vio retadora al principio y compasiva después porque entendió su petición.

—Quieres el permiso de ella.

—Solo quiero hablar con ella. Estoy bien ahora sin sangre.

—No, no lo estás.

—No represento un peligro para nadie si no soy provocado.

Miklos sintió que la mandíbula se le tensó porque Úrsula le estaba provocando con su terquedad.

Hubo un silencio tenso entre ellos.

Después, Úrsula se desinfló y volvió a sentarse en el tronco.

—Nunca habría querido volver aquí.

—Lo sé, lo hablamos muchas veces. ¿Cómo despertaste?

Ella subió la mirada para verle.

Miklos prefirió sentarse a su lado.

—Fue muy violento, Miklos. La situación con Klaudia fue... —Miklos le tomó la mano y se la acarició con cariño, ella se lo permitió—, fue horrible. Klaudia parecía un demonio. De los de verdad. Nunca había visto a uno de ustedes con ese comportamiento tan hostil y despiadado.

Miklos sintió preocupación de nuevo por su prima.

Úrsula querría explicaciones de eso y se las daría luego.

Necesitaba saber más del momento en el que Milena quedó inconsciente y Úrsula tomó el control.

—Si tú no hubieses llegado, ella la hubiese matado.

—Lo sé —la observó aterrado—. No recordemos eso porque me duele tanto como las veces que te perdí a ti en el pasado.

Ella le sonrió con ternura y vio en su mirada el brillo del recuerdo.

—En el ataque de Klaudia, Milena dejó libre una vía para yo acceder y bueno —levantó las cejas volviendo los ojos al cielo—, los ancestros decidieron que debía regresar. ¿Por qué así?

—Porque te necesitan para ayudar a las brujas aliadas.

Ella frunció el ceño.

—¿Las brujas aliadas no son suficiente?

Miklos negó con la cabeza.

—Me sorprende que no te hayan puesto sobre aviso.

—Creo que no se esperaban la reacción de Klaudia, Miklos. Si esto es como me lo estás diciendo, habrán pensado que podrían tener más tiempo para devolverme a la vida. Pero el destino...

—Siempre obra a su antojo.

Ella asintió convencida.

—¿Estás poseyendo a Milena?

—Sí, pero solo porque ella perdió el control y no me pareció buena idea dejarnos expuestas en ningún lado hasta entenderlo todo. Por ello vine aquí y por eso llegaste a encontrarnos —hizo una pausa—. Tras el ataque de Klaudia le ordenaste que saliera de su radio de visión y ella corrió aterrada —se abrazó a sí misma—, corrió por el palacio hasta tu apartamento. En cuanto abrió la puerta y yo vi a través de sus ojos nuestro rincón especial, entendí que ya no era una forma etérea y que estaba dentro de ella.

—¿Me visitabas como fantasma? —él la vio con un halo de diversión.

—Siempre que podía —Úrsula le sonrió con picardía—. Me gustaba verte en el salón, sobre el sofá, imaginando que yo volvía en cualquier momento. Me sentaba en el suelo, junto a ti y te ayudaba a dormir.

Miklos sintió una gran tristeza de saber que la tuvo tan cerca y nunca fue capaz de percibir su presencia ninguna de esas veces.

—El cuerpo de Milena estaba a punto de entrar en shock por el trauma de lo vivido y por la pérdida de sangre. Al tomar consciencia de que estaba en ella, le ayudé a sanar. Y le canté para que siguiera durmiendo. Lo necesita, Miklos. Esa chica está inmensamente aterrada.

—No es para menos.

Úrsula asintió una vez entendiendo la situación.

—Sigues tan guapo como la última vez que nos vimos —le hizo un guiño, Miklos sonrió de lado con vergüenza. Úrsula siempre conseguía hacerle sentir así con sus cumplidos—; y tan caballero como siempre.

Le tomó de las manos.

Se vieron a los ojos durante un rato. Ella le estudiaba. Miklos se lo permitió todo el tiempo que quiso porque se lo debía.

—¿Recuerdas la primera vez que nos vimos?

Miklos bufó sonriendo.

—Fue lo primero que pensé al entrar al pueblo. Era una noche como la de hoy y estabas cerca de la cueva bailando desnuda bajo el poder del hechizo que hacías.

—¡Qué vergüenza pasé!

Ambos rieron.

—Nunca me temiste a pesar de que pudiste sentir mi oscuridad.

—Si hubieses querido lastimarme, habrías podido hacerlo en el trance en el que me encontraste y podrías haberte aprovechado de mil maneras, pero no lo hiciste.

—Te admiré de pies a cabeza; eras hermosa y me cautivaste con tu danza, tus movimientos, tu libertad.

Ahora fue él quien le acarició el rostro a ella y la chica atrapó su mano con las propias ladeando la cabeza.

Otro gesto que Miklos adoraba en ella.

En la Úrsula que conoció la primera vez.

—Vivimos poco.

—No hay porqué recordar los momentos malos que pasamos aquí.

—Quiero hacerlo porque creo que esta es una especie de despedida entre nosotros —Miklos sintió que el pecho se le llenaba de aire con una asquerosa presión que le recordaba a esos instantes de horror cuando la perdió en el pasado—. No sé ni siquiera cómo llegue aquí, y creo que los mismos ancestros me alejaron de todos para poder procesar lo que está dentro de ella y entender que, nuestra historia, se acabó.

Miklos tragó grueso mientras ella intentaba verse fuerte.

—¿Cómo va a funcionar esto? Porque no puedes salir de ella.

—No, supongo que saldré solo cuando los ancestros así lo quieran. También tendré que salir a esta superficie en la que me encuentro ahora, cuando así lo decidan. Nunca he dejado de estar a merced de ellos —lo vio con cansancio—. En tanto, creo que permaneceré en algún rincón en su interior. Puedo vivir en mi propio mundo mientras ella esté en la superficie, contigo —lo vio con tristeza.

Se abrazaron con fuerza.

Era todo tan extraño.

Tanta veces que soñó con recuperar a Úrsula por completo y ahora que podía tenerla, ambos parecían entender que la historia de amor de ellos iba a quedar en el pasado, para siempre.

La besó en la coronilla y la sintió sollozar.

—Nunca creí que nos separaríamos así.

—Siempre esperaste tener descanso eterno —le dijo con dulzura recordando las pocas veces que ella, aun siendo feliz de reencontrarle, le dejaba ver su agotamiento por no poder darle descanso a su cuerpo etéreo como merecía porque no hizo nada malo, solo cayó presa del amor con el hombre que, según los suyos, era el equivocado.

—Sabía que lo habías notado. Nunca pude engañarte —sonrió a medias y se abrazó a él con más fuerza, haciendo que Miklos le respondiera de la misma manera. Suspiró con nostalgia—. Tal vez, si hago las cosas como me lo piden, esta vez podría descansar finalmente.

Miklos sintió un vacío extraño con una mezcla de miedo y tranquilidad.

Era extraño sentir amabas cosas cuando sabía que su amor ya no estaba con Úrsula. Quizá le daba miedo pensar que no volvería a verla más por estar sumergidos en un círculo vicioso y negativo que los mantuvo atados tanto tiempo.

Y entonces, la tranquilidad abrazó a ese temor diciéndole que todo tomaría el curso que tuvo que tomar hacía siglos, el orden natural de la vida y la muerte, para ella, estaría restaurado y eso a él le daba una gran tranquilad.

Ella estaría bien y feliz.

—¿Cómo piensas arreglar las cosas con ella? —Se apartó de Miklos un poco para verle a los ojos—. Puedo ayudarte haciéndole ver lo bueno que eres y… —escudriñó más en su mirada—… el enorme sentimiento que sientes por ella.

Él negó con la cabeza.

—No. Tú ya has tenido que soportar demasiado por mi culpa. Ahora, dedícate a entender cuál es tu posición en todo este asunto con Klaudia, espera las señales y haz todo lo que esté a tu alcance para que puedas descansar cuando todo acabe.

Le envolvió el rostro con las manos y la vio.

Era el delicado rostro de Milena, con ojeras y mucho cansancio; pero el brillo de la mirada, era de su adorada Úrsula.

—Vas a tener que luchar por ella, Miklos; porque cuando despierte, querrá ir a casa y…

Miklos sonrió de lado, se agachó para darle un beso a Úrsula en los labios.

Un beso delicado, suave, bañado de cariño y comprensión.

Después, pegó su frente a la de ella sin dejar de acunarle el rostro.

—No te angusties por ella y por mí, te lo suplico. Ya has sufrido demasiado por mi culpa. Solo quiero saber ¿cuándo va a despertar? ¿Cuánto tiempo tengo para explicarle las cosas?

Úrsula se quedó en silencio y lo vio con ternura.

—No lo sé. Me temo que despertará aterrada... tal vez ni siquiera recuerde lo ocurrido. No soy capaz de ver en su interior en este momento; no el futuro, solo el recuerdo de lo que ya vivió.

Miklos se sintió confundido y devastado.

Aquello no le ayudaba en nada.

—Regresará cuando yo lo decida y no despertará de inmediato, pero lo mejor es que cuando lo haga, esté en un entorno seguro para ella.

Miklos entendió lo que le pedía Úrsula.

—La llevaré a casa.

—Hazlo y déjala reaccionar con calma. No te apresures en explicarle cosas hasta que ella te lo pida. No la acorrales.

—No lo haré. Tienes mi palabra.

—Deja de dar tu palabra de honor para todo, que de no haberlo hecho con ella, al menos ya tendrías asegurado un paso y ella no tendría la fortaleza de abandonarte. Tal como yo lo viví.

Miklos le sonrió de lado.

Ella se acercó de nuevo, se colocó en puntillas y repitió el beso que él le diera antes.

—No puedo decir que me da gusto haberte visto en estas condiciones porque te mentiría —susurró después mientras le abrazaba—; sin embargo, parece que ambos necesitábamos romper con este ciclo de sufrimiento que nos mantenía atados el uno al otro y ahora, podremos evolucionar. Yo te seguiré amando siempre, Miklos —el vampiro hizo el intento de hablar pero ella se zafó de sus brazos y empezó a caminar en dirección al pueblo—. Vamos a Florencia. Vamos a llevar a Milena a casa.

Capítulo 18

Para Miklos, visitar Florencia siempre era un gran placer, aunque en días como ese, reinara en él la tristeza, la zozobra y los nervios porque no sabía qué le iba a deparar el futuro con Milena.

Desde tiempos remotos, desde la época en la que Miklos conoció a Margherita Benedetta de Medici, la última mujer de los Medici; hija del gran duque de Toscana y la princesa Maria Benedetta de Orleans; desde entonces, Florencia le parecía una joya.

«Una mujer guapa para su época y muy perspicaz», recordó Miklos sonriendo.

La conoció antes de que esta contrajera nupcias con un alemán de la dinastía Wittlesbach.

Rebuscó en su cabeza el nombre del hombre, no era capaz de recordarlo.

A veces, le ocurría que su mente no era capaz de almacenar los nombres de todas las personas a las que había conocido a lo largo de su existencia.

Respiró profundo y se permitió relajarse un poco mientras admiraba el jardín de la propiedad de Salvatore Ricci.

Le llamó en cuanto tocó tierra en Florencia, porque estuvo pensando durante el vuelo y junto a Úrsula, que no podía dejar a Milena en su casa, teniendo en cuenta que no llevaba sus cosas encima, estaba en un estado físico de agotamiento absoluto y no sabían con exactitud cuánto de lo ocurrido recordaría al despertar.

Estaba en shock y bien podía haberlo olvidado todo, o bien recordaba cada momento del ataque de Klaudia y en ese caso, Miklos no podía dejarla en ningún otro lugar hasta cerciorarse de que ella no iba a delatarlos como los depredadores que eran ante otros humanos.

Si ella despertaba y no conseguía convencerla de que no iba a ocurrirle algo así nunca más y no conseguía conquistarla, entonces tendería que seguir las reglas de la sociedad; buscaría ayuda con Loretta o con cualquiera de las brujas para que le hicieran olvidar esa parte de su vida.

Úrsula le dijo que si eso llegaba a ocurrir, ella estaría a salvo, que limpiara la mente de Milena sin pensar en que a ella, allí en el rincón en el que estuviese a la espera de actuar, podría pasarle algo.

Por ello no se le ocurrió mejor idea que llegara a casa de un amigo en el que confiaba para poder llevar a cabo tan importante tarea y poder tener con quien hablar mientras avanzaban —o no— las cosas con Milena.

Además, sabía que ella confiaba en Salvatore y se sentiría protegida estando allí.

—Nunca pensé que te vería así de cauteloso, compañero —Salvatore lo tomó por sorpresa acercándose a él en la terraza.

Estuvo tan sumergido en sus pensamientos que ni cuenta

se dio de la llegada de este a la mansión.

Cuando Miklos le llamó, Salvatore dispuso todo de inmediato para que llegaran a esa casa que el vampiro conocía de sobra gracias al pasado.

Una villa del siglo XVI clásica y elegante que se alzaba entre las primeras colinas alrededor de Florencia.

Era una propiedad que Salvatore usaba cuando quería deslumbrar a sus amigos y hacer fiestas inolvidables.

No vivía allí, era un hombre de ciudad y se mantenía en su *pent-house* de lujo en el corazón del centro histórico de Florencia.

Miklos se levantó, le estrechó la mano para luego responder al abrazo amistoso que Salvatore quiso darle.

Salvatore sabía de la espacie, asistía a las fiestas de las máscaras y era un hombre en el que se podía confiar siempre.

Era discreto, tenía poder y además amor por el arte.

Los Medici y los Farkas siempre estuvieron bien ligados debido a la participación de estos en la iglesia católica.

Los Medici que llegaron a ser Papas, siempre supieron de la existencia de los Farkas y de otros más que también pertenecían a la iglesia que fueron convertidos gracias al hombre de la Santa Sede al que Lorcan, en su época de Verdugo, convirtió accidentalmente.

—¿Cómo se encuentra? —preguntó Salvatore sirviendo dos vasos con *whisky*.

—No ha despertado aun.

—¿Qué fue lo que ocurrió, Miklos? Porque necesitaré darle una respuesta a su familia si llaman al Museo.

Miklos le contó todo lo ocurrido con Klaudia.

Salvatore se bebió todo el líquido del vaso y se sirvió más.

Miraba con espanto a Miklos.

—¿Qué ocurre con Klaudia?

—Algo de lo que no puedo hablar. Es un asunto de la Sociedad.

Salvatore lo vio con furia, no porque no le contara lo que ocurría con su prima si no porque estaba muy preocupado por Milena y Miklos sabía, por los olores que destilaba su amigo, que sentía impotencia por haberla puesto en peligro.

—Te juro que Klaudia no estaba consciente de lo que hacía. No lo hizo queriendo.

—Eso no justifica que yo haya enviado a Milena a la boca del lobo.

—Sabes que seríamos incapaces de hacerle daño —Miklos se inclinó hacia adelante, apoyando los codos en las rodillas—. Lo sabes, ¿no?

Salvatore entró en razón, como siempre y asintió aun teniendo la boca tan fruncida como el ceño.

—¿Qué tan herida está?

Miklos respiró profundo y ahora fue él quien apuró el contenido de su vaso para luego servirse más.

Después, le contó todo lo que ocurrió con Úrsula y le explicó que, ahora, Milena la llevaría en su interior el tiempo que fuera necesario debido a lo que acontecía con Klaudia y la Sociedad.

Salvatore no lograba salir de su asombro.

No había tenido la oportunidad de conocer a Úrsula, sin embargo, sabía quién era porque Miklos alguna vez se lo confesó.

—¿Te interesa Milena?

—Más de lo que yo mismo tengo capacidad para procesar.

—Es una buena chica, Miklos. Tiene una vida aquí.

—En la que, claramente, no está siendo feliz —sentenció Miklos dejando aflorar sus celos. Salvatore lo estudió a consciencia.

—Eso no lo sabes. Tendría que decírtelo ella misma.

—Lo hará y respetaré todo lo que diga.

—¿Y le borrarás la memoria también de ser necesario?

—No tengo más opciones. Puedo vivir sabiendo que me odia y que no quiere nada conmigo, pero no puedo dejar que exponga a toda la especie.

Salvatore lo vio con compasión.

—¿Por qué no buscas mujeres con una vida más simple?

Miklos apenas esbozó una sonrisa a su amigo, intentaba restarle importancia al momento y buscar que ambos se relajasen un poco.

—Me gustan los retos, Salvatore. Siempre me han gustado y uno atrae lo que le gusta.

—Es verdad —lo vio con suspicacia—; ¿tu alimento?

—Vendrá luego. Cada día, durante un rato, estaré con alguien de la compañía para saciar mi sed.

—Es lo mejor que puedes hacer. Esta es tu casa y hay habitaciones suficientes para que tu fuente permanezca aquí —Miklos asintió en agradecimiento, lo había pensado también y se lo iba a consultar. Mientras menos riesgos corrieran, mejor. Salvatore suspiró y lo vio con curiosidad—. ¿Tienes un plan con ella?

Miklos negó con absoluta preocupación.

—Vamos a pensar en algo, la conozco y sé cómo podemos llegar a su buen juicio.

Por fin, aparecía un rayo de luz entre tanta oscuridad para Miklos.

Esperaba poder mantenerlo y que todo saliera bien con ella.

***

Milena abrió los ojos con pesadez.

Se sentía aturdida y cansada.

Se frotó los ojos con las manos para luego intentar hacer parpadeos normales y no como si tuviera tres kilos de cemento en cada párpado.

Sentía los ojos hinchados, el cuerpo pesado, la cabeza lejana.

¿En dónde estaba?

Vio a su al rededor, no reconocía la habitación de nada.

Frunció el ceño y como pudo, se levantó de la cama.

Parecía que llevaba meses durmiendo y que, debido a eso, los músculos no le respondían como debían hacerlo.

Dando tumbos, llegó a la ventana, corrió un poco las pesadas y elegantes cortinas que impedían el paso de luz.

La vista la maravilló, inyectándole un poco de energía.

Esas montañas, ese verdor… estaba en casa.

Abrió la alargada ventana e hizo una inspiración profunda.

Sí, estaba en casa.

Es decir, sabía que era la tierra que tanto del gustaba. En la que creció, vivió y viviría siempre.

Frunció el ceño de nuevo y se preguntó cómo era que llegó a ese lugar, porque no era su casa.

Bajó la mirada y se dio cuenta de que estaba vestida con un cómodo pijama de algodón. Se dio la vuelta e inspeccionó toda la habitación.

Una decoración moderna, simple y elegante en un ambiente que contrastaba porque se notaba que la construcción de aquella villa en la que se encontraba era antigua.

Repasó en su cabeza las villas de Florencia, deteniéndose en la tercera que visualizó.

Una villa del siglo XVI muy bien conservada aun en la actualidad, la villa incautada después de la conspiración contra dos de los Medici.

Abrió los ojos.

Estaba en una propiedad de Salvatore.

Y de nuevo…

¿Cómo llegó allí si ella estaba en Venecia con los Farkas y era de noche…?

Sacudió la cabeza…

No, era de madrugada, y ella estaba en la terraza que más le gustaba del palacio admirando el ambiente.

Iba a amanecer, ella quería ver salir la luz del sol.

En su visión, observó sus manos, su anillo no estaba y recordó que había tomado una decisión importante al respecto.

Sintió un vacío en el estómago en la actualidad porque sabía que esa decisión era a causa de lo que sentía por Miklos.

Sus manos estaban vacías.

¿Habría arreglado las cosas con Gennaro?

Se sintió tan agobiada…

Cerró los ojos para hacer el recorrido mental del pasado mientras permanecía de pie en el medio de la habitación.

Ahí estaba… en la terraza, cuando escuchó algo…

Buscó a su alrededor porque no conseguía entender qué fue lo que escuchó.

Se concentró aún más.

Ah sí, ya lo recordaba: susurros que le pusieron la carne de gallina, antes y ahora.

Continuó recordando, caminando, siguiendo los susurros hasta que algo la rozó y…

Quiso abrir los ojos y no pudo.

Su cerebro le obligó a seguir adelante porque necesitaba ver más.

Se frotó las manos mientras sentía que la respiración,

tanto en su recorrido virtual como en la realidad, empezaba a agitarse y escuchó más cosas.

Susurros, pero también, algún balbuceo.

Vio la puerta del apartamento de Klaudia y supo no estaría cerrado con llave.

Klaudia parecía presa de una pesadilla.

Milena la escuchó intentar dar gritos, por lo que no se lo pensó dos veces para acceder al apartamento y ayudarla.

—Klaudia —la llamó en su mente... y en la realidad.

Parecía que lo vivía todo nuevo.

Su corazón se aceleró a una velocidad que no sabía que fuera posible porque intuía que lo que ocurriría a continuación, la iba a aterrorizar.

Lo siguiente que vio, fue los ojos de Klaudia abrirse y observarla con una expresión que la paralizó.

No tuvo tiempo de reacción porque la mujer la tomó del cuello y la estampó contra el suelo en un movimiento que parecía salido de una película de ficción...

«O de terror...», pensó en cuanto vio que Klaudia abría la boca y enterraba los dientes directo en su cuello.

Milena se vio gritar presa del pánico tanto en su recorrido virtual como en la vida real.

Gritó y gritó mientras duró el ataque de Klaudia que dolía como el infierno.

Enterraba cada uno de sus dientes en su cuello y succionaba.

La succión, podía sentirla en su interior todavía.

Como la mujer le arrebata su fluido vital.

Tembló en la visión y en la realidad.

Y el corazón bombeaba con fuerza por el miedo.

Luchó, no pudo con la mujer.

De pronto, un movimiento de su atacante le permitió correr y lo hizo, débil, mareada... atontada...

Pero ella...

Volvió a gritar con tanta fuerza que pensaba se iba a desvanecer, quería abrir los ojos.

Quería sentirse a salvo y entonces lo vio a él.

Miklos.

«—Sal de aquí».

Ella no podía moverse y sintió un pitido en los oídos, sentía también la sangre correrle por el cuello y...

—¡Milena! —ella se sintió presa del pánico de su visión porque pensó en que podría ser Klaudia forcejeó, se retorció cuanto pudo; quien la retenía era fuerte y no pensaba dejarla ir.

Pidió ayuda a gritos hasta que empezó a llorar porque sentía que se desvanecía.

Todo se volvía negro, oscuro como la noche.

No era de noche; se obligaba a mantenerse despierta.

En casa era de día y...

***

Cuando volvió a abrir los ojos, se vio acostada en la cama con alguien a su lado.

Aterrorizada, se removió entre las sábanas para correr por su vida porque no entendía nada de lo que le estaba pasando.

Cuando apenas se estabilizaba de nuevo sobre sus piernas, Miklos la tomó del brazo haciendo que perdiera el equilibrio y cayera sentada en la cama.

Estaba tan confundida.

Se llevó la mano al cuello, se revisó el cuerpo.

Estaba todo en orden y no estaba herida.

Se sentía tan cansada.

Lo vio, confundida; y él la observaba con preocupación.

—¿Qué me ocurre? ¿Por qué estamos aquí? —veía la cama, sin comprender.

—Milena…

—Espera —cerró los ojos y recordó lo vivido un rato antes en sus sueños.

Abrió los ojos con espanto.

Se levantó con prisa de la cama y se apartó de Miklos. Lo veía con el ceño fruncido, llena de dudas, de cosas en las que no quería pensar porque le causaban terror y dolor a partes iguales.

—Tenemos que hablar.

Milena abrió los ojos con espanto y Miklos corrió ante ella. Ella no quería tenerlo cerca porque le temía.

—Aléjate —puso las manos al frente y escuchó su voz temblorosa mientras daba un paso atrás que le hizo chocar contra la pared, recordando el segundo ataque de Klaudia.

—Te juro que no voy a lastimarte.

—¡Aléjate! —gritó llena de temor, pudo ver cómo la mirada de él se entristecía y preocupaba—. ¿En dónde estamos?

Miklos se dio la vuelta, caminó en silencio y se sentó en el punto más alejado de la habitación.

Ella lo siguió con la mirada en cada movimiento, pensó en tomar algo para defenderse pero estaba tan paralizada como cuando Klaudia la atacó.

Miklos se sentó en un sillón cercano a una ventana y a una puerta ¿sería esa la salida?

Buscó a su al rededor y vio dos puertas más.

Miklos la vio con ternura.

—Milena, te prometo que estás a salvo conmigo. Si deseas marcharte, puedes hacerlo —señaló la puerta más cercana a ella. Prefirió no intentar moverse porque tenía miedo de caer y quedar vulnerable. Más vulnerable—. Estamos en una de las propiedades de los Medici.

Por muy loco y absurdo que pareciera en ese momento, Milena se sintió orgullosa de haber reconocido la propiedad.

—¿Qué hacemos aquí?

—¿Qué recuerdas?

Milena se llevó la mano al cuello y sintió las lágrimas correr por sus mejillas.

Temblaba. Estaba angustiada.

No sabía qué le iba a pasar.

Lo vio a los ojos. Él le respondió con tanta compasión que Milena no pudo resistirse.

—Ayúdame, Miklos, ¿qué me pasa?

Miklos, en dos zancadas, estuvo ante ella y la apretujó cuanto pudo contra sí.

Ella se lo agradeció aunque aún estaba paralizada del miedo, los brazos de él le brindaban consuelo y seguridad.

Confiaba en él, en su palabra.

Sentía que, de verdad, Miklos no iba a…

—¿Eres como Klaudia? —preguntó separándose de él y Miklos la vio con determinación. No le hizo falta que le dijera nada con palabras, parecía que podía leerle la mirada.

La abrazó de nuevo, le dio un beso en la coronilla mientras ella buscaba la forma de aflojar la tensión en su cuerpo.

—Sí, Milena. Lo soy y quiero contarte todo, explicarte todo; pero primero tienes que descansar, comer y sentirte segura conmigo. No voy a lastimarte de ninguna manera.

Ella se separó de él sorprendiéndose de que pudiera moverse un poco, lo vio de nuevo a los ojos.

—No tengo hambre. Solo quiero saber… —negó con la cabeza—… quiero entender. Lo necesito.

Miklos asintió y la tomó de la mano.

—Vamos a sentarnos —caminaron hasta los sillones que

se encontraban en la habitación—. ¿De verdad no quieres pedir comida primero o darte una ducha?

Milena negó con la cabeza mientras se sentaba, alejada de él.

Ambos tomaron aire para hablar al mismo tiempo.

Milena se cortó.

—No te guardes nada de lo que quieras saber.

Ella asintió y se vio las manos.

Miró a su alrededor.

—¿Desde hace cuánto tiempo estamos aquí?

—Un par de días —Se vieron a los ojos, ella no pudo evitar dejar salir el terror que le hacía recordar a Klaudia—. ¿Quieres saber de Klaudia?

Milena asintió.

—No sabemos en dónde está. Después de que te atacara, tuvimos una batalla que de no haber sido porque escapó, no sé qué habría sido capaz de hacerle —suspiró con preocupación—; o de hacerme ella a mí, porque Klaudia nunca me había atacado de esa manera.

Milena se llevó la mano al cuello recordando cuando Klaudia le clavó los dientes.

Hizo una mueca de dolor y de desagrado.

—Tengo en mis oídos el sonido de sus dientes traspasándome la carne.

Miklos la vio con vergüenza.

—Nunca imaginé que ella pudiera llegar tan lejos.

—Quizá yo la provoqué. Entré en su apartamento y...

Miklos frunció el ceño.

—Pensé que ella te atacó en el corredor y te llevó a su apartamento.

Milena negó con la cabeza y después de un rato, le explicó a Miklos todo lo ocurrido.

—¿Por qué no me dijiste que eras un vampiro cuando hablamos de ese tema?

Miklos bufó, dejando ver una sonrisa irónica.

—¿Crees que hubieses podido aceptarlo antes de llamarme «loco»?

Milena levantó el hombro para indicar «tal vez» y Miklos sonrió aún más.

—Tal vez, la loca eres tú.

—De haberlo sabido, quizá Klaudia no me habría...
—Miklos levantó la mano y cerró los ojos.

Milena entendió el mensaje.

—Es muy difícil de entender lo que ocurre con Klaudia, no es algo que se pueda solucionar «enterándose» de nuestra naturaleza.

—Me habría ido del palacio, Miklos. No estoy loca y tampoco soy estúpida. No te habría creído, es verdad y hubiese pensado que estás loco, es verdad, pero todo eso me habría ayudado a salir con prisas de allí y evitar vivir lo que viví.

Milena observó el cambio en Miklos.

—Ya sabes lo que soy y aun no huyes.

Ella se quedó sin respuestas.

No las tenía. O sí, pero no quería mezclar sentimientos en ese momento.

—¿Qué ocurrió después del ataque y cómo es que sobreviví? Porque creo que la sangre salía a borbotones.

—Magia.

Milena levantó las cejas sorprendida.

—Ahora vas a decirme que hay brujas.

—Y lobos —señaló hacia uno de los ventanales. Milena no pudo evitar la curiosidad; al llegar a la ventana, vio en la lejanía, dentro del jardín de la propiedad, a un par de lobos que parecían vigilarle.

Se volvió hacia Miklos.

—La historia es larga.

—Tengo tiempo ahora. Luego, regresaré a casa.

Miklos sintió como si le hubiesen dado una patada en el estómago.

Y ella pudo apreciar la desilusión en su mirada.

—¿Me lo vas a contar o no?

Miklos asintió y empezó a contarle todo lo que Úrsula le dijo que ocurrió tras el ataque.

Milena lo veía absorta.

No podía creerse lo que le decía Miklos, parecía todo una historia de esas que le encantaba leer en los libros de ficción.

—¿Y ella está dentro de mí? —Miklos asintió—. Es decir, que es como cuando un espíritu posee a un cuerpo.

Miklos asintió de nuevo.

—Pero no va a lastimarte ni dañarte emocionalmente.

—¿Y ella es la mujer de la que siempre estuviste enamorado?

Miklos asintió sin dejar de verla a los ojos.

Milena suspiró. Miklos le llenó de información que necesitaba procesar.

—¿Dices que estuve en España?

—Allí te encontré.

—¿Y cómo llegué allí?

—No sabría explicarte, supongo que la magia y Úrsula tendrán mucho que ver.

Milena se agarró la cabeza.

—¿Y mi familia?

—Salvatore les informó que estabas bien, que sufriste un percance con tu teléfono y que tuviste que salir del país por unos días. Tu madre no estaba contenta con la explicación.

—Tendré que llamar a casa y hablar con ella para calmarla.

—Primero, habla con Salvatore —Miklos se puso de pie.

Milena se sorprendió cuando sintió la ansiedad creciente en ella tras ver las intenciones de él de marcharse.

Era lo mejor para ambos, pensaba su lado racional; mientras que, el lado irracional no hacía más que gritar con desespero «¡auxilio!» para que él no la dejara nunca más.

Él no sabía cómo proceder y ella notó que le costaba dar el paso hacia la salida.

Miklos metió las manos en los bolsillos de su pantalón y, finalmente, la observó con pesar.

Ella sintió su corazón resquebrajarse.

—Voy a dejarte. Necesitas espacio y... —tomó aire, luego le sonrió de lado manteniendo la misma mirada melancólica—... creo que no soy la persona más apta para estar contigo ahora. Una parte de ti me teme. Puedo sentirlo.

Milena se sintió descubierta.

—¿Puedes saberlo? —Él asintió, formando una línea con sus labios—. Lo siento, Miklos, yo...

—No hay nada de lo que debas disculparte, es absolutamente normal que te sientas así. Agradezco que hayamos tenido esta conversación y... —su mirada cambió, la observó con profundidad, con deseo, con... ¿amor? Milena sintió su corazón resquebrajarse más—... me quedaré en un hotel de la ciudad por unos días, Salvatore sabe en dónde estaré. Si crees que debemos aclarar las cosas entre nosotros, si crees que debemos darnos una oportunidad, te estaré esperando.

La vibración en su voz causó una revolución en todo su sistema masacrando a su lado racional, permitiendo que el irracional levantara la voz y se apoderara de todo su cuerpo aceptando que, Miklos Farkas, era el hombre que ella deseaba.

Capítulo 19

Los primeros días en los que Milena regresó a casa, fueron un infierno.
Su madre estaba insoportable con el tema de que se hubiese desaparecido por unos días y de que, de allí en adelante, ella solo debía pensar en la boda.

Lo último en lo que ella quería pensar era en eso.

Habló por teléfono con Gennaro y agradeció que él, como siempre, se tomara su desconexión del mundo como parte de su trabajo.

No se detuvo a preguntarle nada que le hiciera pensar a ella que existía desconfianza y mucho menos, control entre ellos.

Gennaro era el hombre ideal.

«Hasta que apareció Miklos, Milena», se dijo a sí misma, notando el vacío en la boca del estómago que aparecía cada vez que pensaba en Miklos y la última vez que se vieron en casa de Salvatore.

Ese mismo día, Milena mantuvo una conversación con Salvatore antes de que este le enviara a casa en uno de sus vehículos.

—Miklos es el caballero más honorable que he conocido en mi vida, y mis ancestros, Milena, todos ellos, hablaban de Miklos y de todos los Farkas de la mejor manera. Una familia intachable.

La ansiedad la comía por dentro cuando pensaba en su conversación con Salvatore porque él le contó cosas que estaban escritas en los diarios de la familia Medici y que mencionaban a los Farkas.

Una parte de ella se moría de ganas por leerlos, Salvatore se los puso a la orden.

Claro, estaba la otra parte de ella que se moría, también, pero del terror, de pensar en que Klaudia casi la mata y que Miklos, era igual que Klaudia.

Salvatore le aseguró que lo de Klaudia era algo que nunca antes vio en esa familia y que se encargarían de ella y harían todo lo posible por volverla a su estado original.

Milena no estaba tan segura de eso.

—¿A dónde vas?

—Al Museo, madre —necesitaba trabajar.

—Milena Conti, necesitas encargarte de tu boda —Milena se escondió las manos—. La madre de Gennaro vendrá a casa en una hora para que acordemos la cita con la pastelería y el catering.

Milena sintió que se le retorcía el estómago porque, antes de que ocurriera todo lo de Klaudia, ella había tomado una decisión que pensaba mantener debido a la obviedad de sus sentimientos hacia Gennaro.

No podía casarse con él.

No sería justo para nadie.

—Tendrá que ser en otra ocasión porque...

—¡Estoy cansada de que quieras llevar una vida emancipada cuando tu lugar está en casa, cuidando de la familia y de tú futuro marido! —Su madre levantó la voz con ímpetu y Milena, tal como siempre ocurría cuando pasaban estas cosas, agachó la cabeza para mostrarse sumisa y arrepentida aunque, en esta ocasión, le estuviese hirviendo la sangre porque se negaba a que su madre le hablara de esa manera de nuevo.

«Sigue a tu corazón, Milena» una voz; no, un susurro que procedía de su cabeza le hizo levantar la mirada y ver a su madre que la observaba consternada.

—¿Crees que Gennaro va a aguantar todas tus tonterías de mujer emancipada? ¡Compórtate como una mujer bien criada y vuelve al camino de Dios!

Sintió el hervor de nuevo: «Solo sigue a tu corazón».

Aquella voz, débil y lejana no era producto de su imaginación.

«¿Úrsula?».

«Yo sentí lo mismo en el pasado», se le puso la carne de gallina con la respuesta de la otra mujer que ahora habitaba en ella.

Se daba cuenta de que su madre seguía hablando pero Milena solo conseguía concentrarse en la voz de Úrsula:

«Tus emociones, las reconozco. No dejes que te dominen y sigue a tu corazón, así no te quedes con Miklos».

La voz en su cabeza se desvaneció. Ella volvió al presente con su madre que abría y cerraba los brazos con histeria mientras caminaba por el salón como león enjaulado.

—Vas a tu habitación, te pones un vestido decente y bajas.

—Lo siento, madre —sacó las manos de donde las tenía escondidas, notó que su madre las estudió dándose cuenta de lo que faltaba.

Prefirió no darle la oportunidad de preguntar nada más.

Se dio media vuelta y salió sintiendo que traicionaba a su madre y a toda su familia.

Sabía que le causaría dolor a Gennaro pero era un hombre racional y entendería su posición, además, se repondría pronto porque era fuerte y estaba segura de que conseguiría el verdadero amor en los brazos de una mujer que le correspondiera de igual manera.

Ella ya no sentía nada por él.

Su corazón… estaba con Miklos.

***

Miklos llevaba unos días de mierda.

Tenía la vida convertida en un sinsentido en la que solo valía la pena hundirse en una botella de alcohol e intentar ahogarse con ellas.

El no saber nada de Milena lo estaba enloqueciendo.

Sabía de ella porque Salvatore le informaba cómo se encontraba y algunos cambios que veía en la chica.

Desde que hablaran aquel día en casa de Salvatore, él no la volvió a ver y mucho temía que no volvería a verla nunca más.

Ella no se sintió segura a su lado ese día por lo que prefirió apartarse y darle espacio para pensar y analizar sus emociones.

Un tiempo que él pensaba podría aprovechar para analizar todo lo que ocurrió en esos días pero, de vuelta al alcohol, no le quedaba mucho tiempo útil para pensar.

Su móvil sonó.

—Pál.

—¿Cómo estás?

—Pasemos mejor a la siguiente pregunta que ya tienes demasiada preocupación con Klaudia —hizo una pausa pensando en ella—. ¿Sabes algo?

—Nos llegó información de que está en el sur.

—Eso nunca es buena señal.

—Lo sé y las brujas del sur ya fueron advertidas. No la han visto, aunque sienten su presencia.

—¿El policía?

—Ferenc lo tiene controlado y ya hablé con él también. Parece que la investigación de ellos va bien y la subasta está por llevarse a cabo por lo que Ronan podrá volver a Nueva York en donde tendremos una conversación seria. ¿Cómo está Milena?

Pál y Miklos tuvieron una conversación previa en la que Miklos le puso al tanto de todo lo ocurrido en su encuentro con Úrsula y después, con la reacción de Milena.

—Salvatore me ha dicho que está bien. Tensa y nerviosa pero bien.

—¿En dónde está ahora?

—Con su familia, supongo.

Silencio.

—¿No te ha buscado? —Silencio. Miklos no se sintió capaz de responder—. ¿Hasta cuándo piensas quedarte allí?

—No lo sé.

—Miklos, no es buena idea que estés torturándote de esa manera —Pál decidió callar porque podía imaginar a Miklos con el ceño fruncido y la rabia comiéndole el interior del pecho al darse cuenta de que los días pasaban y no conseguía lo que más anhelaba en el mundo.

—Estaré aquí el tiempo que sienta que deba estar.

Un suspiro profundo por parte de Pál.

—¿Tu alimentación?

—No la he desatendido. No me siento en condiciones y no soy estúpido. Sería una irresponsabilidad por mi parte desatender mi alimentación.

—Sigues absorbiendo de su psique.

—Cada día. Y he conseguido mantenerlo estable porque,

después de su rechazo y su temor, lo único que deseaba era absorberla y…

Miklos dejó de hablar porque de pronto sintió que se ahogaba.

Pál no dijo nada, le dio tiempo a recomponerse.

Miklos no era de mostrar sus emociones pero debía exteriorizar todo lo mal que se sentía porque bien sabía Pál que esa sería la forma correcta de drenar la ira que despierta a la oscuridad que todos ellos llevan dentro.

—Es normal que quisieras absorberla más —comentó Pál en cuanto se dio cuenta de que Miklos se quedó callado más tiempo—. El rechazo o el temor las hace presas y por ende…

—Irresistibles —finalizó Miklos en un susurro interrumpiendo a Pál.

—Exacto. Y es normal, no es nada de lo que debas avergonzarte o sentirte mal. ¿Recuerdas lo que le pasó a Lorcan con Heather?

¿Cómo olvidarlo?

La chica le derribó todas las barreras al poder de empatía de Lorcan y además, domó a la bestia que habitaba en él.

—Yo fui el policía dispuesto a electrocutar a Lorcan si se pasaba de la raya con Heather, no podría olvidarlo —recordó la escena intensa entre la pareja en el refugio secreto de Lorcan. La angustia de su hermano, la valentía de ella para poder ayudarle de alguna manera—. Heather es la más valiente que he visto.

Pál soltó una carcajada para darle razón.

—Y es digno de ver la forma en la que maneja a Lorcan.

—No creo que eso pase conmigo y Milena.

—No seas pesimista que no es una característica tuya. Estoy seguro de que ella te buscará para hablar.

Miklos dejó escapar el aire

—No lo creo, Pál. No tienes idea de lo asustada que le dejó Klaudia. La atacó para matar —ambos, sin saberlo porque no podían verse el uno al otro, cerraron los ojos y bajaron la cabeza pensando en que aquello habría sido una desgracia para la familia. Pál pensaba solo en Klaudia, que le dolería perderla más de lo que sufrió cuando tuvieron que acabar con Luk. Y Miklos, al otro lado del Atlántico, sufría de pensar que habría perdido a las dos mujeres importantes de su vida en ese momento.

No lo habría soportado y ese habría sido su propio fin.

—Deberíamos cambiar de tema.

—No me apetece.

—Miklos, no es buena idea que te revuelques en tu mierda. Sal de ahí y ve con Salvatore a algún lado, toma aire fresco, conversa con gente. No puedes seguir en esa onda negativa y depresiva en la que estás porque…

Pál se quedó callado porque no le pareció conveniente seguir siendo tan duro con Miklos.

—Entiendo el mensaje, estoy consciente de que tal vez ella no me busque nunca. No puedo deprimirme para siempre, ¿cierto?

—Exacto, muchacho. Trata de pensar en algo más.

—Lo intentaré.

Después de un intercambio más de palabras, colgaron y Miklos se explayó en la cama. Vio las botellas vacías a su alrededor.

Pensó en Milena y sintió un nudo en la garganta.

Se sentó de golpe porque quizá Pál tenía razón y no era buena idea que siguiera allí, nunca antes llegó a sentirse igual y quizá sí debía romper el patrón de los últimos días para generar un cambio en su entorno.

Se puso de pie.

Se ducharía, se pondría su mejor traje y se iría a cenar a ese restaurante de la ciudad que tanto le gustaba.

Llamaría a Salvatore.

Quizá entre los dos, conseguirían la manera de idear un encuentro «casual» en la galería entre él y Milena.

Sí, eso haría.

No tenía sentido empezar a llorar por alguien que aún vivía.

Milena estaba viva, él tenía que buscar la forma de ganarse su confianza de nuevo y conseguir conquistarla.

Capítulo 20

Cuando Milena entró al restaurante pensó que iba a desmayarse por la falta de aire.
No conseguía respirar con normalidad.

No sabía si iba a llegar caminando bien hasta la mesa o solo conseguiría arrastrarse.

«O tal vez acabo en el hospital por un infarto»

Respiró profundo y el corazón se le aceleró cuando vio a Gennaro. Pero no se aceleró de emoción si no de nerviosismo y pena por todo lo que iba a ocurrir en cuanto se sentaran a conversar.

Después de mucho pensarlo en la tarde, decidió que no podía pasar de ese día para que ella le explicara a Gennaro que no podía seguir a su lado. Llevaba el anillo en la caja en la que originalmente se lo obsequió.

No le pareció apropiado quedarse con la joya, no solo porque era una reliquia en la familia de él sino también porque sería frívolo quedarse con algo así después de ponerle fin a la relación.

Además, ella no podría usarlo de nuevo.

Le recordaría el momento amargo que estaba a punto de desatar y no podría llevar encima una prenda que le recordara cosas tristes.

—Cariño —Gennaro le sonrió al tiempo que se ponía de pie y se acercaba a ella para abrazarla.

Tuvo intención de darle un beso en los labios; ella, con un poco de disimulo, volvió la cara y el beso quedó plantado cerca de la comisura de la boca.

—¿Estás bien?

Era lógico que él se extrañara.

—Sí, solo estoy cansada.

Le ayudó con silla y luego tomó asiento frente a ella.

—¿Qué tal tu regreso de Venecia? Lamento no haberte ido a buscar al aeropuerto, cielo, por estos días hemos estado hasta el cuello de trabajo.

—No pasa nada, volví a casa en taxi.

Gennaro la tomó de la mano y la vio con duda.

—¿Pasa algo con tu madre?

—No, no, nada. Solo que no sabía que volvía a casa. Ha estado poniéndome mucha presión con el asunto de volver y ocuparme de la boda y…

—Sabes que para mí lo importante es que tú te encuentres bien —Gennaro le apretó la mano y le sonrió. Ella se sintió como la mujer más cruel del mundo por lo que pensaba hacerle.

—Lo sé, ya sabes cómo es mamá y bueno. He tenido trabajo en el Museo, mucho tiempo fuera, tu sabes; mamá tampoco está feliz con eso.

—Se le pasará. Dale algo en que entretenerse y dejará de fastidiarte una temporada.

Milena sonrió a medias con pena porque las cosas en su

casa se iban a poner horribles cuando su madre se enterara de lo que estaba a punto de hacer.

—Cariño, disculpa que insista, pero te noto distraída; y no sé, me da la impresión de que te ocurre algo que no quieres contarme —le acarició la mano y luego bajó la mirada al notar que no llevaba puesto el anillo de compromiso—. Si es algo con el anillo, no temas en decírmelo…

—Buenas noches, yo soy Pietro y voy a atenderles esta noche.

El camarero les interrumpió y mientras Gennaro pedía la botella de vino que beberían esa noche, Milena intentó calmarse para ordenar sus pensamientos.

Cuando estuvieron a solas de nuevo, Gennaro volvió a acariciarle la mano.

—Milena. ¿Qué te ocurre?

—¿Milena? —aquella voz grave y seductora resonó en su alma haciéndole vibrar cada centímetro del cuerpo, Gennaro se volvió de inmediato, soltando la mano de ella para extendérsela a Miklos y saludarle como correspondía.

Miklos respondió al saludo con gran cordialidad y respeto.

Milena se volvió a ver al recién llegado, la miraba con profunda desilusión, un gran vacío y una inmensa tristeza.

¿Qué más podía pensar el pobre?

¿Que ella estaba allí para terminar la relación con su prometido y empezar una relación con él?

—Hola, Miklos —lo saludó con naturalidad dedicándole una sonrisa sincera que supuso que él entendería, pero aquel gesto dio la impresión de hundirlo más en las emociones negativas que se dejaban ver en sus ojos.

Miklos y Gennaro se entretuvieron hablando del clima, de la ciudad y del buen trabajo de Milena. También, Miklos les deseó buena fortuna en el matrimonio y Gennaro le dijo que le enviaría una invitación a la boda.

Milena sintió, de pronto, que quería devolver lo que tenía en el estómago aunque no recordaba haber comido nada en el día.

No supo cuándo, volvieron al momento en el que Gennaro la tomaba de la mano y le hacía preguntas.

Le pareció que se quedó congelada durante el tiempo en el que los demás hicieron lo que tenían que hacer.

Cuando reaccionó, vio a Miklos a lo lejos tomar asiento en una mesa. Le dio la espalda. A los pocos minutos, Salvatore se acercó a ellos para saludarles como hizo Miklos y luego fue a la mesa de este; ocupando el puesto frente al vampiro.

Milena se movió un poco para no cruzarse con la mirada de Salvatore.

Notó que su jefe le hablaba a Miklos con compasión. Eran buenos amigos. Eso ya lo sabía.

—Milena, empiezas a preocuparme —volvió a su presente y vio a Gennaro a los ojos.

No podía seguir esperando más, no podía pensar en vivir alejada de Miklos y de seguir fingiendo frente a Gennaro.

«Ninguno se merece eso», recordó a Klaudia que, aunque no la quería ver nunca más, llegó a apreciar los consejos que le dio esa vez en su apartamento.

—Gennaro, tenemos que hablar.

***

—¿Te encuentras bien?

Miklos negó con la cabeza y el ceño fruncido.

¿Cómo iba a encontrarse bien si Milena estaba en el restaurante con el prometido y parecían estar disfrutando de una cena romántica?

Como debía ser, obviamente.
Salvatore le sirvió un trago de *whisky* y se lo puso en frente.
—Bebe.
Miklos se lo bebió de un trago.
Salvatore le puso otro y doble.
—Otra vez.
Miklos lo vio con duda pero no se quejó de la orden y tomó acción.
Salvatore volvió a servirle un trago doble.
Y después, se sentó frente a él.
Estaban en el salón del *pent-house* que Salvatore tenía en el corazón de la ciudad.
—Milena es una tonta —a Miklos no le gustó el comentario—. No lo digo por mal, lo digo porque siempre ha hecho lo que su madre le dice. No se ha ido del Museo porque su amor por el arte creo que es más fuerte que el que tiene por su propia madre. De lo contrario, hace años, habría renunciado. Su madre me odia. Me cree impuro, libertino y…
—Sí, es una mujer muy religiosa, parece. Me di cuenta también cuando ella recién llegó a casa. Klaudia por poco no se burla de ella en su cara cuando mencionó algo que no podía hacer porque su madre no lo creía conveniente —se quedó pensando, repasando ese primer encuentro entre ellos—. ¡Ah sí! Ya lo recuerdo. Klaudia le arregló un apartamento en el palacio y Milena le indicó que su madre no estaría de acuerdo con eso.
—Y Klaudia tuvo que haberse mofado de la doña, supongo.
—Lo hizo y yo tuve que intervenir porque me pareció imprudente de su parte.
—O tal vez es que sentiste la necesidad de proteger a Milena porque ya en ese momento, tu sistema, sabía que ella era la indicada.

Miklos se tomó el contenido del vaso y se sirvió más.

—En alguno de los diarios de mis antepasados, una vez leí algo referente a ti y a Úrsula. Me habría gustado conocerla alguna vez y hablar de ella y de su pasado.

—Le habrías caído bien.

Miklos recordó la noche en la que aclararon siglos de amor entre ellos y le pusieron fin a su unión.

No le dolía. Estaba agradecido porque todo acabara bien para ambos.

—Tienes que tener paciencia.

—No soy precisamente un buen candidato para tenerla, Salvatore; y bien que lo sabes —Miklos suspiró mientras bebía del vaso, ahora con más calma—. Mañana me marcho. Estaré un par de días en Venecia y luego me iré a Nueva York. Necesito poner distancia entre Milena y yo y buscar la forma de olvidarme de ella.

—¿La distancia te ayudara a romper la conexión que me dijiste que tienes con ella? —Miklos negó con la cabeza—. ¿Cómo piensas olvidarte de ella, entonces?

—Me ocuparé de buscar a Klaudia, a Gabor; de pelear con Pál cada día y de sumergirme en fiestas de esas en las que, hasta los vampiros, quedamos inconscientes.

Salvatore arrugó la cara.

—Ya no sería capaz de aguantar fiestas de esas. Y no creo que la puedas olvidar así.

—No me estás ayudando, viejo amigo.

Ambos sonrieron con sarcasmo.

Miklos se terminó la bebida y se puso de pie.

Vio el reloj que llevaba en la muñeca.

—Pensé que beberíamos más.

—Necesito alimento, no eres la mejor compañía en este caso.

Salvatore entendió a qué se refería el vampiro.

Se puso de pie y le extendió la mano.

—Fue un gusto verte, amigo; y haber sido útil en todo esto que ocurrió. Te prometo que te mantendré informado referente a Milena.

—No, no más. Si me vas a llamar o si nos encontramos en el futuro, por favor, no me hables de ella.

Salvatore asintió y entendió la posición del hombre.

—Hasta pronto, Salvatore, gracias por todo.

—Hasta pronto, viejo amigo.

Capítulo 21

Papá podemos hablar? —Federico Conti alzó la mirada de los papeles que firmaba en su despacho y le sonrió a su hija.

—Claro mi vida, ¿qué ocurre? —se levantó y la invitó a sentarse en el elegante juego de poltronas que tenía en la estancia.

Milena se sentó y se frotó las manos de inmediato. Su padre, que la conocía mejor que nadie, la vio con preocupación.

—Sabes que puedes contarme lo que sea, Milena.

Ella asintió y cuando tomaba aire —y valentía— para dar la noticia, su madre entró sin aviso al despacho.

—Ah, Milena, pensé que te habías ido a ese trabajo tuyo y que me estabas ignorando —Antonietta Conti vio la cara de su marido y la angustia en los ojos de su hija—. ¿Qué está pasando aquí? —preguntó.

—Es lo que Milena iba a decirme cuando nos interrumpiste.

La mujer obvió la respuesta de su marido como solía hacerlo cada vez que no le gustaba su tono y vio directo a su hija.

Milena respiró profundo, tan profundo que pensaba que los dejaría a ellos sin aire

—Papá, mamá —tragó grueso y se armó de valor—: no va a haber boda. Gennaro y yo, rompimos.

***

Milena llamó a la puerta de la oficina de su jefe con delicadeza.

—Adelante —respondió este desde el interior y ella se aventuró a entrar.

—¡Milena, por dios! ¿Qué pasa contigo, estás bien? —Salvatore corrió hacia ella con los brazos abiertos porque no dejaba de sollozar. Tenía los ojos hinchados y enrojecidos por haber estado llorando quien sabía por cuánto tiempo.

Ella pensaba que ya no tenía más lágrimas para seguir llorando; que, de alguna manera, se secó, pero cuando Salvatore la tomó por sorpresa y la abrazó, descubrió que todavía quedaba mucho líquido para drenar dentro.

Mucha tristeza. Muchas frustraciones.

Lloró un rato en el pecho del hombre que la consolaba como podía llegar a hacerlo un buen amigo.

En ese momento fue que se dio cuenta de que Salvatore no solo era su mentor en cuanto a arte, también era su amigo.

Y después de mucho pensarlo, notó que era el único amigo que tenía porque, como siempre, su madre la limitó a relacionarse con el mundo.

—Acabo de dejarlo todo por él, Salvatore.

El único pariente vivo de los Medici la vio con sorpresa y le pareció notar un brillo en la mirada que denotaba alivio.

—Vamos a hablar.

—No sé si tengo fuerzas.

—Siempre tienes, siéntate en el sofá y le pediré a Marta que nos traiga algo delicioso para comer y beber.

Milena hizo lo que Salvatore le pidió.

A los pocos minutos, entró la secretaria del hombre que era una mujer sexagenaria con un gusto exquisito y una modestia impresionante.

No dijo nada, solo le dedicó una mirada solidaria a Milena y esta le sonrió agradecida.

—Gracias, Marta —Salvatore le habló con cariño.

—No hay de qué, Salvatore. Cancelaré tus próximas citas.

Salvatore solo asintió en confirmación a su idea.

Milena sirvió en las tazas el café que y tomó una de las pastas.

Salvatore tomó un sorbo de su taza y también se comió una pasta.

—¿Qué ocurrió?

Milena suspiró derrotada.

—Rompí mi compromiso con Gennaro.

—Pues es algo que has debido hacer hace mucho tiempo, te lo dije una vez.

Milena asintió con gran arrepentimiento.

—Gennaro se mostró más fuerte de lo que pensé que sería —se vio las manos con nerviosismo y luego bebió otro sorbo de su bebida—. No nos habíamos visto desde que llegué de Venecia y me citó en nuestro restaurante favorito.

Salvatore asintió recordando el encuentro entre la pareja y entre Miklos con ella.

—Miklos pensó que habías preferido a Gennaro —Milena lo vio con sorpresa y bufó negando con la cabeza.

—¿Podría culparlo de pensar eso? —Lo vio con sinceridad—; no te puedo negar que me da temor estar junto a él, pero ya es mucho menos del que pude sentir la última vez que hablamos en tu casa.

—Fuiste brutalmente atacada por uno de ellos, Milena. Es normal que estuvieras aterrada. Ya hablamos de eso luego de que Miklos se marchara; y también creo que nuestra conversación, aquel día, te ayudó a recapacitar sobre lo que sientes por Miklos.

Milena negó con la cabeza, le sonrió con pesar.

—Ya lo sabía desde antes, Salvatore. Sabía que cuando regresara a Florencia, acabaría con todo lo que me ataba a Gennaro porque no podía engañarlo. Mi deseo por Miklos supera todo lo que una vez pude sentir por Gennaro.

Salvatore abrió los ojos y le sonrió con cariño.

—¿Tu madre?

—Está histérica. Creo que papá tuvo que llamar a la asistencia médica porque parecía que no podía ni respirar —Milena se quedó en silencio recordando todas las cosas horribles que le dijo su madre y la forma en la que le echó de casa. El labio inferior empezó a temblarle con angustia—. Me echó de casa, Salvatore.

—Ay, cariño —le palmeó la mano—; tú madre siempre ha sido así de dramática, de seguro luego se arrepentirá de todo lo que te dijo y volverás a casa.

—No lo creo. Me hirió como nunca antes. Fui sincera y le expliqué por qué no quería seguir con Gennaro. Mi padre solo me dijo que quería verme feliz y luego me pidió que me marchara para que mamá pudiera calmarse. Para entonces, ella ya había escupido tanto veneno, tanto, que me dejó marcada.

Salvatore soltó el aire entristecido por la situación de Milena. Sabía cuán importante era su familia para ella.

—En el *pent-house* tengo espacio extra para que te acomodes el tiempo que quieras.

Milena asintió sollozando y secándose las lágrimas con una servilleta.

—Miklos me dijo que te preguntara a ti su lugar de hospedaje cuando me decidiera a hablar con él. Creo que ha llegado el momento.

Salvatore la vio con compasión.

Vio su reloj de la muñeca.

—Tendrás que ir a Venecia, cariño, porque Miklos se marchó esta mañana al palacio —Milena sintió que le daban un golpe bajo y Salvatore sonrió de manera divertida—. Habría esperado más tiempo por ti, pero el encontrarte en el restaurante, no te hizo ningún favor. Como te dije, mi casa está a la orden aunque si quieres ser feliz de verdad, Milena, súbete a un avión y ve a vivir tu vida con él. Eso sí, no te atrevas a abandonarme por completo porque eres la mejor tasadora que he tenido aquí.

Milena sonrió y abrazó a Salvatore de forma espontánea.

—No podría dejar esta parte de mi vida nunca así que no te abandonaré a pesar de que sí estaré ausente por un tiempo. Quiero tomarme esta nueva etapa con calma porque serán muchas cosas a las que tendré que acostumbrarme.

—No te vas a arrepentir, la vida con un Farkas siempre es excitante y divertida. Y estoy seguro de que Miklos se encargará de hacerte extremadamente feliz. Págale con la misma moneda, porque a él le tengo tanto aprecio como a ti.

—Lo haré. Lo prometo.

Capítulo 22

Miklos estaba sentado en la terraza del palacio cuando escuchó el timbre sonar.

Recién terminaba de arreglar todo para irse a Nueva York ese mismo día.

No tenía sentido seguir esperando por algo que sabía no iba a ocurrir.

El haberse encontrado a Milena en el restaurante con su prometido y verla tan distante con él le hizo sacar cuentas y entender que, en esa ecuación, él estaba de más y que no tenía cabida en su vida.

«—¿Cómo te sientes? —le preguntó Ferenc cuando lo vio entrar en casa».

Ni siquiera en ese momento podía identificar un solo sentimiento con un nombre porque en toda su vida no se sintió tan mal y tan miserable.

Y lo peor era que así se sentiría por el resto de la eternidad por lo que era mejor empezar a acostumbrarse a esas emociones terribles que llevaría encima.

Que serían parte de él.

Todo salió bien con la subasta aunque no pudieron ponerle las esposas a Yuri Vasíliev.

Miklos supuso que alguien dio el soplo de la operación y Vasíliev nunca se presentó ante Andrea en la subasta.

Lo lamentaba por su amigo Andrea, el hecho de que buscara hacer negocios con ese hombre solo hablaba de lo mala que era la situación de su hijo.

Ronan estaba gestionando su salida de la policía de Londres para poder volar a Nueva York y tener una conversación seria con Pál que les ayudara a llegar a Klaudia y así poder ayudarla para tenerla de vuelta tal como la conocían.

Él quería estar en esa conversación.

Quería tener a Klaudia de vuelta. Necesitaba recuperar esa parte positiva de su vida para poder seguir adelante con su tristeza.

Klaudia era esa amiga que no iba a encontrar en nadie más.

Ni siquiera en sus hermanos.

Suspiró.

—Miklos —el mayordomo transpiraba nervios. Miklos lo se dio la vuelta con todos los sentidos alerta, temiendo que estaba a punto de recibir una noticia muy mala.

—¡¿Qué ocurre?! —tomó una bocanada de aire mientras caminaba hacia el interior de la propiedad.

Una vez dentro, lo pudo percibir.

El aroma de ella.

Esa fragancia sutil que le recordaba a la primavera.

Siguió su camino hasta la baranda que dejaba ver a la entrada del palacio.

Ella levantó la vista y su mirada pareció ganar un brillo inmenso cuando lo vio a él.

Le sonrió con ternura y empezó a llorar de inmediato

haciendo que, Miklos, corriera hacia ella porque no entendía qué le ocurría.

En el proceso, los sentidos de Miklos se salieron de control haciéndole sentir los latidos del corazón de ella; rápidos y nerviosos, el torrente de sangre que salía y entraba de esa zona vital, la sangre recorriendo todas las venas de la mujer y en un intento por calmarse, lo que hizo fue activar sus instintos de depredador y la mandíbula empezó a reclamar sangre.

Su energía se agitó, haciendo que ese hilo invisible de psique que lo mantenía unido a Milena desde hacía unas semanas, se activara y le diera lo que necesitaba para no atacarla.

Ella no estaba en condiciones de soportar la succión y Miklos llegó a tiempo a ella para atajarla en cuanto perdió el conocimiento.

La cargó con delicadeza, se concentró en llevarla a su cama y dejarla en la comodidad de las sábanas para luego buscar el equilibrio y calmarse.

—Buscaré un té para ella y llamaré a Carla.

Él solo asintió y se sentó en un sillón frente a la cama mientras la observaba dormir profundamente.

Aun consumía de su psique pero no de la forma en la que la absorbió hacía unos minutos.

Respiró profundo y sacó su móvil.

—Salvatore Ricci —respondió este despistado.

—Por favor, dime que sabes qué es lo que le ocurrió.

—Miklos —Salvatore dejó salir una exhalación y dejó de hacer lo que lo mantenía ocupado para prestarle atención al vampiro porque sabía que lo necesitaba—. ¿Ya está contigo?

—Sí, solo que, en cuanto me vio, empezó a llorar y no me pude contener, absorbí más psique de la que debía y ahora parece la bella durmiente en mi cama.

—Bueno, cuídala y cuando despierte, ella te explicará

todo lo que le ocurrió y tú le dirás el motivo de su desmayo porque está dispuesta a estar contigo. Miklos, te eligió a ti pero necesitas ganarte su confianza.

—Tuvo problemas con su familia.

—Y lo tendrá con la prensa, que hablará de ella una temporada. Si te la llevas de Italia, le estarías haciendo un gran favor.

—Eso haré y Salvatore, gracias por ponerla en mi camino.

Salvatore solo sonrió.

—Ya te lo dije antes, hazla feliz porque aunque seas mi amigo, no la quiero ver sufrir.

—Hablaremos en unos días.

Se despidieron y Miklos vio entrar a Ferenc.

—No me lo puedo creer —le dijo susurrando para no despertar a Milena—. Ferenc, no me lo puedo creer. Me eligió a mí.

El mayordomo lo vio a los ojos y le sonrió de una forma que Miklos desconocía.

Le recordó a su padre cuando, siendo adolescentes, le dedicaba miradas de orgullo y felicidad a él y a sus hermanos.

El mayordomo pasó por su lado y le apretó el hombro.

—Te mereces ser feliz, Miklos; y esta vez, empezarás a ser verdaderamente feliz.

***

Milena abrió los ojos con pesadez.

La habitación en la que se encontraba estaba a oscuras, pero la luz del exterior regalaba un poco de claridad para poder ver en donde se encontraba y…

Con quien.

Respiró profundo, cerró los ojos de nuevo.

Miklos le acarició la mejilla y ella esbozó una sonrisa delicada.

Estaba acostada sobre su costado derecho, con el brazo bajo la almohada.

Se acomodó y con la mano izquierda, le tomó la mano a él, allí en donde la tenía.

Abrió los ojos y se encontró con los de él, que parecían brillar en la oscuridad.

No con un brillo sobrenatural de esos que te podrías imaginar en un vampiro, no.

El brillo era propio de su mirada, de su estado de ánimo, de su felicidad.

—Todavía no me puedo creer que estés aquí, conmigo.

Milena se sintió bien por primera vez en mucho tiempo.

Entendió que también le hacía bien estar con él.

—¿Cómo te sientes?

—Bien. Ahora bien, antes... supongo que por todo lo que ocurrió en estos últimos días, sentí que me desvanecía en cuanto te vi.

Miklos le sonrió de lado e intensificó sus caricias en la mano que ella le tenía tomada sobre la cama.

Él también estaba acostado sobre su costado.

—¿Tienes hambre?

—¿Ferenc trajo comida?

Miklos rio con dulzura.

—No, aunque de seguro que tendrá un montón de comida en la cocina esperando por que pidas.

—Ferenc sabe... —Milena negó con la cabeza para sacudir sus ideas porque no estaba haciendo la pregunta correcta—... es decir...

—Sí, cariño, Ferenc lo sabe pero porque es de los nuestros.

Milena abrió los ojos sorprendida.

Miklos respiró profundo, no percibía miedo o angustia en ella.

—Quiero saberlo todo de ti —lo vio con seriedad—, de ustedes. Quiero saber en dónde estoy metiéndome, qué debo tener en cuenta, cuáles son las reglas… todo, Miklos.

—Está bien, empezaré a contarte desde que…

Ella le puso una mano en los labios.

—Me gustaría darme antes una ducha y luego bajar al comedor —lo vio con cierto temor—, a menos de que… ella…

—Klaudia no está aquí y si volviera, no te preocupes, no va a ocurrirte nada. Yo no voy a permitir que te ocurra nada.

Milena asintió, se levantó un poco, solo para quedar cerca de los labios de él.

Se vieron a los ojos unos segundos en los que el estómago de Milena se hizo sentir y él rio divertido.

—Ve a bañarte.

—¿No quieres besarme?

—¿Tú, lo quieres?

Milena asintió.

Miklos no se lo pensó dos veces para tomarla del cuello y acercarse por completo a su boca, tierna y suave; rozarla al principio con besos tímidos, delicados y luego intensificar el proceso marcando un territorio que él sabía que sería de él para siempre.

Milena sintió la lengua de Miklos explorando el interior de su boca y era deliciosa la sensación que experimentaba.

Parecía que nunca antes le hubieran besado.

Suave; delicado, pero firme. Le dejaba saber que, de ahí en adelante nada ni nadie, podría interponerse entre ellos.

***

Cuando Miklos vio a Milena entrar en el gran comedor vestida con un sencillo pijama de algodón y el pelo mojado, sonrió deleitándose con lo que veía.

No necesitaba verla en lencería de encaje para sentir lo que sentía en ese momento. Ella podría estar vestida de monja y él siempre sentiría la erección prominente, las ganas de besarla, las ganas de amarla.

Suspiró, ella se sonrojó.

Se levantó de su asiento y le ayudó a ella a sentarse.

Miklos también llevaba ropa deportiva porque después de que Milena se desmayara, durmió más de lo esperado y él, para poder hacer algo productivo, hizo un poco de cardio en el salón del apartamento y luego se dio una ducha.

Cuando salió del baño, Carla le esperaba en otro apartamento, uno contiguo al suyo en donde viviría cuando ellos estuvieran allí.

Miklos estaba tomando todas las precauciones del caso.

Carla era su fuente de alimento desde hacía muchos años y aunque no siempre la mantenía junto a él, había decidido cambiar ese aspecto si Milena iba a estar con él para siempre.

Se alimentó como correspondía y luego se tumbó en la cama junto al amor de su vida.

A esperar a que despertara.

Y ahora ella, se sentaba junto a él a la mesa, porque iban a probar los manjares que el alegre Ferenc preparó exclusivamente para ella.

Ferenc estaba irreconocible.

Milena se dejó servir como correspondía.

Ambos tomaron sus copas y brindaron sin palabras.

No las necesitaban.

Milena esperó a que Ferenc le sirviera en su plato y probó

bocado, rompiendo con toda confianza las etiquetas al comer.

Estaba impaciente por el hambre, una debilidad humana que para Miklos se parecía mucho a las emociones que producía el hambre en ellos. Aunque en la especie, el asunto se ponía violento y peligroso.

Ferenc sirvió en silencio y feliz de verle la cara de satisfacción a Milena con cada bocado, luego se retiró.

—Esto está de muerte —comentó Milena refiriéndose a la crema de calabazas que había comido la primera noche que se sentó junto a él en ese comedor. Recordó aquella noche. Repasó los cuadros y Miklos la observaba con atención—. ¿Cuál eres tú en los cuadros?

—El de la máscara negra y dorada —señaló hacia el lugar en el cuadro más cercano. Ella analizó la pintura.

—¿Y el cuadro es de qué fecha?

—1873

Milena asintió y siguió comiendo.

Se vieron a los ojos.

Ella notó el accesorio en su anular.

—¿Y esto? Nunca antes te había visto llevándolo.

—Porque hubiese tenido que explicarte que no es un aro de matrimonio. Es un artefacto, inventado por Klaudia para poder alimentarnos de una forma decente —El cambio repentino en sus aromas alertaron a Miklos de que ella pensaba algo que no era. Él se lo esperaba y no iba a presionarla de ninguna manera—. No pienso alimentarme de ti si tú no lo quieres, Milena. Necesito sangre de alguien. ¿Lo entiendes verdad? —Ella asintió—. Mi fuente de alimento está arriba, en el apartamento vecino al mío. Estará siempre junto a nosotros porque no quiero arriesgarme contigo.

Miklos respiró profundo, notando que ella se calmaba pero algo más le inquietaba.

Respiro más.

—Pareces un perro cuando haces eso.

Miklos soltó una carcajada y la vio divertido.

—Y podría decir que, olfateando, me doy cuenta de que te da celos el asunto con mi fuente de alimento.

—Porque de seguro es rubia y linda.

—Lo es. La comida tiene que ser apetecible.

—Ese comentario fue un poco cruel.

—Es muy propio de mi persona hacer un comentario así, porque es lo cierto.

Miklos notó que su organismo parecía volver a funcionar con la misma ironía y sarcasmo que siempre le caracterizó y que tanto le divertía.

La eternidad volvía a tener sentido porque ella estaba a su lado y él se sentía libre para ser quien realmente era junto a ella.

—Entonces, esta chica, es rubia y linda... qué más.

—Más nada, Milena, de todas las cosas que puedo contarte ahora, ¿solo te preocupa mi fuente de alimento?

—¿Tenemos que llamarla siempre así? ¿No tiene un nombre?

—Carla, se llama Carla.

Milena se quedó en silencio mientras analizaba sus preguntas y las ponía en orden, Miklos la conocía.

—¿Cada cuánto te alimentas?

—Cada vez que lo necesite, podría ser una vez por día. Tenerte cerca y tener sexo contigo, hará que sea más de una vez por día.

—¿Por el deseo?

—Bueno, es más complejo que eso.

Y pasó a explicarle el proceso de la absorción de Psique y la forma en la que un vampiro se complementa con su pareja.

—¿Qué pasa si yo no me decido a alimentarte nunca?

—Nada, seguiremos trasladándonos con mi fuente de alimento —Milena levantó la ceja y lo vio con reprobación. Lo hizo reír—. Disculpa, con Carla.

—Y eso, ¿cómo te hace sentir?

Miklos hizo una mueca de disgusto.

Tenía que ser sincero con ella.

—No muy bien porque me gustaría tenerte al completo. Cuando uno de nosotros encuentra el amor, por muy cursi que esto vaya a sonar, caemos presa de ese amor —ella lo vio con dulzura—. Por lo que es impensable tener sexo con alguien más o si quiera pensar en alguien más. Fijarte en otra persona. Y la unión con la persona amada, nos completa. Como te dije antes, si el ciclo se cumple a la perfección, es la saciedad plena para nosotros.

—¿Por qué podría parecerme cursi algo así? Me parece valiente, leal y hasta triste porque eso me lleva a pensar que si yo no te hubiese admitido en mi vida, tú habrías permanecido ligado a mí para siempre —Miklos asintió—. ¿Es lo que te pasó con Úrsula?

—En parte. Solo que cuando ella muere o moría, —Miklos se corrigió— se rompía la conexión entre nosotros.

—Y ahora la tienes de nuevo porque ella está dentro de mí.

—No, Milena, estoy unido a ti antes de que apareciera Úrsula de nuevo. La noche en la que te dejé en el hotel y tu ex prometido llegó de sorpresa. Esa noche, no sé cómo, me uní a ti y por eso dormiste todo el fin de semana. La sensación de cansancio y de agotamiento lo da la absorción de psique —Miklos hizo una pausa para beber de su vino mientras ella le escuchaba con atención plena. Con un interés que animaba a Miklos a continuar—: Cuando nos conectamos de esta manera con alguien, es nuestro deber ir con cuidado porque la absorción excesiva de psique también podría matarte. Este hilo entre tú y yo apareció de repente y su aparición me puso muy nervioso, todavía no comprendía que solo te amaba a ti —Milena se sorprendió y a él le encantó su reacción—, pensaba que estaba traicionando a Úrsula y absorbí más de lo debido, sabía que no te lastimaría más allá de provocarte mucho sueño, pero al principio, no pude controlar el flujo porque no era capaz de ver con claridad lo que me ocurría contigo. Estoy unido a ti, no a ella. Una vez ella cumpla con la misión que sus ancestros le han asignado, la dejarán libre para que su alma vaya a donde debió ir hace cientos de años.

—Pobre. No me imaginé que esas cosas pasaran entre brujas.

Miklos rio.

—¿Y sí te imaginabas esta conversación entre tú y yo?

—*Touché* —ambos rieron—. Es que estos temas siempre me han gustado.

—Supongo que tu colección de temas vampíricos la dejaste en casa.

—Cosas de la vida. Ahora tendré información de primera mano y... —lo vio a los ojos con devoción—, estoy asegurando mi felicidad que es lo que más me importa ahora.

Miklos se acercó a ella, le dio un beso suave.

—Entonces, sigues unido a mí por ese hilo.

—En efecto. Tu desmayo, al llegar, se debió a eso. Yo consumí tu energía porque iba a morir de la angustia de verte llorar en la puerta de mi casa.

—No sé cómo hice para parar de llorar. No he dejado de hacerlo desde que salí de casa. Todavía puedo escuchar a mi madre decir todo lo que dijo y... —se quedó en silencio, Miklos le puso su mano encima de la propia—. Fue horrible. Gennaro lo va a superar, estoy segura. Mi madre, no.

—¿Y tu padre?

—Bueno, me llamará en algún momento y le mentirá a mamá alguna vez para verme en donde sea que me encuentre, pero todo cambiará en mi familia de aquí en adelante; a menos de que mi madre acepte mi decisión.

—¿Le hablaste de nosotros?

—Sí, al igual que hice con Gennaro. Me ahorré la parte que sería difícil de creer, obviamente. La verdad es que tú entraste a mi vida moviendo bases y cimientos que yo creía sólidos y seguros. Nada lo era. Era todo lo que mi madre anhelaba para mí, no lo que yo de verdad quería. Y aunque ahora estoy triste porque sé que los voy a extrañar mucho, me queda el consuelo de que voy a disfrutar de la vida sin restricciones, sin fingidas creencias o comportamientos del siglo pasado —lo vio con sinceridad—: voy a ser libre.

—Ni tanto, porque yo no te voy a dejar ir jamás.

Esta vez fue ella la que se acercó a él de forma espontánea y cariñosa, le dio un beso divertido.

—Cuéntame más. Enséñame tu vida a lo largo de estos siglos. Quiero saber a quién conociste, en dónde has vivido, con quiénes —comió un trozo del postre de chocolate, se relamió los labios y a Miklos, esa simple acción, lo enloqueció al punto de querer arrastrarla hasta la habitación y hacerla gemir de placer toda la noche.

Ella se percató de su mirada, lo retó repitiendo el gesto.

—Lo primero que debes saber es que las tentaciones para mí son un problema y en este momento, te estás convirtiendo en una tentación —ella lo observó con confianza. Miklos olfateó su entorno y sí, ella se sentía segura, tanto, que su virilidad se activó de inmediato. Milena repitió el gesto por tercera vez y a Miklos se le escapó un gruñido que causó un pequeño impacto en ella, no le dejó a su impresión llenarla de miedo—. Lo segundo, es que nunca retes a un vampiro, Milena. Es peligroso.

—Confío en ti —repitió una cuarta vez, haciendo que Miklos se levantara de la silla como un depredador y la levantara de la silla a ella con la agilidad que lo caracterizaba.

Milena ahogó una exclamación, pero Miklos no se detuvo; sabía que si intentaba detenerse, todo empeoraría.

La sentó en la mesa, acunó el rostro de la chica entre sus manos y arremetió contra su boca, afilando todos sus sentidos.

La sangre de ella corriendo por sus venas, los latidos del corazón acelerándose por la sorpresa y excitación y esos sutiles gemidos que ahogaba en la garganta porque Miklos se adueñó de su boca y estaba deleitándose con el sabor de la misma.

Sin dejar de besarla, la levantó por los muslos haciendo que ella se abrazara con las piernas a la cintura de él y su erección dolió de deseo profundo en cuanto rozó esa parte de ella con la que soñaba.

No la dejó de besar mientras subía las escaleras con ella encima. Milena se aferraba a su cintura y a su cuello con total confianza y entrega.

No se podía creer que la por fin la iba a hacer suya, suya para siempre.

Una delicia.

La besó más y más.

Entró al apartamento, la apoyó en la cama y sin dejarla reaccionar, la desvistió y luego hizo lo propio con su ropa.

En ese instante no quería ser dulce o paciente con ella. Necesitaba sentirla, necesitaba explorarla pero dejándose guiar por su ansiedad.

Hundió el rostro en su cuello y ella se removió nerviosa. Miklos se tensó de inmediato porque aquello iba a despertar la oscuridad y no era buena idea.

—Miklos —la voz le salió en un hilo y Miklos gruñó, tomándola de las muñecas para ponerlas por encima de su cabeza y después, se hundió más en el cuello de la mujer. Su lado salvaje amenazaba.

Respiró profundo mientras ella empezaba a removerse más y pedirle que parara.

—Quédate quieta —le susurró en el odio. Ella tenía la respiración agitada por el miedo; él, de ansiedad.

También él se quedó muy quieto aunque su pene seguía reclamando atención.

—No te remuevas, solo confía, Milena. Confía.

Ella asintió temerosa y él le soltó las manos llevándolas con delicadeza a los costados e indicándole que lo abrazara.

Ella lo hizo.

En tanto, él encontraba la calma que necesitaba para continuar en la versión más humana que le fuera posible.

Le besó el cuello, se lo lamió mientras sentía cómo ella luchaba contra sus miedos confiando en él.

Le besó el rostro.

—Sería incapaz de hacerte daño, jamás.

Ella asintió de nuevo.

—Lo siento, es que…

La besó, no quería que hablaran más de temas que a ella le aterraban y a él le generaban ansiedad por su sangre.

Luego, fue recorriendo su cuerpo con caricias, con sus labios, con la lengua.

Hasta que su virilidad descubrió aquel centro magnético que lo atrajo y le invitó a acoplarse.

Ahhh una delicia esa mujer en el interior.

Ella gimió delicadamente y él empezó la danza de entradas y salidas que prometía el éxtasis para ambos.

Se agachó y saboreó sus pezones de nuevo, dándose cuenta de que aquello producía más gemidos en ella.

Se atrevió a ir más allá acelerando las embestidas al tiempo que mordisqueaba los pezones.

Ella gritó de placer en cuanto la sorprendieron las convulsiones del orgasmo y entonces él también se dejó llevar hasta la explosión del éxtasis.

La energía que absorbía de ella era... deliciosa también.

Lo llenaba de vitalidad.

Quería más de eso, más sexo, más de ella.

La vio suspirar profundo y entregarse a un sueño reparador que la prepararía para la siguiente sesión de placer que él ya estaba planeando.

Por lo pronto, tendría que visitar a la fuente de alimento.

Sonrió y rectificó, «Carla».

Su oscuridad quería sangre y era mejor darle lo que pedía.

Capítulo 23

Milena llevaba un par de días en el palacio entendiendo la vida de Miklos.

Él estaba en el despacho, arreglando algunas cosas para irse a Estados Unidos. Pasarían una temporada en Nueva York y a ella le pareció una idea excelente.

No había salido del palacio —ni quería hacerlo— porque sabía que la prensa estaría hablando de ella.

Romper el compromiso con el heredero de una de las familias más prestigiosas de Florencia no era cualquier cosa.

Llevaba el mismo tiempo sin encender su teléfono. Antes de apagarlo totalmente, le envió un mensaje a su padre diciéndole que saldría del país y que le llamaría en cuanto estuviera instalada en el nuevo lugar.

Su padre respondió un escueto «Ok» que no le sorprendió. De seguro, su madre le vigilaba a cada minuto porque sabía que ella se pondría en contacto con él.

Caminaba por el palacio, viendo algunas de las piezas que ya reconocía porque Miklos se las enseñó alguna vez, aunque no con la verdad que había tras ellas. Como la espada que ahora tenía enfrente.

La primera vez le dijo que todo lo que estaba en esa estantería perteneció a sus antepasados pero ahora sabía que eran objetos de ellos, de él y sus hermanos, de su madre, padre.

Vio la espada de nuevo imaginándose el terrible momento en el que Lorcan tuvo que matar a su propio hermano por cumplir las reglas de la sociedad a la que pertenecían.

Estaba aprendiendo mucho de ellos, tenía muchas de ganas de conocerlos y de hablar con Heather y Felicity.

Miklos también le habló de Loretta Brown, una bruja aliada que les ayudaría a controlar a Klaudia.

El andar en tacones de una mujer le hizo volver la cabeza para encontrarse con una chica rubia y dulce que le sonreía nerviosa.

—Buenos días.

—Hola —la saludó ella—, tú debes ser Carla.

—Lo soy —la chica le extendió la mano y ella respondió al saludo.

—Yo soy…

—Milena —le sonrió—, Miklos me ha hablado de ti —Milena sintió curiosidad por saber más y la chica le sonrió divertida—. Habla muy bien desde que te conoció.

—¿Desde entonces? —Carla asintió con las manos cruzadas delante de su cuerpo—. ¿Te gustaría tomar un café conmigo en la terraza?

—Claro, solo voy a dejar mi bolso en mi apartamento y te veo afuera en la terraza, ¿te parece? ¿Qué quieres que le pida a Ferenc?

—Tarta de chocolate y café.

—Una chica inteligente. Esa tarta de chocolate es…

—Única.

Ambas rieron.

—Te espero allí.

Se separaron.

Milena salió a la terraza. La tarde estaba fresca y el atardecer empezaba a notarse.

En Venecia, los atardeceres no eran tan hermosos como los de Florencia, pero tenían un encanto especial.

Un misterio.

—Aquí traigo todo lo que las damas solicitaron —apareció Ferenc de repente con una bandeja llena de cosas deliciosas para comer.

—Gracias, Ferenc —el mayordomo le sonrió con cariño, ¿cuántos años tendría? ¿Sería menor que Miklos?

El hombre la vio con suspicacia.

—La noto concentrada.

—Me pregunto qué edad tienes.

El hombre soltó una carcajada.

—Muchos.

—¿Te puedo preguntar algo más personal?

—Por supuesto.

—¿Naciste como ellos o te hicieron?

—No está bien hacer a uno de nuestra especie, señorita.

—Lo sé, Miklos me contó todo sobre las normas de la Sociedad. Solo tengo curiosidad y te pido disculpas anticipadas si digo tonterías.

—Soy descendiente de Pál. No lo supe hasta que me alimenté por primera vez de mi padre —suspiró con dolor. Milena entendió lo que sufría recordando momentos duros con la familia—. Cuando nací, nadie sabía lo de la maldición, no sabíamos ni siquiera de estar emparentados con Pál.

—Me dijo Miklos de los familiares a los que no pudieron seguirles el rastro.

—Y de los que no quisieron que se les siguiera.

—Exacto.

—El caso es —prosiguió el hombre cuando Carla accedía a la terraza—, que mi madre murió y mi padre creyó que yo había nacido enfermo. No lo estaba, lo que necesitaba era sangre para poder sobrevivir. Me alimentaba de la psique de mi padre. Pero no era una alimentación completa —Milena asintió entendiendo el punto—. Un día, papá regresaba de la caza, llegó herido.

—¿Lo atacaste?

—Lamentablemente —la tristeza lo invadió unos segundos—. Hui y fue cuando encontré a Pál buscando a más familiares que quisieran unirse a la Sociedad. Sufrí de envejecimiento prematuro por no alimentarme de manera adecuada y mis problemas óseos, nunca se aliviaron por completo. Aun mantengo gran parte de ellos. Me tomó mucho tiempo y trabajo entender quién soy y lo que debo hacer para sobrevivir. Por suerte, me topé con los Farkas.

—Son una familia intachable y es una delicia poder conversar con ellos —intervino Carla, que parecía saberse la historia de Ferenc y de otros más de la familia.

—Las dejo para que conversen. Miklos me ha dicho que estará en el despacho unas horas más. Quiere dejarlo todo arreglado antes de marcharse.

—¿No quieres venir con nosotros? No me gusta la idea de dejarte solo.

—Agradecido por su consideración, señorita, pero esta es mi casa no podría estar en otro lugar.

Se dio la vuelta y se marchó.

Carla sirvió el café y la tarta.

Empezaron a degustar sus bebidas y dulce.

—¿Los conoces desde hace mucho?

Carla asintió masticando un trozo de su tarta.

Se limpió las comisuras de la boca con la servilleta de tela y luego de un sorbo de café, le respondió:

—Una década. He sido la fuente de alimento de Miklos por diez años.

Milena frunció el ceño.

—Odio cuando te llamas «fuente de alimento».

Carla rio tapándose la boca porque la había llenado de nuevo.

—Es lo normal. Nos permite mantener esto como un negocio.

Milena la vio con pena.

—Lo que haces es prostituirte.

Carla la vio con honestidad y compasión.

—No te digo que no lo sea, porque es obvio, pero cuando has pasado por la vida que yo tuve antes de llegar a la compañía y ser apta para esta vida, para ser la fuente de alimento de alguien, lo agradeces —Carla hizo una pausa—. Tengo un techo seguro en donde dormir, no corro ningún tipo de peligro; mi salud no ha estado en mejores condiciones nunca antes en mi vida. Tengo dinero y, por encima de eso, gente que se preocupa por mí; porque dentro de la compañía, los que somos elegidos como fuente de alimento, somos como una familia. Además, Klaudia siempre está al pendiente de todos y, si no es ella, es su gente de confianza. Nunca me he sentido más cómoda, segura y feliz que desde que soy parte de esto.

Milena la observó con asombro. Aquella rubia despampanante, porque tenía un cuerpo que dejaba tonto a cualquiera sin importar fuese hombre o mujer, la dejó sin habla.

Miklos le contó del origen de las personas que eran fuente

de alimento y a ella ya le pareció horrible imaginarse una serie de cosas que el vampiro le describió en su momento.

Después de ver la mirada de Carla, mientras hablaba con tanta serenidad de su vida actual, entendió la brutalidad que pudo haber existido en su vida previa a la compañía.

—Agradezco que me haya tocado servirle a Miklos.

Milena frunció el ceño, avergonzándose luego porque fue una reacción instintiva de celos, debía controlarse.

Carla le sonrió con dulzura, le apoyó la mano encima de la suya como harían las amigas en una muestra de afecto.

Milena se detuvo a pensar que nunca tuvo una amiga verdadera.

—No tienes por qué ponerte celosa de mí. Miklos es un partido increíble y eres afortunada de que haya puesto sus ojos y todo su ser vampírico en ti —le sonrió de nuevo, hablaba con un tono de voz dulce y tranquilo—. Hemos tenido sexo, no lo voy a negar porque quiero ganarme tu confianza. Lo tuvimos hasta que él se vio realmente afectado por lo que sentía por ti. Después de eso, solo se ha alimentado de la forma discreta.

Milena ahora la vio con duda.

—¿Eso no te lo ha explicado?

Milena negó con la cabeza.

—Bien, te lo diré yo. Cada uno de ellos tiene una forma de alimentarse, son depredadores. Llevan dentro algo oscuro que los domina. Algunos son capaces de comportarse de la forma más civilizada y obtener sangre sin hacer escándalo —la vio con diversión, ella parecía disfrutar de ser una fuente de alimento—; cuando eso ocurre, usan el anillo que llevan que parece un aro de matrimonio.

—Él me lo enseñó, el funcionamiento.

—Esa es la forma discreta. Solo pinchan y beben. Hay

otros, como Miklos, que necesitan más acción y escándalo para saciar a esa maldad que llevan dentro. A Miklos le gusta cazar a la presa —Milena se llevó la mano a la boca con una expresión de horror—. Es todo fingido, cariño, y él lo sabe. Nunca me ha hecho daño, nunca. Ni si quiera he necesitado pedirle que pare. Pero el juego lo acelera y le da el sabor a su alimento.

—¿Cómo pudiste acostumbrarte a todo esto?

—Cuando vives inconsciente por el alcohol o con los brazos casi como un colador por la heroína; violada en grupo o en solitario la mayor parte de los días que estás drogada, es fácil acostumbrarse a que alguien finja que quiere cazarte y tú te sientas desprotegida.

A Milena, eso le pareció un horror y le pareció que Carla era muy valiente.

Dios, ojalá no le hubiera dicho de esa manera por todo lo que pasó en la vida.

—Yo no sé si alguna vez podría hacerlo...

—Él respetará lo que tú decidas, es un caballero —Bebieron sus bebidas y se mantuvieron en silencio unos segundos—. Ahora no hay más cacerías fingidas. Solo un mensaje y yo le espero. Tenemos un momento cordial, porque somos amigos; y luego de alimentarse, me agradece y se va.

—Y tú, ¿qué haces cuando no estás siendo solicitada?

—Paseo por la ciudad, me voy de compras, converso con Ferenc. Me gusta cocinar y al viejo mayordomo le encanta verme aprender sus exquisitas recetas. Intento salvar a otras chicas que están viviendo la misma pesadilla que viví yo y las llevo a la compañía. Me encanta leer. Aprender. Las biografías son mis favoritas. Me encanta saber del destino de otras personas, de los tropiezos que tuvieron para llegar a ser quienes son. Cómo lo lograron. Me inspiran. Y me gusta el arte.

—Podríamos pasar horas hablando de arte si gustas.

—Sería genial.

A Milena le gustó la reacción de ella a su propuesta. La animaba a entablar una amistad.

Se sintió cómoda con la idea.

—Carla, ¿te duele? —Milena soltó sin más su pregunta. No supo cómo hacerla de forma más delicada.

—¿Cuándo se alimenta? —Milena asintió una vez con la cabeza—. No. No duele, supongo que cuando los hacían en la antigüedad, clavándote… —Carla se cortó de inmediato—. Lo siento, Milena, no he debido…, tú con Klaudia…

—No pasa nada. Me dolió como el infierno; también, debo admitir, que a pesar de lo aterrada que estaba, sentía la succión como una caricia en mi interior.

—Y dicen que cuando te unes a uno de ellos en sentimientos, esas sensaciones se intensifican en gran escala. En fin, a mí nunca me ha dolido y las heridas siempre sanan pronto.

—Sé que no tenemos suficiente confianza para esto que voy a pedirte, pero tú crees que… —Carla sonrió con una mezcla de diversión y comprensión en la mirada.

—¿Quieres estar presente? —Milena asintió—. Cuando te sientas preparada, estaré encantada de enseñarte todo el proceso para que veas que es seguro y que Miklos siempre será un hombre respetuoso y cariñoso aunque solo somos amigos.

—Gracias.

—No hay nada que agradecer, además, somos las únicas chicas en la casa y debemos ser cómplices —le hizo un guiño y Milena sonrió complacida.

Parecía que la vida le quitó a su familia de crianza para

darle otra que se preocupaba por ella de verdad.

Dejó escapar el aire manteniendo el silencio entre ellas. No hacía falta decir nada más, ahora podía decir que tenía una amiga. Su primera amiga.

Capítulo 24

Miklos observaba a Milena dormir en profundidad. Le encantaba ser el guardián de sus sueños, de su vida, de su amor.

Le quitó un mechón de pelo que le caía sobre la oreja y luego, con mucho cuidado, se acercó a ella para susurrarle que la amaba con locura y que le deseaba dulces sueños.

La tapó un poco más, salivando por lo que sabía se encontraba desnudo bajo las sábanas.

El cuerpo de ella era una delicia que nunca antes probó en su vida.

La deseaba cada día, en todos los sentidos; porque sí, también deseaba su sangre pero sabía que no podía presionarla.

No lo haría. La amaba tanto que sería incapaz de pedirle que hiciera algo que le recordara el momento de terror que Klaudia le hizo vivir.

Y aunque no era la primera vez que convivía con una humana en esas condiciones, reconocía que era la vez más dura de soportar para él porque el amor y deseo que sentía por Milena era intenso, vibrante, único.

Suponía que con el tiempo se acostumbraría a la sensación de ardor en las encías de manera permanente o los dolores intensos de la mandíbula, que soportaba en silencio porque compartirlo con ella sería ponerla entre la espada y la pared y no sería justo.

Podría soportar cualquier dolor con tal de tenerla a ella a su lado.

Cerró la puerta con cuidado y fue hasta la habitación de Carla que le esperaba en el pequeño recibidor que tenía en su habitación.

La chica le sonrió.

—Desde que llegamos a Nueva York estás alimentándote más seguido —le dijo ella mientras se quitaba la bata felpuda que tenía encima, era tarde y Miklos tuvo que levantarla para pedirle auxilio porque estaba hambriento.

—Lo sé y te pido disculpas por interrumpirte tan seguido, ¿te sientes bien?

—Estoy perfecta; como bien sabes, sigo al pie de la letra las recomendaciones de la compañía para poder ser un buen soporte de alimentación para ti. Sin embargo, creo que en algún momento tendrás que pedir a otra chica porque, de seguir así, yo sola no podré abastecerte todos los días. Nunca te había visto tan ansioso —Miklos se derrumbó en el sofá, llevaba puesta su bata y el boxer que llegó al suelo tras Milena desvestirlo de pies a cabeza—. Somos amigos, Miklos, y sé que la situación con ella, te preocupa.

—¿Qué puedo hacer?

—Permitirle ganar confianza —Carla lo vio con complicidad—. Ella quiere ver nuestro proceso y tú no la dejas.

—Cree que no voy a poder soportarlo —Milena los sorprendió a los dos en la puerta que quedó entre abierta.

Les sonrió con vergüenza y accedió a la habitación llegando hasta Miklos para sentarse en su regazo. Este estaba muy sorprendido porque estaba seguro, o eso creía, en que ella dormiría un rato más, absorbió suficiente psique como para que pasara exactamente eso—. ¿Qué te parece si llegamos a un acuerdo?

Carla los observaba en silencio pero con una sonrisa que dejaba en claro que estaba feliz por ellos.

—No hay acuerdos, Milena; podrías traer de regreso el momento en el que Klau…

Milena le besó con dulzura y Carla se levantó para darles un poco más de privacidad.

—Esperaré en la otra habitación —dijo haciendo referencia al área en donde estaba su cama.

Milena lo vio con intensidad y seguridad.

Miklos sintió que el corazón le iba a estallar de los nervios porque no podía creerse que llegaría ese instante en el que ella presenciara todo y que eso pudiera acercarles a que él pudiera alimentarse de ella y…

La apretó con fuerza contra sí hundiendo el rostro en su cuello. Inspirando todos los aromas dulces y cítricos que salía del cuerpo de su chica.

Era suya.

Estaba hambriento y aquellos aromas, mezclados con el sonido de su corazón y el recorrer de la sangre como un río fuerte y constante, encendieron las alarmas en su interior de que podía activarse el cazador.

Y Milena, que ahora estaba en sus brazos, iba a ser presa segura.

Se separó de inmediato respirando de manera entrecortada.

—Creo que es momento de que Miklos se alimente, Milena —sentenció Carla que caminó con prisa hacia el vampiro y extendió su brazo frente a ellos haciendo que Miklos gruñera de desespero.

Milena sintió miedo.

Se le aceleró el corazón y Miklos la vio con los ojos entrecerrados y una mirada llena de deseo y malicia.

Y ella, en vez de aterrarse, se excitó; lo que hizo que el vampiro gruñera más fuerte.

—Miklos —Carla les interrumpió, sabiendo que él estaba a un paso de saltarle encima a Milena. Se sabía de memoria las miradas, los pasos a seguir y no iba a haber conversaciones previas y tampoco iban a pasar cosas civilizadas.

Milena parecía presa de un encantamiento.

Lo deseaba.

Deseaba alimentarlo.

Parpadeó dos veces volviendo el rostro hacia Carla.

—¿Qué es esto que estoy sintiendo?

—El vínculo que hay entre ustedes, supongo. Nunca lo había visto así.

Milena se removió porque Miklos estaba sujetándola con fuerza y él gruñó de nuevo sin dejar de verla.

—No te muevas más, Milena. Y cálmate un poco para que él pueda razonar.

Milena no hizo caso a los consejos de Carla y levantó la mano para acariciar a Miklos en el rostro.

Se vieron a los ojos. Él seguía viéndola con deseo y malicia a partes iguales; pero ahí, en algún punto, también reconocía amor en su mirada.

«No va a lastimarte, solo déjate llevar por lo que sientes».

Escuchó la voz de nuevo en su interior.

Era la bruja que seguía atada a su cuerpo físico, la que una vez fue el amor verdadero de Miklos.

Milena le dio un beso sutil en los labios y luego, con calma, tomó la mano en la que estaba el anillo de él, volvió a verlo a los ojos y fue cuando Miklos frunció el ceño negando con la cabeza.

—Ahora está tomando control de nuevo —Carla anunció con cautela observando cada reacción de Miklos. Lista para defender a Milena si fuera necesario.

Miklos parpadeó y la vio disgustado, ella aprovechó para levantarse de su regazo y sentarse en el sofá frente a él.

—Quiero hacerlo.

Miklos iba a protestar cuando Carla le puso una mano en el hombro y apretó con seguridad.

—No te niegues a intentarlo. Hazlo ahora, conmigo como guardia.

—¿Y tú quién eres? ¿*Superwoman* de encubierta?

Carla rio por lo bajo por la pregunta irónica y realista del vampiro.

—No, soy tu amiga; sé de qué eres capaz y de qué no. Además, quiero que te sientas bien de una vez por todas.

—Podría tomarse vacaciones —Milena lanzó un chiste haciendo reír solo a Carla.

—No es un juego —Miklos gruñó furioso.

—¿No te recuerda esto a ese día en el que tuviste que servir de guardia para tu hermano y su novia? ¿No salió todo bien con ellos?

Miklos asintió con la boca fruncida.

—Entonces, con nosotros, también podría ser que salga todo bien.

Miklos gruñó y sintió un ardor insoportable en la boca. Parecía que tuviera miles de hormigas reinas en la boca pinchando las encías, lengua y paladar con su veneno.

Paralizando y resecando la garganta. Deseando líquido, mucho líquido para poder calmarse.

Respiró profundo y la sintió, excitada, deseaba de verdad ese paso entre ellos.

Su virilidad se activó de nuevo y sin poder controlarse por completo se acercó a ella, introdujo una mano en su melena y, con delicadeza y gran carga de lujuria, le echó la cabeza para atrás para poder reclinarse sobre ella y darle un beso que fue invasivo, abrasador y la declaración de una guerra de deseos que no se acabaría jamás entre ellos.

Milena se dejó hacer todo porque se sentía tan excitada que si Miklos le proponía penetrarla frente a Carla, le daría lo mismo con tal de que la sed de él, se calmara.

Él se separó de ella y vio a Carla.

—Necesitamos privacidad y si me salgo de control no serás capaz de…

La rubia sonrió complacida.

—Tengo en el cajón de mi mesita de noche todo lo que necesito para calmarte. Nunca he tenido que usarlo, por lo que confío que todo saldrá bien con ella.

Miklos la vio con duda.

—¿Tienes una pistola eléctrica?

Asintió divertida.

—No podemos decirlo, pero creo que en este caso es válido que lo sepas. Klaudia nos provee de todo para que estemos seguras —se cruzó de brazos, se sentó en el sillón cercano a la puerta—. La dejaré abierta, tú dejarás la de la habitación de ustedes igual. Si Milena me necesita, me llamará y la ayudaré sin problema. Tengo el teléfono de la compañía a la mano, en caso de una emergencia que yo sola no pueda contener.

Miklos asintió con temor en la mirada y Carla sintió compasión por él.

Amaba mucho a su chica y temía lastimarla, asustarla y que

ella decidiera alejarse por completo de él o peor aún, matarla.

—Vamos —Milena lo tomó de la mano y Miklos vio de nuevo a su fuente de alimento que lo animó a continuar—. Si todo sale bien, Carla se ira de vacaciones con todo pago a donde quiera.

Respiró profundo porque estaba nerviosa.

Su deseo por él era mucho más grande que su temor; su curiosidad por saber qué se sentía que él la poseyera de todas las maneras que debía hacerlo para saciarse la superaba.

Hacía unas noches, sus hermanos y sus respectivas chicas, pasaron a visitarles y ella tuvo la oportunidad de conversar con ellas sobre todo lo que quería decir ser la chica de un ser como ellos.

Heather y Felicity fueron abiertas y honestas en todo momento despertando la curiosidad en Milena. Haciéndole desear sentir lo que ellas sentían cuando en la intimidad, Lorcan y Garret respectivamente, se alimentaban de ellas con sangre.

Y si el proceso de absorción de Psique en el acto sexual le producía los mejores orgasmos que tuvo en su vida, no quería imaginarse lo que se sentiría en la succión de sangre.

A ellas les contó del ataque de Klaudia y a su vez, Heather empatizó con ella por lo que casi le ocurre con Lorcan cuando él era presa fácil de la oscuridad de la maldición con la que nacen.

Ni hablar de lo que pasó la pobre de Felicity. Cuando se enteró de todo lo que le hizo el primo de ellos que aún no conseguían en ningún lado, pensó en que lo que le ocurrió a ella con Klaudia, no había sido nada.

Ese hombre maldito la tuvo cautiva y de verdad la echaba al bosque para cazarla como un pobre animalito asustado.

Era cruel y asqueroso.

—Milena, si esto... —sonrió cansada porque Miklos podía sentir sus cambios de humor a través de su aroma, y sus pensamientos la llevaban a sitios en los que, sin querer, dejaba afectar su humor.

Lo vio a los ojos, pasó sus brazos al rededor del cuello de Miklos.

—¿Te parece que estoy en contra de esto?

Lo besó con pausa y amor al principio y luego, fue dejándose invadir por la excitación que avivó esa hoguera que se mantenía encendida en su vientre desde que Miklos la penetró por primera vez.

La encendía por completo.

De los pies a la cabeza.

Un gemido se ahogó en su garganta y Miklos la levantó con rapidez para encajarla a sus caderas y así llevarla a la cama.

Se sentó en la cama con ella a horcajadas.

La pegó más a sí mismo y empezó a despojarla de la bata para luego hacer lo propio con la suya.

Milena no podía controlar las ganas de frotarse contra la erección de él que estaba allí, lista para ella.

Pasó sus manos por el torso fibroso de Miklos haciendo que él se apoyara con las manos a la cama y se reclinara un poco mientras se deleitaba con la vista de los senos de ella que se bamboleaban suavemente con los movimientos sensuales de las caderas de ella cuando se deslizaban hacia delante y atrás contra su miembro.

Ahhhh síiiii y allí empezó todo a ponerse muy intenso.

El dolor de las encías, los dientes que parecían romperse en mil pedazos; las hormigas malditas que pinchaban y adormecían la boca; la sequedad.

Sus oídos se afinaron, permitiéndole escuchar la sangre de su chica entrar y salir del corazón.

Milena observó el cambio en la mirada de él y se sintió nerviosa, pero demasiado excitada para poder pensar en sus miedos.

Le tomó una mano y se la llevó al pecho derecho que Miklos no tardó en apretar y masajear como ella quería que lo hiciera.

Luego saboreó ambos y no supo cuándo, él le dio la vuelta para quedar encima de ella.

Lamió su cuello como no lo hizo antes, ella jadeó con intensidad porque sintió aquel lametazo directo en su vagina que se contrajo exigiendo atención.

Milena abrió más las piernas y él sonrió con gran malicia mientras dejaba que su pene buscara el acceso a ella.

Ambos dejaron salir exclamaciones cuando Miklos estuvo dentro de Milena al completo y antes de empezar a embestirla como quería le tomó los brazos para pasarlos por encima de su cabeza y verla a los ojos.

—Estamos en el punto en el que si dejo de controlarme no habrá retorno.

—Sigue adelante —confirmó ella haciendo que Miklos desatara toda la oscuridad en su interior.

Accionó el anillo que llevaba en el anular y pinchó sin aviso previo la piel en el cuello de Milena de donde empezó a brotar un hilo rojo intenso de líquido vital.

Gruñó con fuerza y sus caderas empezaron la danza necesaria que llevaría a Milena a un lugar que aún no conocía.

Un éxtasis que ni en sueños podía imaginar que existía.

Miklos se tensó, saboreándose los labios mientras se agachaba para hundir su rostro en el cuello de ella sin dejar de embestirla; lamió el hilo de sangre inicial, haciendo que ella activara las contracciones en su interior.

Sonrió con lujuria y maldad, porque eso que estaba

teniendo parecía la libertad de la maldición.

Se tensó de nuevo, pronto le llegaría el turno a él de alcanzar el éxtasis y quería estar embriagado de ella.

Fue entonces cuando aceleró las embestidas y pegó su boca al cuello de la chica, hizo presión con los dientes porque eso le excitaba aún más y succionó para saborearla.

—Mmmmm —«una delicia», pensó jadeando en su mente y empezando a sentir llegar las convulsiones.

Ella gimió con intensidad aferrándose a él, vibrando y convulsionando, Miklos activó la absorción de psique sin despegarse del cuello de ella.

Era deliciosa.

Dulce y fuerte… toda suya.

El cuerpo de ella dejó de moverse, yacía laxo y sereno, sin capacidad de razonar.

Succionó un poco más, hasta que sintió que el corazón de ella latía lento pero con fuerza.

Era suficiente.

Más tarde podría tomar más si lo necesitaba, era increíble lo saciado que estaba, se sentía lleno.

Completo.

Lamió la herida que aun dejaba salir un poco de sangre y salió del interior de ella con desagrado porque le habría gustado quedarse dormido así.

Buscó una gasa limpia, la puso sobre la herida del cuello.

Al día siguiente, estaría bien.

La admiró y sonrió lleno de emoción por primera vez en siglos.

Estaba abrumado por el momento tan intenso que habían vivido.

Milena lo alimentó y él no podía creérselo.

Levantó el teléfono y llamó a Carla.

—¿Estabas durmiendo?
—Ujum.
—¿Y si hubiera hecho algo indebido?
—¿Lo hiciste?
Miklos sonrió divertido.
—Confías demasiado en mí.
—No tengo tres días conociéndote y sé lo bueno que eres.
—Te ganaste las vacaciones.
—Me conformo con saber que eres feliz y ella también.
Hubo un silencio entre ambos.
—Carla, escucha, esto no cambia nada entre nosotros porque no quiero que vuelvas a la compañía. ¿Entiendes? Mañana hablaré con Milena y buscaremos la forma de conseguirte un trabajo fuera de la compañía.
—Gracias —la sintió sonreír. No la dejaría desamparada después de todos esos años que le sirvió como fuente de alimento y diversión.
—No, Carla. Soy yo el que te agradece por esto que acabo de vivir. Que tengas buenas noches.
—Igual tú, Miklos; descansa junto a ella.
Miklos colgó y Milena se removió perezosa en la cama.
No se despertó, no podría, el proceso que acababa de vivir la dejaba exhausta y necesitaría algunas horas para reponer toda la energía.
Se acostó junto a ella, la abrazó por detrás acoplando su cuerpo al de la chica a la perfección.
Le dio un beso fugaz en la en el hombro desnudo y luego sonrió satisfecho.
«Gracias», fue lo único que se le ocurrió decir antes de que un sueño profundo y tranquilo lo dominara esa noche y todas las noches que viviría junto a ella de allí en adelante.

Epílogo

Klaudia sentía un ardor insoportable en la boca del estómago.
Gruñó como un perro rabioso olfateando el ambiente.

Estaba en el viejo cementerio de la ciudad, escondida en un lugar que creía se encontraba alejado de los humanos.

En los pocos momentos de lucidez que tenía al día, se hacía consciente de que representaba una amenaza para ellos.

Cada día que pasaba estaba peor y sabía que era una bomba de tiempo antes de que se encontrara perdida y atacara de muerte a alguien.

Sus brujas estaban haciendo todo lo posible por mantenerla cuerda; sin embargo, hasta ellas empezaban a perder las esperanzas.

La mujer que la acechaba en su cabeza estaba cada vez más presente, atormentándola con susurros aterradores y escenas que parecían salidas de una película de terror, que la invitaban a hacer las cosas más atroces que jamás hizo en su vida.

Veía cuerpos de niñas y adolescentes destrozados y apilados; putrefactos, drenados de sangre completamente.

¿De dónde salían esas imágenes que aumentaban su deseo y ansiedad?

Su maldad.

Lloraba nerviosa en los brazos de la vieja Tanisha, la mujer perteneciente al Coven del brujas del sur que siempre le ayudaron desde épocas pasadas.

Era una buena y sabia mujer. Le ayudaba a sanar aunque esa sanación espiritual durara un suspiro.

En esos breves instantes, era capaz de sentir tanta paz que se alegraba de percibir aun cosas buenas en su interior.

Tanisha le dijo que su familia la buscaba, pero Klaudia, después de lo ocurrido con Milena, no era capaz de enfrentarse a Miklos y mucho menos a Pál.

No llegó a herir de muerte a nadie, lo sabía, lo recordaba; y también podía recordar cuando vio a Milena como un bocadillo irresistible y le saltó encima como un demonio sediento de sangre.

Fue una suerte no matarla. No le tocaba ese día a la chica porque ella estaba dispuesta a matarla.

Tragó con insistencia, sintiendo su garganta rígida y seca en el presente; recordando lo bien que se sentía que la sangre tibia y espesa de una presa la transitara, dejándola sedosa y húmeda.

Ahhh sí, aquella sensación...

Su realidad era insoportable, tenía sed a cada momento y la sangre de sus fuentes de alimento ya no era suficiente.

Empezaba a temer por la vida de ellos y había decidido no llamarles más.

Tanisha no estaba de acuerdo; sin embargo, Klaudia se negó a continuar contactando a humanos.

Las brujas le temían, algunas no la que querían allí y ninguna era capaz de decirle qué carajo tenía, qué ocurría con ella.

¿Quién la perseguía en su mente?

Estaba cansada de las lagunas, de no recordar cómo llegó a Nueva Orleans, de no recordar cosas de su infancia que siempre recordó con facilidad.

Los juegos en el bosque con su hermana, por ejemplo.

Era incapaz de ubicar esos recuerdos; y si tenía la suerte un día de encontrarse con uno de ellos, intentaba retenerlos, pero se le escurrían dentro de la memoria como si de agua se tratase.

¿Qué mal le afectaba a su cabeza de esa manera?

¿Estaría enloqueciendo?

¿Era eso?

No recordaba los buenos momentos y sí los malos; como aquella tarde en la que tuvieron que huir del claro porque algo ocurrió y se separaron de la tía Marian para siempre.

Se le hizo un nudo en la garganta recordando, en las sombras de su escondite, a la gente que amó y que perdió.

Su madre, la tía Marian, su padre, Veronika, Luk y…

Negó con la cabeza porque su mente se nublaba por completo cuando pensaba en Ronan.

Lo extrañaba con cada fibra de su ser.

La vida siempre era muy injusta con ella.

Sus oídos entraron en alerta tanto como sus sentidos porque alguien estaba muy cerca de ella.

«Veronika, ayúdame por favor».

Suplicó, como cada vez que estaba consciente y un humano se acercaba a ella.

Tragó de nuevo, la garganta le dolía, aunque no más que las encías y la boca del estómago.

Apretó los dientes en un intento masoquista de controlar sus instintos salvajes y asesinos, pero todo se fue al infierno en cuanto escuchó el palpitar vigoroso del corazón humano que se acercaba a ella.

Se pasó la lengua por los labios y siseó como serpiente.

«—Klauuuuuuudiiiiiaaaaaaa».

La voz maligna invadió su interior, obligándola a entregarse a la oscuridad de la maldición.

Se agachó más, estaba lista para cazar.

Siseó de nuevo y sonrió con la maldad en su rostro.

Se quedó inmóvil y en cuanto lo creyó el momento justo, salió de su escondite solo para inmovilizar a su presa y alimentarse de ella.

El hombre fue incapaz de entender qué estaba ocurriendo.

Klaudia lo tiró al suelo en la oscuridad de su escondite y se sentó encima de él.

Olfateó el aire y rio diabólicamente cuando percibió el olor del orine del hombre que, aterrado, se hizo pipí encima.

—Nada mejor que jugar al gato y al ratón —dijo en tono de voz que era irreconocible en ella, observó al hombre con mirada asesina.

Se relamió los labios y lo olfateó en el cuello. Era viejo, la sangre no tendría el mismo gusto que la de los jóvenes, pero, ¿qué más daba?

Ella tenía hambre y solo podría satisfacerla comiendo.

Ya vería qué hacer con el cuerpo.

Sonrió y luego, enterró los dientes en el cuello de su presa que lanzó un grito escalofriante de auxilio, dolor y terror.

Escuchó a algunos lobos aullar y pudo sentir la energía de las brujas rodearla, se encargaría de todo luego, por lo pronto, solo iba a disfrutar de su alimento.

¡Espera!
¡No te vayas todavía!
A continuación, te dejo las primeras páginas
de la siguiente novela de esta serie.

Guardianes de Sangre IV
DESPERTAR
STEFANIA GIL
romance paranormal

Capítulo 1

—¡No la dejes escapar! —Tanisha movía las manos con rapidez para cercar a Klaudia con su magia e intentar inmovilizarla.

Varias semanas pasaron desde que Klaudia pisara Nueva Orleans y buscara ayuda de las brujas del sur para luego huir de ellas también.

Finalmente, dieron con ella y ahora la tenían acorralada.

No podían dejarla escapa, estaba en juego la vida de la vampira y la poca cordialidad que ya existía entre las brujas del sur y Pál.

Las brujas seguían entonando la melodía que le daba a Tanisha fuerzas para contener la ira de Klaudia, pero sentía que se debilitaba y que no sería capaz de aguantar si esta no desfallecía antes con la energía de choche que le estaba enviando.

Agradecía que todo estuviese ocurriendo en el antiguo cementerio, muy lejos de los ojos humanos. Sería difícil de explicar lo de la magia y la presencia en la ciudad del ser diabólico que intentaban controlar.

Nunca había visto a Klaudia así.

Nunca.

Ni siquiera en sus peores momentos, cuando perdía la fe en su familia y decía que nadie la comprendía; que todos le escondían cosas.

Que su hermana siempre tenía lo mejor de todo.

Ni aun con ese resentimiento en su interior, que muchas veces se volvía maligno, Tanisha —o sus predecesoras— fue testigo de tanta maldad en sus ojos y tantas ansias de sangre como esa noche.

Por el bien de la ciudad, debían detenerla. Los ataques llegarían a ser mortales y eso haría que Pál tuviese que tomar la decisión de poner fin a la vida de Klaudia.

Le dolía con solo pensarlo.

Klaudia era un miembro más de la familia de brujas de Tanisha. Uno de sus antepasados, la primera de la familia que tuviera contacto con Klaudia, le tuvo tanto cariño y crearon lazos tan fuertes que se le enseñaba a las nuevas generaciones todo lo que debían saber sobre la especie de Klaudia y cómo ayudarle en caso de que ella lo necesitara.

Eso sí, solo a ella.

Las brujas del sur siempre le han temido a los de la especie de Klaudia y para aquellos en quienes pudieran confiar más, como Pál y los miembros de la Sociedad de los Guardianes de Sangre, ellas no eran bien vistas porque eran las brujas del sur. Las reinas de la magia negra y el vudú, a las que creían que Klaudia buscaba para hacer cosas que no estaban bien.

Y nunca fue así.

Ellas solo ayudaban a la mujer que estaba escondida en algún lado debajo del siniestro ser que ahora siseaba ante ellas y se comportaba como un animal salvaje que sabe que está a punto de ser derrotado.

Aunque Tanisha no lo creía así.

Sacó más fuerza de su interior para poder hacer más lentos los movimientos de la vampira, pero era como intentar contener una represa con solo tres troncos.

La magia no llegaría a servir si Klaudia no se rendía pronto.

—Klaudia —la vio a los ojos que la veían a ella como si fuera un bocadillo gigante—. Por favor, cálmate. Sé que ahí, en algún lado, en tu interior, está esa pequeña luz que te mantiene cuerda aun cuando la maldición te domina.

Klaudia parpadeó y la vio con vergüenza.

Funcionaba.

—No paren los cánticos —ordenó a las demás brujas mientras ella se acercaba poco a poco a la vampira sin dejar de verle a los ojos—. Sabes que te quiero con sinceridad. Mis antecesoras, madre, abuela, bisabuela, y las que estuvieron antes, te quisieron de la misma manera porque eres parte de nuestra familia así lleves la maldición por dentro.

Klaudia seguía en posición de ataque. Con las manos extendidas a los lados siseando como si fuera una Mamba Negra lista para atacar.

Tanisha no le tenía miedo. Nunca se lo tuvo. No se lo empezaría a tener en ese instante en el que debía ser más fuerte que un roble y doblegarla para preservar su vida.

—Vamos a hablar, ¿quieres?

Klaudia la vio con miedo y confusión.

¿Qué ocurría con ella?

Pál no le dijo nada en concreto en la llamada que le hiciera hacía semanas cuando le advirtió que algo no iba bien con Klaudia y que si llegaba a buscarlas, debían derribarla y avisarles para ir por ella.

Para entonces, Klaudia ya se había refugiado en el Coven,

ya habían conversado que algo no estaba bien con ella. Y también, ya se les había escapado.

Por lo que no sería buena idea perderla otra vez.

—Ta-ni-sh... —Klaudia, la Klaudia que ella conocía, estaba reaccionando—... al-go mu... mu... —le costaba mucho hablar, perecía que una fuerza interior, muy poderosa, la dominaba. No se equivocó al pensar que Klaudia estaba siendo controlada por algo más—: ma... ma... —empezaba a desesperarse y la bruja vio como la rabia en ella hacía que la maldición ganara terreno.

—Hablaremos, pero primero... —Tanisha no se percató de lo cerca que estaba de la vampira y cuando tomó consciencia de ese detalle, fue demasiado tarde.

En un abrir y cerrar de ojos, Klaudia levantó el brazo y la tomó por el cuello, levantándola varios centímetros del suelo.

Tanisha no fue capaz de rebatir el agarre animal que le estaba dando Klaudia y temió por su vida por primera vez desde que nació, porque sus poderes le ayudaba a no temerle a nada ni a nadie.

Hasta ese día, claro.

Las demás brujas continuaron el ataque, pero Tanisha sabía que no serviría de nada; mientras Klaudia emitía carcajadas diabólicas y la veía con ganas de drenarla por completo, cerrando cada vez más la entrada de aire en su garganta; entendió que ni ella ni ninguna de las brujas del Coven, podrían detener a Klaudia.

Necesitarían algo más poderoso, más ancestral, como lo era la magia de la hermana bruja de la vampira. Lamentablemente, estaba muerta.

Quizá sus descendientes...

Decían que eran tan poderosas como la bruja antigua.

Klaudia siseó con tanta malicia que le heló la sangre a

Tanisha. No podía creerse que acabaría siendo drenada por un vampiro.

Menos podía creerse que sería Klaudia la que acabaría con su vida.

Colocó sus manos en el brazo con el que Klaudia le sujetaba y evocó imágenes de paseos y tertulias que pasaron juntas. Confesiones. Épocas en las que Klaudia llegaba a ellas, a las brujas del sur, porque decía que aquel Coven le daba la sensación de estar en casa.

Klaudia parpadeó una vez más, dejando ver esa mirada confusa y aterrada.

—Ta-ni-sha… no- no- —su voz tembló y Tanisha supo que tenía poco tiempo.

—¡Salgan de aquí! ¡Ahora! —ordenó a las brujas con el último aliento que tenía. Vio a Klaudia sintiéndose muy mareada.

—¡No! —Klaudia gritó con miedo, como si alguien en su cabeza le hablara y aflojó el agarre haciendo que Tanisha pudiera tomar un poco de aire y removerse. Quería salvarse, pero sabía que correr no iba a ser buena idea.

Klaudia era un depredador y ella la presa.

Se le erizó la piel.

Escuchó los murmullos. Murmullos que hablaban de muerte, de sed, de sangre y de dar vida.

A Tanisha, la voz macabra le puso los pelos de punta, lo que hizo que moviera sus manos para darle una descarga eléctrica mágica a Klaudia con la esperanza de que aquello funcionara, pero lo que hizo fue atraer a la maldad en ella otra vez.

Lo vio en sus ojos cuando brillaron llenos de deseo por lo que Tanisha tenía para darle.

—Nada mejor que una bruja aterrada —le dijo con voz

segura y sedosa. Tanisha sentía que volvía a quedarse sin aire cuando Klaudia la soltó y cayó de bruces al suelo.

Tosió intentando ponerse de pie con rapidez.

Klaudia la veía con una sonrisa diabólica en la cara.

—Corre.

La orden paralizó a la bruja, dándose cuenta de que nada la iba a salvar y que su muerte iba a ser dolorosa, traumática y horrible.

Por primera vez en su vida, estaba más —mucho más— que aterrada.

Klaudia hizo una inspiración fuerte.

Entrecerró los ojos y la vio con sorna.

Siseó y fue suficiente para que Tanisha, aun sabiendo que no debía correr, lo hiciera.

Era un asunto de supervivencia.

No llegó muy lejos. Aunque se conocía el cementerio como la palma de su mano, Klaudia tenía la destreza y la rapidez que ella no tenía.

Pronto, la vampira le asaltó por la espalda, haciendo que ella cayera de bruces al suelo, rompiéndose la nariz. Brotando la sangre y empeorando toda la situación.

Tanisha agradeció no ver lo que vendría a continuación. Pero sí que lo sintió y le dolió, tan profundamente, que quiso perder la consciencia.

Quiso morir en el acto.

Los dientes de Klaudia se abrían y cerraban con ensañamiento en su cuello, ocasionando heridas graves que dejaban salir un flujo grande de sangre.

Ardor, dolor, entumecimiento.

Empezó a llorar cuando todo a su al rededor se oscureció.

Poco le quedaba de su líquido vital y su vida se apagaría en minutos.

Se relajó porque no tenía sentido seguir luchando.

Nadie iba a salvarla.

Era su destino y cuanto antes muriera, antes acabaría su agonía.

***

András llegó, al anochecer, al cementerio más antiguo de la ciudad; esperando que su extraño presentimiento no guardara relación con lo que escuchó en el restaurante en el que se encontraba disfrutando de una cena sin igual.

Una cena de verdad, de comida humana. La comida del sur era tan deliciosa como peligrosa.

«Como todo en el maldito sur», protestó en su interior.

Y sí, todo allí era así.

Delicioso, exótico, divertido, mágico o misterioso pero también muy tóxico y dañino.

El cementerio estaba en completo silencio; lo normal, teniendo en cuenta que la única manera de acceder allí era con un guía turístico y, por la hora que era, ya no quedaban tours dentro del recinto.

Llevaba semanas buscando a Gabor, pero no conseguía dar con él. La verdad era que no le extrañaba; su hermano tenía una mente siniestra que de seguro había trazado un plan maestro que lo llevaría a su destino sin que alguien lo alcanzara antes.

Apretó los puños.

Cómo quería pelea ese día.

De la buena. De la que lo dejara inservible. Le habría gustado que Miklos o su abuelo estuviesen ahí porque con ellos peleaba con gusto.

Pál no le ponía las cosas fáciles y Miklos...; sonrió

sarcástico, era Miklos, y la rivalidad que tenían desde que se vieron por primera vez, apenas siendo unos bebés, era algo de lo que siempre se hablaba en la familia.

Odiaba el sur con todo su ser y encontrarse allí persiguiendo un fantasma, que era lo que parecía su hermano, le ponía de muy mal humor.

El sur siempre le traía malos recuerdos.

Muy malos.

Tan malos, que si Gabor aparecía en ese instante, lo iba a colgar como saco de boxeo e iba a descargar toda su ira con él.

Toda la culpa que sentía cuando pisaba ese lugar y que lo hacía sentirse tan mal, la acumulaba para poder descargarla sobre su estúpido hermano.

Una ciudad que le dio tanto; que lo intoxicó y lo hizo vulnerable, dejando salir a la maldición y…

«Concéntrate».

Se subió a una de las tumbas para percibir mejor los olores de aquel lugar desordenado y medio abandonado, lleno de tumbas que se alzaban como edificios.

András inspiró con fuerza, con ganas de encontrar algo que le llamara la atención y le llevara a algún lugar porque estaba enloqueciendo desde hacía unos días estando ahí sin mucho que hacer más que montar guardias y esperar.

Aquel día, mientras estaba en el restaurante de Tony, tuvo un presentimiento de que algo iba a ocurrir.

Quizá se debía también a que recibió alguna voz cercana en su cabeza que le hiciera poner atención a lo que decían.

Era un llamado al Coven de Tanisha.

Tanisha era la guardiana de uno de los Coven más poderosos del sur, asentado allí desde épocas lejanas.

Pariente de Marie Laveau, la reina del vudú. Nada más y

nada menos.

Brujas peligrosas que le servían a Klaudia desde no sabía cuándo.

La noche no estaba tan caliente y la luna brillaba en lo alto haciendo que aquel laberinto de tumbas blancas no estuviese sumergido en las penumbras que hasta a él podían poner los pelos de punta.

Odiaba los cementerios.

Apretó la mandíbula con tanta fuerza que pensó se la iba a partir en dos.

Llevaba días sin comer y empezaba a sentir los estragos de no beber sangre ni absorber psique.

Sacó su móvil para programar una cita con la compañía cuando sus oídos recibieron un golpe seco lejano.

Un golpe de alguna buena batalla.

La garganta se le resecó como nunca antes y siseó, dejándose invadir por la maldición; aunque parcialmente la controlaba.

András era ágil y se mantenía en muy buena forma física, por lo que saltar entre las tumbas no le supuso un gran problema.

A medida que se fue acercando al lugar del que escuchó el golpe seco, fue sintiendo la tensión en todo su cuerpo.

Se agachó y, estando en cuclillas, olfateó bien el entorno.

Sangre.

Los dientes le rechinaron y sintió el craqueo inevitable que hacía cuando necesitaba controlar la sed porque no podía dejar que la maldición se saliera de control.

«Klaudia», pensó al escuchar una leve succión y acto seguido, un quejido de alguien que se quedaba sin aliento.

Saltó desde la tumba en la que se encontraba y corrió hasta el lugar encontrando una escena que le hizo temblar las rodillas.

A él.

A András Farkas.

Ante él, estaba Klaudia subida a horcajadas sobre una Tanisha agonizante, al borde de la muerte.

Aprovechó el descuido de la vampira para tomarla por sorpresa y sacarla de encima de la bruja metiéndole la mano en la melena; abundante y despeinada, para coger un buen puñado y tirar de ella por la cabeza.

—Haz debido hacerte un moño, cariño —le dijo sarcástico cuando Klaudia siseó como una serpiente diabólica viéndolo a los ojos con una agresividad que le hizo temblar de nuevo.

¿En qué demonios estaba convertida?

La bruja agonizaba con la mano en el cuello haciendo presión en la herida tanto como podía.

András medía los movimientos de la bruja con el rabo del ojo porque no se atrevía a sacarle de encima los ojos a Klaudia que iba a atacarle en cualquier momento.

La bruja necesitaba ayuda.

—Si hay alguien allí, al otro lado, que alguien venga por la bruja —dijo entre dientes, esperando que todas esas leyendas de los fantasmas del camposanto y de las historias de Marie Laveau fuesen ciertas.

No podía ocuparse de la bruja y si alguien no lo hacía pronto, moriría; Pál tendría que matar a Klaudia y…

Un golpe en la boca del estómago lo hizo volar un par de metros para luego estamparse en la pared de una de las tumbas.

Klaudia lanzó una carcajada maligna. De esas de película de terror.

András se levantó con toda la prisa que pudo, pero no fue lo suficientemente rápido para esquivar el siguiente golpe de la vampira que le asestó directo en la nariz.

Se la rompió, podía sentir el dolor pulsante.

—¡Aghhh! —gritó enfurecido dándose la vuelta, dejándose absorber por la maldición porque lo necesitaba si quería contener a Klaudia.

Ella estaba de pie, frente a él, esperando su respuesta con la boca, la ropa y las manos bañadas de sangre.

Se ubicó y vio al lugar en el que yacía la bruja minutos antes. No estaba. Sintió un alivio parcial porque eso quería decir que las esperanzas de vida de Klaudia aumentaban.

Flexionó las rodillas y abrió los brazos.

Klaudia siseó, pero András no la dejó avanzar. Esta vez fue mucho más rápido que ella y consiguió agarrarla por el cuello para luego estamparla contra el suelo con tanta fuerza que temió por la vida de ella.

Pudo haberle roto algo, pero Klaudia estaba intacta; lo sabía porque seguía riéndose con la maldad danzante en su mirada.

—¿Qué coño pasa contigo?

Le apretó más el cuello y se subió sobre ella como lo hizo ella misma antes con la bruja.

Apretó con más y más fuerza usando las dos manos. Quería desconectarla para poder llevársela de ahí a un lugar seguro pero no conseguía su fin.

De pronto, su mirada se apagó y las manos de la vampira empezaron tantearle el brazo como cuando peleaban en casa y ella le daba la señal de que la estaba lastimando de verdad.

No la mataría, lo sabía, pero la regla era no lastimarse de forma premeditada cuando hacían prácticas de combate en casa.

Y ahorcar era una forma premeditada de lastimar a otro.

András parpadeó confundido aflojando un poco su agarre,

lo suficiente para investigar qué diablos pasaba con ella.

—An-drá-sss por-fa-v —vio la súplica real en su mirada, sintió compasión por ella y cuando iba a soltarla, para hablar con ella y convencerla de que deberían marcharse a casa, la vampira empezó a llorar desconsolada haciendo que András rompiera su ataque.

—Con un demonio, Klaudia, no llores así —no había visto a Klaudia llorar nunca. Ni siquiera cuando hablaba de su hermana.

Se sentó junto a ella y la levantó para poder acunarla y consolarla.

—¿Qué pasa conmigo, András? —Preguntó entre lágrimas que salían sin control y ahogaban su voz—. ¿En qué me convertí?

—Shhhh… verás que lo vamos a descubrir y te vamos a curar sea lo que sea.

Klaudia se tapó los oídos con fuerza.

—No se calla. La mujer maldita no se calla.

—¿Qué te dice, Klaudia?

—Que la busque.

Klaudia se levantó y András la imitó porque no podía darse el lujo de dejarla huir.

Ella vio a su alrededor.

—¡Tanisha! —Exclamó recordando, aterrada, lo que hizo—, ¿la maté?

—No creo, no lo sé —la veía con clara preocupación—. Vámonos de aquí Klaudia. Vamos a casa.

András sentía susurros que no sabía de donde provenían y lo estaban aterrando porque sabía —y muy bien— que no tenía nada que ver con su poder de hurgar en las mentes ajenas.

La abrazó con fuerza.

—Vamos —dieron dos pasos cuando ella se detuvo un segundo para ver hacia atrás.

—No, no, no —negaba con la cabeza, aterrada, viendo a su alrededor—. Me quieren llevar de nuevo. No los dejes, András, no... —Consiguió soltarse de él y echó a correr—. ¡Noooooo!

András la siguió y cuando se vieron nuevamente a los ojos, Klaudia, la verdadera Klaudia, ya no estaba.

La mirada maligna estaba de regreso con la risa diabólica.

András se preparó para dar la guerra y salvarla, pero no pudo.

Ella, en esa versión malvada, era muy poderosa; tanto, que no supo en qué momento corrió hacia él, estampándole una mano en el pecho que lo dejó sin aire en el acto y después de levantarlo varias veces como su fuese una pluma, para lanzarlo al aire y hacerle chocar contra las tumbas como si fuese una pelota, perdió el interés en él y se marchó.

András quedó tirado en el suelo, boca arriba; con su propia sangre saliéndole por la boca.

La sentía caliente y espesa subiendo por su tráquea.

Su sed de sangre estaría calmada, aunque si seguía sangrando así, acabaría ahogado.

Bufó sin poder mover nada más del cuerpo.

Klaudia lo dejó muy mal y no sabía cuánto tardaría en recuperarse sin tener una fuente de alimento cercana.

No le quedaba más remedio que quedarse allí y esperar hasta recuperarse; o que amaneciera y alguien tuviera la gentileza de llevarlo a un hospital desde donde pudiese avisar a los suyos de todo lo ocurrido esa noche.

Capítulo 2

Klaudia tardó algunos días en llegar a la casa del norte. Consiguió salir de Nueva Orleans con un coche robado que fue cambiando cada cierta distancia para que la policía no fuera capaz de llegar a ella.

La noche siempre le daba ventaja para cometer fechorías de ese tipo. Nadie se daba cuenta de que el coche había desparecido hasta la mañana siguiente.

Se vio tentada a ir a casa, pero eso la sumergiría en el centro de Manhattan en donde habitaban millones de corazones palpitantes y la regresarían al estado salvaje que ahora parecía tener un poco controlado.

Estaba llena de lagunas mentales, miedo y ansiedad.

Hambre y oscuridad.

En los pocos ratos en los que se encontraba consciente y se daba cuenta de lo que hacía cuando se dejaba abrazar por las voces y la maldita mujer que se le metió en la cabeza, sentía vergüenza.

Asco.

Rabia.

Desesperación; y entonces, se accionaba en ella algo que la sucumbía en una oscuridad tan profunda, tan espesa, que le era cada vez más difícil volver a la luz.

Empezaba a entender bien la frase de los humanos sobre el poder de la consciencia. Que no existía nada peor que eso para hacerte pagar por todas las cosas malas que has hecho; y las de ella eran tan graves, que prefería hundirse en la locura para evadir la culpa que la consumía cuando la lucidez llegaba.

¿Qué pasaba con ella?

¿Cuándo se convirtió en ese ser maligno que era?

¿Cuándo decidió perder el respeto a su familia, a Pál?

Sintió asfixia con el nudo que se le formó repentinamente en la garganta y la angustia en la boca del estómago con solo pensar en lo que Pál estaría pensando de ella.

Y que, pensara lo que pensara, no se acercaba a lo que era en realidad.

Todo por culpa de las voces que aparecieron cuando Ronan hizo presencia en la vida de los Farkas. Cuando se dio cuenta de que Ronan le importaba, las voces se acercaron a ella y todo empezó a cambiar.

Vio la casa a algunos metros de distancia, las hojas de los árboles crujían bajo sus pies mientras los animales de la zona corrían, alejándose de ella.

Sabían que era un monstruo.

Un depredador; y temían por sus vidas.

No podía culparlos.

Antes, habría pensado que esas criaturas instintivas estaban siendo paranoicas, que ella no iba ni siquiera tener deseos de caza por ellos porque la sangre de los animales no le hacía bien a ningún vampiro.

Pero ese día, admiró el instinto de cada una de esas criaturas porque, gracias a eso, podrán salvarse de caer en sus fauces.

Tenía la garganta seca, áspera.

Sedienta por aquel líquido tibio y delicioso que conseguía calmar toda la sed en ella.

Vio hacia atrás, sabía que no venía nadie tras ella. Sabía que no había nadie en las cercanías y, sin embargo, esperaba equivocarse.

Esperaba encontrar allí a Pál o incluso a Miklos.

Se le cerró la garganta recordando la forma en la que batalló con András y el mal estado en el que le dejó.

¿Qué pensarían Miklos y Pál de ella?

Otra imagen la abordó, haciéndole temblar: Tanisha, sobre el suelo; sangrante, a punto de morir.

Se detuvo en seco y metió la cabeza entre las rodillas porque estaba a un paso de colapsar.

¿Qué demonios hizo?

¿Atacó a Tanisha?

—No, no, no, no, no —el pánico se apoderó de ella—. La maté —murmuró, dolida, confusa, aterrada y sin aliento. Con las lágrimas que le salían sin control.

Se agarró la cabeza y cayó al suelo, quedando de costado; llorando desconsolada por todas las imágenes que le azotaban en su cabeza.

Recuerdos horrendos de los momentos en los que perdía la consciencia y dejaba libre a la maldición.

—¿Por qué? —Reclamó en voz alta a sus ancestros—. ¿Por qué me toca esta vida maldita? ¿Por qué?

Se hizo un ovillo y siguió exigiendo una explicación que sabía que no iba a llegar.

Ella y solo ella, conocía lo que fue capaz de hacer en todo ese tiempo. Ella era la responsable de no controlar el mal que habitaba en su interior.

Notó que tenía hambre. De la verdadera. De la que no quedaba saciada a menos de que consumiera psique y sangre al mismo tiempo.

Se contuvo de consumir de ambas cosas de un senderista que encontró en el bosque después de abandonar el último coche robado en Plymouth e internarse en la espesura del bosque hasta llegar allí. No sabe cómo pudo resistir a las ganas de brincarle encima. De detenerse antes de que este empezara a sentirse débil y con ganas de descansar en el medio del bosque.

Habría sido mala idea para él y la comida servida en bandeja de plata para ella.

Llegar a la vieja tierra en la que ella, su padre y hermana se instalaron cuando huyeron del claro en Inglaterra le daba cierta paz. Se sentía segura.

Desde su visión, humedecida por las lágrimas y tan cercana a la tierra, se dio cuenta de que la casa seguía tal cual como la dejaron hacía cientos de años, cuando tuvieron que huir del norte porque su padre se negaba a dejarlas allí aun teniendo un hechizo de protección que no dejaba ver la casa a extraños.

Kristof las quería proteger de todo. Temía que les hicieran daño debido a su condición; una siendo bruja y la otra estando maldita.

Klaudia sintió la tristeza que siempre le embargaba cuando pensaba en su padre, su hermana y ella.

No sabía por qué pero nunca llegó a sentirse aceptada, comprendida. Y no era por trato porque su padre nunca las trató diferente; Veronika tampoco nunca le hizo sentir inferior, a pesar de que ella misma sabía que lo era.

Lo era. No quedaba duda de eso.

Veronika fue bendecida por las fuerzas de la naturaleza, tenía la magia ancestral del linaje de su madre y tuvo la fortuna de saber lo que era tener descendencia; un amor que la amara por sobre todas las cosas.

Klaudia solo heredó la maldición de ser un monstruo que acababa con la vida de los demás.

Ni siquiera podía tener la dicha de ser feliz junto al hombre que amaba porque el destino le obligó a apostar su corazón al único hombre al que no debía apostarlo.

Al hombre que odiaba a los Farkas porque uno de ellos acabó con su aldea y su especie.

¿Por qué la vida —o el destino o quien fuera—, no le daba una tregua?

¿Por qué ahora se convertía en algo que ella misma no entendía?

Se limpió las lágrimas con el dorso de la mano y se levantó del suelo para quedar sentada. Recordó todas las veces que jugaron en esa zona Veronika y ella.

Las veces que encontró a Veronika hablando con alguien, «espíritus» decía su hermana pero Klaudia sabía que hablaba con la madre de ambas; y aquello, le robaba la paz.

Ella nunca consiguió poder hablar con su madre como lo hacía su hermana y Veronika no era sincera porque no quería hacerle sentir mal.

Pero ella se sentía horrible de igual manera. Habría querido poder tener esa conexión especial con su madre.

Una cosa buena en su vida; parecía que ni eso merecía.

Se levantó y caminó hasta la casa.

Las motas de polvo flotaban con lentitud entre los rayos de luz que entraban por la ventana.

La cabaña seguía siendo la misma. Las cosas quedaron intactas desde la última vez que estuvo allí en el funeral de su padre.

Fue un hombre longevo, vivió con Veronika desde que

Klaudia decidió irse con las brujas del sur.

La vampira se acostó en la pequeña cama en la que durmió por algunos años y vio a través de la ventana.

Recordó que, allí en donde estaba un árbol de tronco ancho; un árbol ancestral, estaban los restos de su padre.

Lamentó su partida, tanto como lamentó la de su hermana cuando le llegó el turno.

A Veronika aun la lloraba. Le dolía no haberle dicho cuánto la amaba a pesar de los celos que sentía de ella, de que la culpó durante décadas de haberle quitado todo en el vientre de su madre.

A quien acusó de negarle la felicidad que le correspondía tanto como ella.

Y Veronika, no tenía la culpa de nada; en caso tal, la vida, el destino. Pero eso no lo entendió hasta que fue demasiado tarde.

Solo le quedaba Pál y ahora, lo estaba defraudando magistralmente.

—Perdóname, Pál, perdóname —murmuró como si fuera la niña pequeña que llegó a esas tierras en el siglo XVII.

Y siguió murmurando lo mismo hasta que sintió los párpados pesados; tanto, que dejó de luchar contra el cansancio y después de una respiración profunda, se quedó dormida.

***

András observaba el bosque a través de la ventana.

Estaba en la habitación que siempre le perteneció dentro de la casa familiar.

La casa de su abuelo: Pál Farkas de Balaton, hijo de Aletta, nieto de Etelka Bárány, la mujer que los condenó a todos.

La condesa sangrienta.

Negó con la cabeza mientras veía algunos lobos correr por las cercanías.

No eran lobos de brujas, ¿o sí?

No lo sabía y no le interesaba, solo quería ponerse bien del todo y largarse de ahí para capturar a su hermano, matarlo y luego volver a su vida normal.

Esa que le hacía vivir como nómada sin ataduras ni compromisos.

Sin restricciones.

Sin su abuelo husmeando en sus asuntos.

Sin la «familia», que no hacía más que dar dolores de cabeza y hacer comparaciones entre unos y otros.

«Fíjate en Lorcan, András, todo lo que ha sacrificado por nosotros»; «Miklos es mejor que tú luchando»; «¿Has visto lo que hizo Gabor? Deberías imitarle».

Bufó con gran ironía pensando en que a ver si ahora alguien se atrevía a decirle que debería imitar lo que Gabor hacía.

Maldito Gabor, cuando lo encontrara lo iba a degollar con gusto.

Se movió con cuidado. Era cierto que su cuerpo sanaba mucho más de prisa que el de los humanos, pero el enfrentamiento con Klaudia le dejó muy malherido y sanar le estaba tomando más de lo normal.

Después de que Klaudia lo dejara convertido en papilla en el medio del cementerio, tuvo que esperar a que llegara el guardia del camposanto para socorrerle.

Su móvil quedó inservible y las brujas, en cuanto pudieron salvar a Tanisha, se la llevaron y no regresaron.

András perdía mucha sangre y tenía demasiados huesos rotos para poder siquiera arrastrarse

Casi le da un infarto al pobre hombre que lo encontró, del

susto que se llevó al acercarse para medirle el pulso. Debía verse de espanto porque el hombre pensó que András estaba muerto.

Iba a llamar a urgencias cuando András le dijo que no lo hiciera de una forma muy poco amistosa y entendió que el hombre era un creyente de las supersticiones y leyendas que circulan por la zona desde tiempos remotos.

Tomó ventaja de eso y le dijo que llamara al número que iba a dictarle.

En poco tiempo, llegó un equipo enviado por Pál que lo sacaron de Louisiana y le llevaron en un avión privado hasta Nueva York, en donde lo trasladaron a la residencia familiar.

Desde entonces, vio a su abuelo un par de veces que entró a la habitación a ver cómo seguía.

Pero no mencionó nada de lo ocurrido o de las acciones a tomar a partir de su absoluta recuperación.

Algo típico en Pál, porque se caracterizaba por ser paciente y priorizar.

La salud sería la prioridad.

Luego, las conversaciones; y más adelante, los planes para tomar acción.

Dejó escapar el aire y se sentó en la cama con la espalda bien acomodada encima de los cojines que estaban en el respaldar.

Alguien llamó a la puerta.

—Adelante.

Pál lo vio con una media sonrisa mientras accedía a la habitación.

—¿Cómo te sientes?

—Mucho mejor.

Pál tanteó las zonas que recibieron más golpes, allí en donde los huesos estuvieron rotos.

Tenían médicos dentro de la especie y de la Sociedad, pero ellos sabían que, con reposo, sangre y psique, todo volvía a ser como antes.

La medicina la usaban en casos muy extremos, sobre todo, si algún humano estaba implicado.

Los años de vida les dieron a capacidad para estudiar muchas cosas y aprender mucho de su propio cuerpo, por lo que podían valerse entre ellos para sanar.

—Sí, estás sanando bien.

—Eso parece, aunque yo no lo sienta igual. Duele como el infierno. No recibí jamás una paliza semejante.

Pál sonrió con burla.

—Siempre hay una primera vez, András.

—No tiene gracia.

—No, es cierto, no la tiene. Lo que ocurre con Klaudia es peor de lo que pensábamos.

—Pál, tuve suerte de que no tuviera su espada porque de ser así…

Pál levantó la mano y cerró los ojos.

—No lo menciones, por favor. No soportaría tantas muertes.

—Lo dices por Klaudia, supongo —András comentó irónico y Pál lo fulminó con la mirada.

—Lo digo por todos, András —respondió Pál viéndole a los ojos con la mirada cargada de miedo y dolor. No tenía recuerdos de haber visto a su abuelo así antes—. ¿Crees que es fácil ver morir a los nuestros? ¡Ustedes son mi familia! ¿Crees que me apetece sacar mi espada y quitarle la cabeza a Klaudia o a Gabor? ¿Crees que no me duele haber encontrado a mi hermana muerta en el bosque? ¿Que no llevo una culpa que nunca podré quitarme de encima con lo que le ocurrió a Lorcan? ¿Qué carajo crees que soy?

—Pál, lo siento, no...

—¿No qué? No me vengas con la historia de que no querías decir algo que ya dijiste, porque sabemos que sí querías decirlo, sabemos que nunca te has sentido parte de la familia y no he conseguido entender jamás por qué. Si siempre te traté como a los demás.

—¿Lo hiciste? —Pal frunció el ceño y lo vio con decepción—. Ahí está esa mirada que me dedicabas cuando luchábamos y me decías que Lorcan o Garret o Gabor, lo hacían mejor yo.

—Estaba presionándote para que dieras más porque sabía que podías dar mucho más.

—Bueno, tal vez Lorcan habría aguantado la paliza de Klaudia y yo, no di mucho más de mí.

—Te estás comportando como un niño de cinco años.

—¿A qué viniste, Pál? ¿Querías saber cómo estaba? Pues mira, estoy genial. Calculo que en un par de días podré marcharme de aquí y seguir con los planes que teníamos.

—Eres incorregible —protestó Pal—. No vas a irte a ningún lado porque esta es tu casa y yo soy tu familia, ¿entendiste? Además, eres un pilar importante en esta lucha. Sé que tienes un gran potencial y estoy orgulloso del hombre en el que te has convertido, sin importar cuánto sepa de ti o no en los últimos años. Así que deja tus malditos resentimientos por haberte pedido más y empieza a demostrarme que eres el hombre que yo sé que eres.

Las palabras de Pál resonaron en su interior como nunca antes y sintió dolor en el pecho; como cuando Klaudia lo estampó contra una de las tumbas de un puñetazo en el medio del pecho dejándole sin poder respirar por algunos segundos.

—Me alegro haberte dado un buen golpe emocional a ver si espabilas y te das cuenta de que tienes que dejar de compararte tú mismo con los demás y explotar tus habilidades —se pinchó el puente de la nariz con los dedos y cerró los ojos. Hizo un inspiración y después vio a András a los ojos—: Te pido perdón si alguna vez te hice daño exigiéndote y poniendo a los demás como ejemplo; muchacho, no lo hice con mala intención y créeme cuando te digo que tú, y tus hermanos, son tan importantes para mí como lo son tus primos Lorcan, Garret y Miklos. No quiero perder a más nadie, ¿entiendes? —András notó el terror en su voz y asintió—. Bien —Pál carraspeó la garganta para recomponerse—. Tendremos una reunión en unos días, los miembros fundadores de la sociedad con Tanisha, quiero que estés allí.

—Estaré, lo prometo.

Pál asintió y se encaminó hacia la puerta de la habitación.

—¿Pál? —András le hizo volverse antes de salir—. Gracias por todo lo que me dijiste, tengo mucho qué reflexionar.

—Me alegra que lo hagas. Nos veremos en unos días.

***

Crac.

Klaudia abrió los ojos y se puso en cuclillas de inmediato.

—Ven a mí, querida —la voz de la mujer le heló la sangre. Los vellos de la nuca se le erizaron y se sintió sisear como una serpiente, lista para atacar.

Se sentía amenazada, vigilada.

Fijó la vista a lo lejos, en el bosque, entre los árboles, que ahora formaban formas sombrías y tenebrosas.

La luz de la luna apenas se abría paso y el aire se había vuelto helado.

—Klaudia, ven…

Las voces, las malditas voces que la atormentaban, volvían.

Una brisa repentina acarició su pelo por la espalda y se giró con prisa para observar que, detrás de ella, los espíritus que le seguían y que no le daban tregua, se movían entre los arboles sin perderla de vista.

La tenían rodeada.

¿Cómo era que ellos estaban allí si ella estaba en la casa y…?

Vio a su alrededor.

Clavó los dedos en la tierra humedecida como si se estuviera aferrando a ella. La sensación de seguridad que sintió al llegar, se había esfumado.

Buscó con desespero el árbol cercano a la tumba de su padre y seguía allí, ante ella, tal como cuando se quedó dormida.

Siseó de nuevo. Los espíritus se acercaban.

¿En dónde estaba la casa?

Le faltaba el aire y sintió la mandíbula crujirle, la lengua contraerse y su garganta resecarse a mas no poder.

Intentó calmarse respirando profundo, buscando la forma de ponerle un alto a sus pensamientos y preguntas que iban a enloquecerla, cuando sintió el aroma que la encendía.

Sangre.

La maldición iba a cubrirla pronto y ella se convertiría en el monstro sin control que ahora habitaba en su interior.

Gruñó cuando los murmullos se intensificaron y su sistema se puso en alerta para buscar a la presa.

La deseaba.

Siseó una vez más.

Se levantó, olfateando todo a su al rededor y supo hacia dónde dirigirse.

Echó a correr con la mirada llena de maldad y una sonrisa que dejaba en claro lo que ocurriría a continuación.

Querido lector:

Siempre te estaré agradecida por tu apoyo, por tu fidelidad hacia mis historias y por compartir conmigo tu experiencia como lector.

Recuerda que tus comentarios son importantes para que otros lectores se animen a leer esta o cualquier otra historia. No tienes que escribir algo extenso, no lo tienes que adornar, solo cuéntalo con sinceridad. Los nuevos lectores lo agradecerán y yo me sentiré honrada con tu opinión, bien sea para festejar por obtener muchas estrellas o para aprender en dónde estoy fallando y mejorar.

Puedes dejar tus comentarios en Amazon, Goodreads y/o en la web.

¡Suscríbete ya a mi web y recibe relatos gratis! Además, podrás mantenerte al tanto de las novedades, lanzamientos, sorteos, eventos, y mucho más.

Me encanta tener contacto con todos mis lectores. No dejes de seguirme en las redes para que podamos estar en constante comunicación ;-)

¡Mil gracias por todo, sin ustedes, esto no sería posible!

¡Felices Lecturas!

Web Oficial: https://www.stefaniagil.com
Pinterest: stefaniagil
Facebook Fan Page: Stefania Gil – Autor
Instagram: @Stefaniagil
Email: info@stefaniagil.com

Otros títulos de la autora:

Perfecto Desastre
En el momento perfecto
Tú y yo en perfecto equilibrio
La culpa es del escocés
Antes de que el pasado nos alcance
La casa española
Redención – Guardianes de Sangre I
Castidad – Guardianes de Sangre II
Soledad – Guardianes de Sangre III
Entre el deseo y el amor
Deseos del corazón
Ecos del pasado
No pienso dejarte ir
Estamos Reconectados Reenamorados
Romance Inolvidable
Pide un deseo
Un café al pasado – Naranjales Alcalá I
El futuro junto a ti – Naranjales Alcalá II

EL Origen – División de habilidades especiales I
Contacto Maldito – División de Habilidades Especiales II
Misión Exterminio – División de Habilidades Especiales III
Las Curvas del amor – Trilogía Hermanas Collins I
La melodía del amor – Trilogía Hermanas Collins II
La búsqueda del amor – Trilogía Hermanas Collins III
Siempre te amaré
Mi último: Sí, acepto
Presagios
Sincronía
Colección Completa Archangelos

Stefania Gil es escritora de novelas de ficción romántica: contemporánea, paranormal y suspenso.

Con más de 20 novelas en español publicadas de forma exitosa y más de 30.000 ejemplares vendidos.

Sus libros han sido traducidos al inglés, italiano y portugués.

En 2017 participó como ponente en la mesa redonda organizada por Amazon KDP España para celebrar el mes de la publicación independiente en la ciudad de Málaga, lugar declarado «Capital de la literatura indie» #MesIndie

En 2012 su relato Amor resultó ganador en el Certamen literario por Lorca y forma parte del libro Veinte Pétalos. Ese mismo año, también obtuvo un reconocimiento en el I Certamen de Relatos de Escribe Romántica y Editora Digital con su relato La heredera de los ojos de serpiente.

Stefania forma parte del equipo editorial y creativo de la revista digital Amore Magazine, una publicación trimestral dedicada al género romántico. Y fue colaboradora de la revista digital Guayoyo En Letras en la sección Qué ver, leer o escuchar.

Le encanta leer y todo lo que sea místico y paranormal capta su atención de inmediato.

Siente una infinita curiosidad por saber qué hay más allá de lo que no se puede ver a simple vista, y quizá eso, es lo que la ha llevado a realizar cursos de Tarot, Wicca, Alta Magia y Reiki.

Actualmente, reside en la ciudad de Málaga con su esposo y su pequeña hija.

Y desde su estudio con vista al mar, sigue escribiendo para complacer a sus lectores. Y desde su estudio con vista al mar, sigue escribiendo para complacer a sus lectores.

Made in United States
Orlando, FL
11 March 2025